中公文庫

桐島教授の研究報告書

テロメアと吸血鬼の謎

喜 多 喜 久

中央公論新社

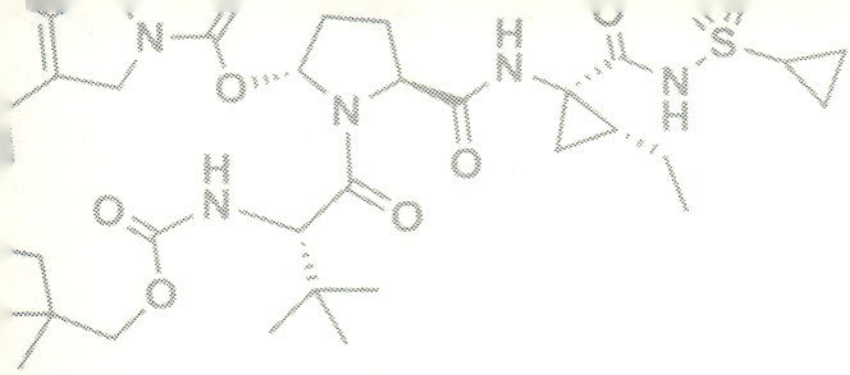

目次

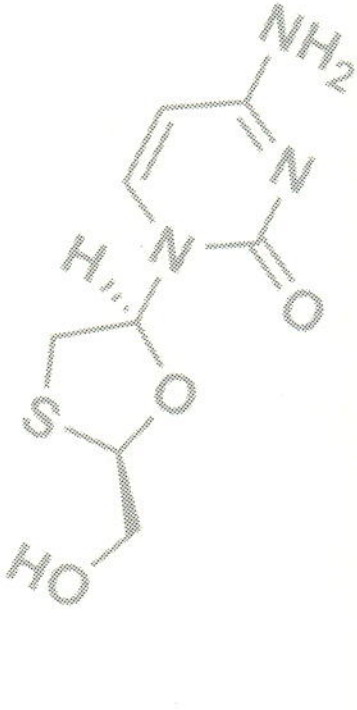

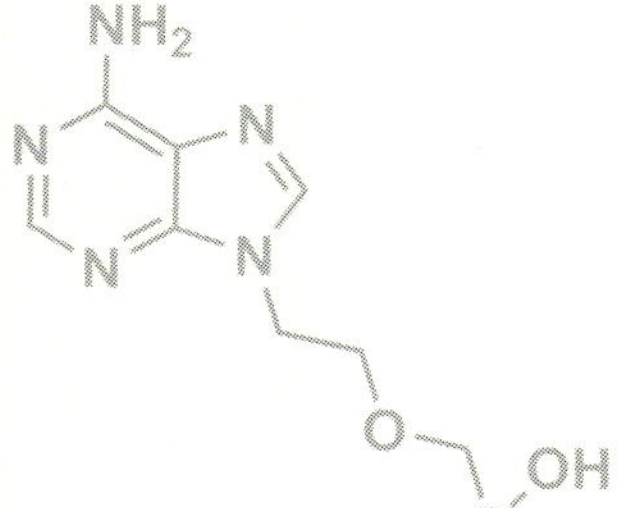

桐島教授の研究報告書

テロメアと吸血鬼の謎

プロローグ

——世の中には、二種類の人間がいる。科学(サイエンス)を理解できる人間とそれ以外だ。

高校生の頃、数学の教師がそう言っていたことを、今でもよく覚えている。彼は、理系人間であることを何よりも誇(ほこ)りに思うようなタイプだった。

そこまで極端(きょくたん)ではないにしろ、確かに世間では、理系と文系の区別はかなり念入りになされている。高校時代にそのどちらかを選んだ時点で、将来どんな仕事に就(つ)くかさえ決まってしまうのだから、人生で最も重要な選択と言っても過言ではない。

高校二年生の時、その選択肢を前にして、僕は迷わず理系を選んだ。

といっても、数学の点数がすごく良かったとか、近所に科学系の大学があったとか、理系の方が就職しやすいと誰かに吹き込まれたとか、そういう現実的な判断があったわけではない。ある人物に対する憧(あこが)れが、僕の歩む道を決めたのだ。

僕が尊敬する人物、その人の名前は、桐島統子(きりしまもとこ)という。

桐島先生は、日本科学界で最も有名な人物の一人だ。彼女はテロメア——真核生物の染色体の末端を保護する特別な構造——研究の第一人者で、その功績が認められて、二〇〇九年にノーベル生理学・医学賞を受賞している。

日本人女性初のノーベル賞受賞者。科学史、いや、日本の歴史に残る大偉人(いじん)だ。数十年後に新札を発行する時には、彼女が五千円札の肖像に選ばれるかもしれない。いや、選ばれてほしいと思う。

桐島先生が有名人になる前——今から八年前に、僕は彼女と会ったことがある。夏休みに地元の小学校で開催された科学教室に、桐島先生がゲストとして呼ばれていたのだ。

派手に色が変わる化学反応を見せたり、液体窒素を使ってバラを凍らせてみたりと、ビジュアルに訴えかけるタイプの実験をやったあとで、満を持して桐島先生が壇上に立った。

当時、彼女はすでに八十歳になっていたが、矍鑠（かくしゃく）としていて、子供だった自分から見ても、活力に溢（あふ）れている様子が十分に伝わってきた。

蓬髪（ほうはつ）と言っていいようなぼさぼさの銀髪に、使い古したよれよれの白衣という、いささかみすぼらしい風貌（ふうぼう）ではあったが、その振舞いには、研究に人生を捧げた人だけが醸（かも）しうる、威厳のようなものが備わっていた。

残念ながら、その時の桐島先生の話はさっぱり理解できなかった。おそらく、自分の専門分野について熱く語っていたのだと思う。レベルの高さは、引率で来ていた小学校の先生たちが一分に一回は首をかしげていたことからもうかがい知れる。

それでも僕は、先生の講演に、今まで感じたことのない種類の興奮を覚えていた。難解で、壮大で、深遠で、重要な仕事に対する憧れ。それは、僕のそれまでの人生で最大の知的好奇心の発露（はつろ）だった。

講演終了後、僕は担任の先生に頼み込んで、桐島先生のところに連れて行ってもらった。

桐島先生は校長室にいて、一人で静かにお茶をすすっていた。

さっきまで壇上にいた人が目の前にいる——僕は興奮のあまり、挨拶(あいさつ)をすることすら忘れて、「どうやったら、先生みたいになれますかっ！」といきなり質問をぶつけていた。

いくら子供でもあまりに不躾(ぶしつけ)な行動だったと思うが、それでも桐島先生は嫌な顔一つすることなく、「まずは科学を好きになることだ」とアドバイスをしてくれた。僕は精一杯大きな声で「はいっ！」と答えた。

この時の感動が、将来の進路を決める原動力になったのだと思う。

科学に対する熱意を維持したまま成長し、順調に理系ルートを選択した僕は、当然のように大学進学を目指した。家庭の事情もあり、国立大学しか受けられないという状況ではあったが、その重圧が逆に良かったのか、風邪(かぜ)一つ引くことなく、ただひたすらに勉学に励(はげ)むことができた。

あっという間に受験勉強に明け暮れた三年間が終わり、僕は志望校である東京科学大学に無事現役で合格し、東京で一人暮らしをすることになった。

入学式は、四月の最初の土曜日に、大学構内にある講堂で行われた。

外周を柱に囲まれた、パルテノン神殿を思わせる白い建物の中には、これからの四年間——大学院に進めばそれ以上の期間——を共に過ごす、五百人ほどの同級生たちの姿があった。

午後一時。父兄たちが会場の奥の席を埋めたところで、厳かに入学式が始まった。

式次第は、それまでに経験した入学式とさほど変わらないものだったが、学長の訓示が異様に長く、最終的に一時間を超えるロングスピーチになったことには驚かされた。

さすがに全部は覚えていないが、「科学者こそが世界を創る責務を負うべきなのだ」というフレーズが何度も出てきたことは強く印象に残っている。さすがに「科学大学」を名乗るだけのことはあるなと、僕は純粋な感銘を覚えたりもした。

キャンパスライフ——モラトリアムと揶揄される、新たな世界。

そこにはきっと、今より多くの友人がいて、呆然とするほど奥深い学究の世界があって、何をするのも自由で、圧倒的な解放感の中、人生で最も大切な何かを見つけようと、笑ったり、悩んだり、泣いたり、喜んだりするのだろう。

その中で、本当に研究者になるかどうかを決めよう——その時点の僕は、そんな風に割と鷹揚に構えていた。

しかし、僕の大学生活は、思いもかけずあっさりと、全く予想していなかった方向に舵を切ることになる。

青天の霹靂ということわざがあるが、僕の身に起こったことは、確かに雷のような唐突さと、激しさを伴っていた。

それでも、僕は思う。

どういうプロセスをたどるにしても、いずれ僕は桐島先生と再会していただろう、と。

第一章

And God saw the earth, and, behold, it was corrupt; for all flesh had corrupted their way upon the earth.

【神は世界をご覧になった。地に生けるものみな正道を外れ、故に腐敗してしまった、この世界を】

——創世記第六章十二節

1

四月九日（月曜日）①

四月に入ってから、二度目の月曜日。大学生活第一日目は、講堂でのオリエンテーションからスタートした。

単位システムの紹介、講義内容の解説、大学生活での注意事項、構内設備の説明……。午前中いっぱいを使った長いオリエンテーションがようやく終わり、さて学食に行こうと席を立ったところで、「よっ、拓也」と肩を叩かれた。

振り向くと、高校時代からの友人である、山田久馬が白い歯を見せていた。「来てたんだ」と僕は笑顔を返した。彼も僕と同じ新入生だ。

「そりゃ来るさ。どうだ。メシに行かないか」

「うん。いいよ」

「じゃ、さっさと出ようぜ」

急ぎ足の久馬に引っ張られるように講堂を脱出し、僕たちはキャンパスの中央に位置する食堂に向かった。目と鼻の先なので、一分も掛からずに到着した。

食堂の建物は、クリーム色をしている上に立方体のように真四角なので、几帳面にカットしたバターみたいに見える。三階建てで、一階では定食、二階では麺類やカレーなどの単品メニューが提供される。三階にはキオスクのような小さな売店とラウンジがあり、学生がのんびりと時間を過ごす場所の一つとなっているそうだ。

自動ドアをくぐりさっそく中へ。おお、かなり広い。ちょっとした体育館くらいはあるだろうか。掃除が行き届いているので、清潔な印象を受けた。

学生と職員を合わせると、三千人近い人間が敷地内にいる計算になるが、全員が食堂に向かうわけではないようで、多少行列ができてはいたが、五分もするとカウンターにたどりつけた。初日なので、とりあえず日替わり定食を試してみることにした。食券を渡すと、すぐに料理がトレイに載せられる。メインのおかずはコロッケ。こんもり盛られたご飯と味噌汁と切り干し大根の小鉢、それで三百円なのだから、かなりお得感がある。

僕たちは空席を探してしばらく食堂内をさまよい、ぽっかりと空いていた窓際の席に向かい合わせに座った。

「長いオリエンテーションだったよな」

「ホントだよ。まさか、二時間みっちり拘束されるとは思わなかったよ」

「専門科目、どれ取るか決めたか？」

「いや、まだ全然」

僕は久馬の問い掛けに首を横に振り、コロッケにウスターソースをどぼどぼと掛けた。

東京科学大学――通称・東科大の講義は、必修の基礎科目と自由選択の専門科目に分かれている。

基礎科目は、文字通り、科学を学ぶ者にとっての基礎となる講義のことだ。所属学部に応じて科目が決まっており、僕が籍を置いている理学部の場合は、数学、物理、化学、生物、語学などがラインアップされている。

一方の専門科目は、科学に対する理解と興味を深めるために行われるものであり、科学系の様々なジャンルを網羅した五十以上の講義から好きなものを――あるいは単位が取得しやすいものを――選ぶことができる。配布されたシラバスを見ながら、今週いっぱいを使って、自分でカリキュラムを作成、提出することになっている。

「いきなり選べって言われても困るよな」

「それは確かに」と僕は頷く。

専門科目に関しては学部の縛りがないため、都市工学理論とか、食品科学概論とか、宇宙システム開発論とかの、自分の専門と全く異なる講義を取ることもできる。選択肢が多いのはいいことだが、多すぎるのも考えものだ。

「でも、なるべく一年のうちに単位を揃えた方がいいって話だし、目一杯講義を入れようとは思ってるけど」

「ふーん、真面目だな」

「そうかな。普通だと思うけど」僕は黒く染まったコロッケを箸で切って、ぽいと口に放り込む。「そういや、午後からクラスでの顔合わせがあるよね。久馬って何組？」

「俺は三組だ。そっちは？」

「僕は二組。別々になったね」

大学に入って驚いたことの一つに、このクラス制度がある。英語と第二外国語については、三十人単位で構成されたクラスで受けることになっているのだ。こうして「何組になった？」なんて話をしていると、高校時代に戻ったような錯覚に陥る。

「どうせ、自己紹介とかやらされるんだよな」と久馬が表情を曇らせる。

「絶対あるよね。でも、いいじゃん。名前に特徴があるから、覚えてもらいやすい」

「いや、別に無理に覚えてもらわなくてもいいんだよ、少しずつ親しくなっていければ、それで何の問題もないしな。……俺、目立つのって好きじゃないんだよな」

そう言って、久馬は憂鬱そうな顔をする。

しかし、僕には確信がある。たとえ彼が「佐藤太郎」みたいなありふれた名前だったとしても、やはり目立っていたに違いないという確信が。

僕は味噌汁をすすりながら、こっそり久馬の顔の造りを観察する。精悍、という言葉がすぐに脳裏に浮かぶ。久馬は生粋の日本人だが、どこか西洋的というか、ギリシャ彫刻を想起させる彫りの深い顔をしている。歴史の浅い「イケメン」という表現より、古き良き言葉である「ハンサム」という表現がしっくりくる。

僕の視線に気づき、久馬が箸を動かす手を止めた。

「そういやお前、サークルはどうするんだ」

「……うーん。何かをやってみたい気持ちはあるんだけどね。それより先に、バイトをなんとかしないといけなくてさ」

「ああ」と久馬が神妙な顔をする。僕の置かれた状況を察してくれたようだ。

中学に入る前に父が他界したため、ウチの家計は母が一人で支えている。母は弱音を吐いたりしない人なので、大学進学が決まって以降、事あるごとに「お金の心配なんかしちゃダメだからね」と言ってくれたが、言葉を真に受けて「ひゃっほーい」と遊び呆けるほど僕は単細胞ではない。扶養されている立場ではあるが、アルバイトで生活費を稼いで仕送りの負担を小さくする義務が僕にはある。サークルに入るかどうかは、生活基盤が確立してから慎重に考えるべきだ。

お金の話をしたせいで、若干空気が重くなってしまった。僕は「そっちはどうなのさ」と意図的に明るい声を出した。「やってみたいやつとかあるの？」

「興味がある分野はある」久馬はしかつめらしく頷く。「折を見て見学に行こうと思ってる」

「そうなんだ。面白そうだったら、僕にも教えてよ」

「入ることになったらな。ただ、そっちの趣味に合うかどうかは分からないけどな」

「なんだよそれ、気になるなあ」

「興味を持ってくれたか？」と久馬は白い歯を見せる。

「それなりに……というか、興味のベクトルが違う気がするけど」

「ま、今後の展開に乞うご期待、ってところだな」

「えー、なんだよそれ」

僕としては焦らされるより、さっさと詳しい内容を明かしてもらいたかったが、「いや、時期尚早だ」と言うばかりで、結局久馬はそれ以上サークルの話をしようとしなかった。

　食事を終えた僕たちは、昼休みを利用してキャンパスの散策をすることにした。

　つい先週まではまだまだ肌寒い日々が続いていたが、今日はぽかぽか陽気に包まれている。意味もなくスキップをしたくなるほど心地よい。

　食堂を出て西に進路を取り、生協を通り過ぎたところで左折すると、大学の正門前の広場に出る。炎を灯した蠟燭に似た形をした門柱の間を、学生たちがひっきりなしに出たり入ったりしているのが見える。

「あれ、あそこにいるのって」

　見覚えのある後ろ姿を見つけ、僕たちは広場の向かって左奥、連絡用の掲示板が並んでいる一角に近づいていった。

　僕が「おーい」と呼び掛けると、「あれ、芝村と……山田か」と、チェック柄のシャツを着た男子学生が振り向いた。

　すっと通った鼻筋に、柔和な瞳、銀色のフレームのメガネ、そして、柳の枝を思わせる細身の体。飯倉祐介は、今日も物静かな空気をまとっていた。

「久しぶりだな。受験の時に試験会場で会って以来か」

　久馬の言葉に、「そうだね」と飯倉が頷く。久馬と同じく、飯倉も僕と同じ高校に通っていた。クラスが違うのであまり話す機会はなかったのだが、進路指導の先生から、彼も東科大に合格したという話は聞いていた。

　僕は目の前の掲示板に視線を向けた。ガラス戸の向こう、緑色をした板面に、学生への連絡事項や、サークルのポスターが貼られている。

「なんか、大事な案内でも出てた？」

「大事かどうかは分からないけど……興味深いのはあったよ」

　そう言って飯倉は一枚のポスターを指差した。握りこぶしくらいの大きさのフォントで、中央にでかでかと〈吸血鬼に注意！〉と書かれている。大学の自治会とやらが作成したポスターらしい。

「へえ、なになに……」

　顔を近づけて、センセーショナルな見出しに続く文章を読む。

〈私は目撃した！　キャンパスを跳梁跋扈する吸血鬼を！〉というような、倒置を使った文章が頻出するのでいまいち読みにくかったが、要約すると、「夜遅い時間になると、どこからともなく構内に怪しい人物が現れる」ということらしい。説明文の下には、タキシードとシルクハット姿のキャラクターが描かれていた。どこからどう見ても『怪物くん』のドラキュラである。文章と絵が全く合っていない。

「なんで吸血鬼なんだろ」僕は首をかしげた。「普通に不審者でいいと思うんだけど」

「いかにもそういう風に見えたらしいよ」飯倉はあたかも自分が目撃者であるかのように真顔で言う。「僕の叔父さんが東科大に勤めてるんだけど、学生の間で噂が広まってるって」

「そういう風って、どういう風に見えたんだよ。まさか、この絵みたいな格好をしてるわけじゃないだろ？」

「そこまでは知らないよ」と飯倉はお手上げのポーズを取る。

「つーか、この絵じゃ警告にならないよな」

久馬は呆れたように言って、掲示板のガラス戸を指で弾く。

まあまあ、と僕は久馬をなだめた。

「こういうの、いかにも大学っぽくていいじゃない。なんていうか、本気で馬鹿なことをやってる、って感じでさ」

「ふざけてるみたいだけど、怪しい人物が出没するのは事実みたいだ」飯倉が母性本能をくすぐることに特化したような心配顔で呟く。「具体的にどうなるかは書かれてないけど、気をつけた方がいいんじゃないかな」

「ま、それはそうだな。いろんな意味で危険なヤツであるのは間違いないわけだからな」

久馬はそう締めくくり、「さ、探検の続きに戻ろうぜ」とその場を離れた。

僕が散歩に誘うと、飯倉は「じゃあ僕も行くよ」と頷いてくれた。

去り際、飯倉が何度も掲示板を振り返っていたので、僕は「心配しすぎだよ」と笑ってみせた。

飯倉は「臆病者だからね」と笑顔を返して、小走りに僕を追い抜いていった。

2　四月九日（月曜日）②

初日ということもあり、クラスでの顔合わせのあとには特に講義は入っていなかった。

クラスメイトたちからサークルの見学に行こうと声を掛けてもらったが、誘いを丁重に断り、僕は事務課がある本部棟に足を向けた。なんでも、事務課にはアルバイト情報が貼られた掲示板が設置されているらしいのだ。

東科大のキャンパスは、東西方向に伸びた楕円形になっており、長軸方向で敷地を二等分するようにまっすぐな道が走っている。この道は、理学部と工学部の建物に挟まれていることから、理工通りという名前がついている。

クラスでの顔合わせをやった理学部三号棟はキャンパスの中央、やや東部寄りの位置にある。僕は理学部三号棟の玄関を出て、理工通りを西方向にまっすぐ進んでいく。

辺りは春風がのどかに吹き渡る、柔らかな陽気に満たされていた。僕は幸い花粉症ではないので、思いっきり空気を吸い込むことができる。敷地の奥まで伸びる長い通りの左右に植えられたサクラは素晴らしく壮麗で、風が吹くたびに花びらが舞い、視界を優しいピンク色に染めていた。

春っていいよなあ、などとぼんやり景色に見とれていると、ジーンズのポケットに入れてあった携帯電話が震え出した。大学入学を機にゼロ円で購入した携帯電話の液晶画面には、見たことのない番号が表示されていた。

まだほとんど番号を教えていないのに、と首をかしげながら電話に出る。

「はい、もしもし」

「——こちら、芝村拓也さんのお電話でしょうか」

電話の向こうの男性は、歯切れのよい声でそう言った。「はい、そうですが」と僕はわずかに警戒感を滲ませた対応をする。

「わたくし、東京科学大学医学部の関係者でして。実は、先日受けていただいた検診のことで、直接報告させていただきたいことがございます」

はあ、と僕は相槌を打った。確かに、入学式の前に、新入生を対象とした健康診断を受けている。身長や体重はもちろんのこと、血圧、心電図、尿検査、血液検査、聴力検査、視力検査と、検査項目は高校時代とはケタ違いに多かった。

「つきましては、お忙しい折と存じますが、これから東京科学大学医学部付属病院の一階ロビーまでいらしていただけませんか」

「え、ええ。そういうことなら、すぐ行きます」

「そうですか。ではお待ちしておりますので」

男性はそれ以上説明することなく、あっさり電話を切ってしまった。

僕は通りの真ん中に立ち尽くしたまま、どういうことなのだろうと首を捻った。

病院からの、緊急の呼び出し。あれこれ考えてみるが、どんなにポジティブな発想をもってしても、剣呑な理由しか思い浮かばない。ゲームセンターのもぐら叩きのように、あちこちから次々と不安の芽が飛び出してくる。

……とにかく、行ってみるしかあるまい。さっきまでの朗らかな気分が完全に失われたことを実感しつつ、さらに理工通りを西に進んでいく。

しばらく歩くと、ココア色をした建物が左手の奥の方に見えてきた。大学病院である。こちら向きの壁面には無駄な凹凸がなく、ただずらりと窓が並んでいるだけだ。

近づいていくにつれ、病院の方から迫ってきているような錯覚に陥り、思わず、踵を返して逆方向に駆け出してしまいそうになる。しかし、行きますと言った以上、ここで尻尾を巻いて逃げ出すわけにはいかない。それに、健康診断の結果も気になる。

僕はなるべく病院を見ないようにうつむき加減に歩を進め、人の流れに溶け込むようにしながら、真新しくて立派な正面玄関を抜けた。

広々としたロビーは、柔らかさのある白い光に満たされていた。ずらりと並んだソファーがなければ、高級ホテルと見間違えてしまいそうだ。受付カウンターなんて、もうほとんどフロントと大差ない。

立ち止まってロビーを見回していると、「や、どうも」と、いきなり後ろから呼び掛けられた。

振り返ると、丸いサングラスをかけた、ブラックスーツ姿の男性が笑顔を浮かべていた。かなり背が高い。一八〇センチ以上はありそうだ。ただ、体は大きいものの、顎が前につき出していて、どことなく親しみやすい顔つきをしている。

「もしかして、お電話をいただいた……」

「はい。医学部関係者です。以後お見知りおきを」

差し出された名刺をおずおずと受け取る。〈正十字探偵事務所　代表　黒須征十郎〉と記載されていた。

「探偵……って書いてありますけど」

「ええそうです。といっても、勘違いしてはいけませんよ。殺人事件や密室トリックをズバリと解決する、いわゆる名探偵ではありません。自慢じゃないですが、ボクはすこぶる頭が悪いんです。なので、額に汗しながらこつこつと人の秘密を暴いて回ったり、盗聴器発見装置を片手に怪しい電波を探したりするのがボクの仕事です。残念ながら、最近は開店休業状態ではありますが」猛烈な早口で言って、彼は病院の正面玄関を指差す。「さあ、さっそく参りましょうか。バッチリご案内いたしますよ」

黒須さんはこちらに背を向けると、せかせかとした足取りで歩き出した。探偵と医学部にどんな繋がりがあるのだろうか。僕は戸惑いながら彼のあとを追う。

黒須さんは立ち止まることなく玄関を出ると、病院の建物に沿って裏へと向かう。ていうか、歩くの早いなこの人。

「あの、これから、どちらに行かれるんでしょうか」

「拉致や恐喝をお恐れですか？　ご心配なく。すぐそこですよ。――ほら、見えた」

楽しそうに手招きする黒須さん。不安を抱えたまま角を曲がると、そこは病院のスタッフ専用と思しき駐車場になっていた。外車は医師の、軽自動車は看護師さんのものだろうか。辺りにひと気はない。

黒須さんは車の隙間を縫うように、駐車場の隅に近づいていく。そこに、コンクリートでできた平屋の建物がある。

外壁と同じ灰色で塗られたドアの前に立ち、黒須さんがまた手招きをする。

「ほらほら、そんなに警戒なさらずに。危険なことは何一つありませんから。たぶん」

たぶんってなんだ、たぶんって。僕は露骨にならない程度に眉を顰めて、黒須さんに続いて小さな建物に入った。部屋のところどころに段ボール箱が積んであるが、それ以外には何も置かれていない。床はコンクリートが剝き出しになっていて、なんとも寒々しい。

「殺風景でしょう？　ここは物品搬入室なんですよ」

黒須さんは両手を広げながら、奥のドアに近づいていく。白いペンキが塗られた表面に、毒々しいほどの赤色で「関係者以外立ち入り禁止」と書かれたプレートが貼ってある。

彼はドアの前で足を止め、スーツの胸ポケットから赤いカードを取り出した。

「ここから先に進むには、こいつが必要になります」

黒須さんがドアの脇のカードリーダーにそれをかざすと、微かな電子音を立ててドアのロックが解除された。彼は重そうなドアを開き、「さあどうぞ」と笑顔を見せる。

恐る恐るドアをくぐると、その向こうは三メートル四方の手狭な部屋になっていた。入り口の真向かいにエレベーターと思しき赤い扉がある。照明は小さな蛍光灯が一つだけ。緑がかった光が、SF映画に出てくる秘密基地めいた雰囲気を醸し出していた。

「これから地下に向かいますが」黒須さんは壁に背を付けながら言う。「ここで見聞きしたことは、完全な部外秘としていただけますかね」

「え、ええ。それは構いませんが……」

「よろしくお願いしますよ。では」

僕が理由を訊く前に、彼はエレベーターの操作パネルの前に移動していた。

下向きの矢印が描かれたボタンの横に、0から9までの数字が配置されたテンキーがある。黒須さんが素早くパスワードを打ち込むと、間を置かずに、衣擦れのような音を立ててエレベーターの扉が開いた。

「ここのパスワードは、19240331。ある人物の誕生日に設定してあります」

一九二四年、三月三十一日と、心の中で繰り返して、「どなたの誕生日なんですか？」と尋ねたが、「それはのちほどのお楽しみで」と気を持たせる答えが返ってきた。

「さあどうぞ。非常に狭いですが、遠慮なさらずに」

その言葉の通り、かごはかなり小さい。大人二人が、かろうじて触れ合わずに立てる程度の大きさだった。黒須さんの背中が目の前にあって、コロンか何かだろうか、濃い目に淹れた紅茶のような香りがする。

やがてドアが閉まり、エレベーターは地下に向かって降下し始めた。かごの中には装飾の類が一切なかった。信じがたいことに、行き先を指定する階数表示のパネルすらない。

行き先が分からないという、未体験の恐怖。このまま永久に落ち続けるのでは、と考えると恐ろしくなったが、背中が冷や汗で濡れるより先にかごが停止した。

黒須さんに続いて外に出てみると、そこは上にあったのとほぼ同じサイズの小部屋になっていた。コンクリート打ちっぱなしの壁に囲まれた空間には、いま出てきたエレベーターの扉と、白いペンキが塗られたドアがあるだけで、他には何も置かれていない。

「ここのドアは、指紋認証になってます。あとで登録しましょうね」

うきうきした口調で言って、黒須さんはドアの横の小さなくぼみに指を差し込んだ。赤い光が明滅し、ドアロックが外れる音が室内に響き渡る。

「どうぞ、ご自分の手で開けてみてください」

黒須さんに促され、僕はゆっくりとドアレバーを押し下げ、慎重に扉を引いた。

最初に目に飛び込んできたのは、淡い青色のカーペットだった。肩透かしを食らった気分で、あれ、と心の中で僕は呟く。

意外なことに、重い扉の向こうには、普通のオフィスのような光景が広がっていた。広さは六畳間を二つ並べたくらい。部屋の左右に本棚があり、書籍やファイルがみっちりと納められている。中央付近に事務机が向かい合わせに置かれていて、二台のうち、片方だけに立派なデスクトップPCが据え付けられていた。机の脇にはバケツサイズの素焼きの鉢があり、名前を知らない植物が緑の葉を伸ばしている。

「ここは見ての通り、事務スペースですね。ボクにとっては、苦痛と受難の記憶の象徴でしかない、沈鬱な空間ですがね」

しかめっ面でそう言って、黒須さんは部屋の片隅にある銀色のドアを開く。更衣室だろうか、ロッカーが並んでいるのが見えた。

「どうぞお先に」

はあ、と応じて僕は奥の部屋に足を踏み入れた。隙間なく並べられた四台のロッカーはどれも真新しい。左手には調理場のような立派な流しがあって、業務用と思しき特大サイズの液体石鹸のボトルが置いてある。

「ここって——」

どういう施設なんですか、そう訊こうと振り向いた僕の目の前で、ばしんと音を立ててドアが閉まった。どうしたんだろうとドアレバーを摑むが、力を掛けてもびくともしない。どうやら、向こう側で黒須さんが押さえているらしい。

「あの、どうしたんですか」

ドア越しに話し掛けると、「ボクのエスコートはここで終了です。あとは、お一人でどうぞ」と、くぐもった声が返ってきた。

「でも、状況が全然分からないんですが」

「心配無用です、先に進めばすっきりさっぱり分かります。どうぞ遠慮せずに」

遠慮をしているつもりは毛頭ないのだが。しかし、ドアレバーは依然としてがっちりと押さえ込まれている。何が何でも帰さぬ、という強い意思を感じる。

「ああそうだ。言い忘れていたことがありました。奥のドアを開ける前に、服を全部脱ぐことをお勧めします。もちろん靴もです。ロッカーはすべて空ですので、好きなところを使ってください」

「い、いや、さすがにそれは」

黒須さんの言葉を素直に解釈すると、彼は僕に「全裸になれ」と言っていることになる。これではまるで、『注文の多い料理店』だ。僕が仮に重度の露出狂だったとしても、この状況で服を脱ぐことにはさすがにためらいを覚えるに違いない。

「大丈夫ですよ。もちろん、この先の部屋に着替えを用意してありますので。ここは特殊な実験施設でして、入室の前に体を洗浄する必要があるんです。そのまま進むと、服がびしょ濡れになってしまいますよ。これ、本当の話です」

「はあ……そういうことなら……」

僕はしぶしぶドアに背を向けた。今は、籠城か前進の二択が突き付けられている状況だ。後退は許されていない。事態を変化させるには先に進むしかない。

覚悟を決め、何度か深呼吸をしてから、僕は衣服を順番に脱いでいった。

生まれたままの姿になると、幸か不幸か、もうどうにでもなれと吹っ切れた。それでも一応左手で股間を覆いつつ、お尻を剝き出しにしながら、僕は部屋の奥の扉を開けた。

「うわ」

思わず声が出た。長さ三メートルほどの通路の、壁、床、天井。そのすべてに、無数の穴が開いている。僕はつい、フィクションの世界の古代遺跡に仕掛けられているような、侵入者撃退用トラップを想像してしまう。まさか、あの穴から針が飛び出してきたりしないだろうな……。残酷すぎる光景がふっと脳裏をよぎったせいで、両腕にびっしり鳥肌が立ってしまった。

さっさと通過しようと通路の奥に向かいかけた瞬間、部屋の照明がいきなり白から青に変わった。わけも分からず、動物的な直感でぎゅっと身を縮めた僕をめがけて、四方からいっせいに温水が吹き出してきた。僕には「わあーっ!」と叫びながら、必死に体を守ることしかできない。

水攻めは三分近く続いただろうか。ようやく攻撃が収まった時、僕はボッティチェリの『ビーナスの誕生』そっくりのポーズを取っていた。

やれやれ、死ぬかと思った。びしょ濡れの髪をわしわし掻きむしって、僕は通路の奥のドアに手をかけた。

「あれ……開かない」

ロックが掛かっているらしい。どうしよう。

手を離して腕を組んだところで、今度は穴から風が吹き出してきた。大げさな音に驚いたが、吹いてきたのはほどよい温風だった。黒須さんが言っていた「体を洗浄する」とは、この一連の過程を指すのだろう。立派な設備なのだろうが、これではまるで乾燥機つきの洗濯機である。

髪がすっかり乾いたタイミングで風が止む。予想通り、ドアが開くようになっていた。僕はふう、と一息ついて通路を抜けた。

その先はまた更衣室になっていた。左右が逆転しているが、構造はさっきと全く同じだ。

黒須さんは着替えがあると言っていた。半信半疑で端のロッカーを開けてみると、真新しい白衣と、長袖のTシャツと、クリーム色のズボンがそれぞれハンガーに吊るされていた。トランクスと靴下が入った紙袋も置いてある。

ほっと安堵しつつ、急いで下着を装着する。パンツ一丁という表現があるが、これがあるとないとでは大違いだ。原始人から現代人に進化した気分だった。

続いて、Tシャツとズボン。最後に白衣を羽織る。ロッカーの脇に靴箱があったので、適当に引っ張り出して、足に合う運動靴を履いた。

さて、着替えは終わったが、この次の指示は受けていない。

この先に、特殊な実験施設とやらがあるのか……？

これが最後であることを祈りつつ、緊張と共にドアを開けた。隙間から、眩しい光が僕の目に飛び込んでくる。

扉の向こう側は、想像していたよりはるかに広い空間になっていた。テニスコートくらいはある。部屋の中央には、理科室で見たことのある横長の実験台が、長辺をこちらに向けた形で何台も置いてある。実験台の棚には、得体の知れない液体の入ったプラスチックボトルが何本も並べられており、用途がさっぱり分からない箱状の機械もいくつか設置されている。遠目には、秋葉原の裏通りにありそうな、マニアックな電器店のディスプレイに見えなくもない。電子レンジやオーブンのような装置もあるが、触って確認する気にはなれなかった。

「すみませーん、誰かいませんか」

「ああ、ちょっと待ってくれ」

奥の方から返事が聞こえた。実験装置が邪魔で姿は見えないが、女性の声だ。人がいたことに安堵しながら、僕は壁際に体を寄せて、部屋の奥を覗き込んだ。

彼女の姿が見えた瞬間、僕はカーネル・サンダース像のようなポーズで固まった。

白衣姿の女の子が椅子に座っている。実験中らしく、ものすごくゴツいシャープペンシルみたいな器具を右手で握り締め、小指ほどの大きさの容器を左手の指先でつまんでいる。

歳は僕とそう変わらないようだ。ただ、服装は非常にだらしない。鎖骨を覆い隠すほどの長さの黒髪は、櫛を入れたことがないのではというほど乱れているし、白衣はしわだらけで、穿いているジーンズも裾がほつれてしまっている。

しかし、そんな服装のおざなり具合を補って余りあるほど、彼女は光り輝いていた。

凛々しさ漂うくっきりした細い眉、つんと上を向いた長いまつ毛、高すぎず低すぎずのバランスを極めた理想的な形状の鼻梁、朝露に濡れたさくらんぼを思い起こさせる、潤いに満ちた唇、神の手によって精密に計算し尽くされたと思しき、形態学上の頂点に到達した顔の輪郭——彼女の容貌は、美という概念が確かにこの世に存在していることを、まざまざと僕に教えてくれていた。

　そして、その顔立ちにもまして、彼女の瞳には強烈な求心力があった。作業に集中する眼差(まなざ)しからは、レーザー光線のように激しいエネルギーが発散されていた。

　日常のスナップ写真一枚で芸能スカウトマンが殺到しかねない容姿ではあるが、ああして白衣を着ているということは、彼女は立派な研究者なのだろう。言葉遣いには気をつけた方がよさそうだ。

　しばらく待っていると、「すまない、手が離せないところだったものでね」と、彼女が立ち上がった。「よく来てくれた」

「いえ、どうも……」

　軽く頭を下げて、僕はわざとらしく辺りを見回してみせた。

「えっと、黒須さんという方に呼ばれて、こちらにお邪魔したのですが」

「うむ。仕事内容はもう把握しているのかね」

　仕事？　何を言っているのだろうか。情報伝達に齟齬(そご)があるような気がする。

「あのう。僕、全然事情を聞いてなくて……。これは、どういうことなんでしょうか」

「そうなのか。征十郎のやつ、面倒な役目を押し付けるつもりだな」

　彼女は渋面(じゅうめん)を作って、無造作に頭を掻(か)いた。元々ぼさぼさだった髪が、さらに乱雑さを増していく。仕草といい、喋(しゃべ)り方といい、ちっとも女の子っぽくない。見た目があまりにキュートであるため、看過しがたいアンバランスさを感じてしまう。

「どこから話せばいいのかね。ちなみに、私の名前は聞いているのかな」

「いえ、伺っていませんが……」

「まったく、一番肝心なところを」と彼女は眉間にしわを寄せた。不愉快さを表す仕草も、すこぶる魅力的である。

　小さく首を振って、彼女は僕の瞳をまっすぐ見つめた。

「会うのは二度目だったね、芝村拓也くん」

「え？　い、いえ、初対面だと思いますが」

　これほどの美少女に会っていれば、仮に僕が鳥類レベルの脳の持ち主だったとしても、絶対に忘れるはずはない。

「そんなことはない。今から七年と八カ月前、君と私は夏休みの科学教室で顔を合わせている」

「科学……教室」

　その単語で、僕はあの、僕にとっての原体験である、ひと夏の出来事を思い出した。

「ずいぶん立派に成長したね」笑顔を見せて、彼女は僕に手を差し出した。「私の研究室へようこそ。桐島統子です」

　あまりに堂々とした名乗りっぷりに、「こりゃどうも、お久しぶりです」とお辞儀をしそうになったが、そんなバカな話はない。桐島先生は確か今年で八十八歳、目の前の女性は、どう見ても二十歳以下である。

僕は彼女の頭のてっぺんから足元までを見直して、ぽんと手を打った。

「ああ、なるほど、同姓同名というわけですね」

「ふむ、そういう解釈もありうるわけか」頷いて、彼女は差し出した手を引っ込めた。「面白い発想だ。だが、事実はそうではない。正真正銘、私は君の知っている、桐島統子本人だ」

そこまで言われてしまうと、さすがに苦笑せざるを得なかった。

「からかうのは止めてくださいよ。桐島先生は戦前のお生まれなんですよ」

「冗談で言っているのではない。……私は、ある特殊な病に冒されている。正式な病名は付いていないが、可能な限り分かりやすく言おう」

彼女は実験台のそばの椅子に腰を下ろし、真顔で僕を見上げた。

「私は、若返り病に罹ってしまったんだ」


それから、僕は彼女の――桐島先生の話を聞くことになった。

説明には専門的な部分が混ざっていて、理解できないことの方が多かったが、自分なりにまとめると、若返りの経緯はこんな感じだったようだ。

かつて、桐島先生は東科大で教鞭を執っていた。その縁で、昨年の三月に、講演のためにウチの大学を訪れた。無事に講演を終え、帰り支度をしている時だった。桐島先生は唐突に意識を失って、その場に崩れ落ちてしまった。ひどい高熱で、とても動ける状態ではなかったため、即座に大学病院に担ぎ込まれることになった。

最初はインフルエンザかと思われたが、いつまで経っても熱は下がらず、一時は生死の境をさまようところまで行った。ところが、二週間後のことだ。いよいよ危ないと思われたその時、急に血色が良くなり始めたのだという。しかも、驚くべきことに——驚いたのは桐島先生本人ではなく、担当医師たちだったが——少しずつ肌が若返り始めたのである。

およそ二カ月後。十代相当の肉体になったところで、ようやく若返りは止まった。どうしてそこで止まったのか。正確な原因は未だに不明だが、彼女は「おそらく、体の細胞が最も活性化している年齢だからだろう」と語ってくれた。

「テロメアの短縮と老化の度合いは必ずしも一致するわけではないが、私のテロメラーゼが異様に活性化されているのは間違いない。要するに、私は全身が癌化しているようなものなんだ。癌細胞は普通の体細胞と違い、制御されることなく無尽蔵に増え続けるが、私の場合、どうやらそれがうまい具合に働いてくれたらしい。新しい細胞が猛烈な勢いで増えた結果、老化した細胞が完全に駆逐されたわけだ」

彼女は、嘘だと疑う余地のないほどの流暢さでそう説明してから、「待っていなさい」と実験室の奥にある別室にいったん引き下がり、赤いビロードケースを胸に抱えて戻ってきた。

受け取って開いてみると、中には金色のメダルが収められていた。髭を生やした男性が横を向いた意匠。見覚えがある。これは、ノーベル賞の受賞者に贈られるメダルだ。

「ついでにこれもだ」

呆然とする僕に、彼女は二つ折りになった厚紙を開いて見せた。

厚紙の左側には、現物よりずっと派手な色合いで虹が描かれており、右側には何語なのかよく分からない文章が書かれていた。横書きの文字を上から順に目で追ううち、中央付近にMotoko Kirishima と書いてあることに気づいた。セットで見せられたということは、これはどうやらノーベル賞の表彰状であるらしい。

「これで信用してもらえたと思うが」

証拠としては確かに揃(そろ)っている。だが、疑おうと思えばいくらでも疑える。メダルはレプリカで、賞状は捏造(ねつぞう)で、彼女は稀代(きたい)のプリティー詐欺師(さぎし)で、したり顔でもっともらしい話をしているという可能性も、もちろん考えられる。

しかしそれでも、僕は彼女の——桐島先生の話を信じようと思った。もっと正確に言えば、信じたいと感じていた。かつて桐島先生に直接会って、憧れを抱いた僕には分かる。八年前に僕が感じた迫力のようなものを、目の前の少女は間違いなく身にまとっている。少なくとも僕にとっては、それだけで十分、信じる理由になる。

彼女は紛れもなく桐島統子本人である。

それが事実であるなら、今の僕が訊くべきことは一つしかない。僕は居住まいを正して、おまけに咳払(せきばら)いをしてから、「どうして、僕はここに呼び出されたのでしょうか」と真正面から質問をぶつけた。

「その理由は、これを見れば分かる」桐島先生は実験台に置いてあったクリアファイルから、一枚の紙を引き出した。何やら数値がたくさん書かれている。「入学前の健康診断で採取した君の血液を分析した結果だ」

「……もしかして、何か危険な徴候でも出てるんでしょうか」

「いや、その逆だ。そこにあるのは、君の免疫機能に関するデータだ。白血球数、顆粒球とリンパ球と単球の数と割合、フローサイトメトリーによるリンパ球サブセット解析の結果。どれをとっても、完璧と言える数値だ。特に、ＮＫ細胞が非常に活性化されている」

すらすらと項目を挙げられたが、早すぎて全然理解できなかった。

「えっと、その……つまりは健康体だと」

「超がつくほどの、だ」桐島先生は楽しそうに言う。「君の免疫機能は常人の水準を凌駕している。思い出してみなさい。君は今まで一度でも病気に罹ったことがあるかね」

「そう言われてみれば……」

小・中・高と皆勤賞だったし、熱があってしんどい、という状態を体験したことすらない。

「……どうだね。ないだろう。それは当然の帰結なんだ。細菌やウイルスが君の体内に侵入した瞬間、免疫細胞が寄ってたかって攻撃をしかける。数の暴力というやつだ。どれほど質の悪い相手がやってきても、負けることはありえない」

「はあ、それはすごいですね」

ここは喜ぶところなんだろうか。どうもリアクションに困る。超が付くほどすごい免疫力。確かにありがたい体質だが、天から与えられたものであって、全くもって僕の実力ではない。

背中にできた痣（あざ）の形が珍しい、これは素晴らしい、芸術だ、と褒（ほ）められているのと大差ない気がしないでもない。

「君は絶対にウイルスに感染しない。たとえそれが、若返りのウイルスだったとしてもだ。だから君が選ばれたわけだ」

「えっ」僕は慌てて実験室内を見回した。「ここって、そんなのがうようよしてるんですか」

「いや。今のところ、私がそういうウイルスに感染しているという事実はない。だが、この空間にウイルスが存在しないことを証明できない以上、それ相応の防護策を講じなければならない。ここは元々、高病原性の感染症を研究するために作られた施設だった。ウイルスや細菌を外に出さない工夫が凝らされている。人を隔離（かくり）するには最適な場所だ。無論、部外者の立ち入りは禁じられている」

「誰も入れないんですか」

「そうだ。私は過剰（かじょう）な対応だと思っているが、外の連中を納得させるためにはそうせざるを得ない。トイレと風呂場以外は、あれで二十四時間監視しているそうだ」と言って、彼女は天井を指差す。見上げてみると、そこには黒い半球が埋め込まれていた。

「私はここから出ることはできないが、研究をすることは許されている。だが、実験室に一人きりである以上、実験に関係する雑務をすべて自分で処理しなければならない。当然、研究の効率は上がってこない。私はここに入って以来、助手となる人物をずっと探し求めていた。長期間働いてもらうには、この近郊に住んでいることが望ましい。だから、大学で行われていた健康診断の血液サンプルを分析していたんだ。覚えているかね。健康診断の前に、書類に署名をしたはずだ」

言われてみれば、〈研究に使う可能性がある〉とか書いてあったような気もする。軽い気持ちでサインしたが、まさかこんな用途に使われていようとは。

桐島先生はずいっと身を乗り出した。

「かなりの数を調べたが、今のところ、候補者は君しかいない。どうだろう。ここで働いてはもらえないだろうか」

きらきらと潤んだ瞳で、あの桐島先生が僕を見つめている。なんというパワーだろう。僕の心の奥底を見透かすような、透過力（とうかりょく）の強い、まっすぐな視線だった。

科学の魅力を教えてくれた、憧れの大研究者。この人のそばにいたら、どんな世界を見ることができるのだろう。

僕は自分の鼓動に押されるように、「はい」と頷いていた。確信があった。ここで断ったら、僕はきっと後悔する。

「ありがとう」

桐島先生は笑顔を見せて、再び手を差し出した。

「なるべく、長い付き合いになることを願っている。今後ともよろしく」

「あ、はい。よ、よろしくお願いします」

僕はぎこちなく、彼女と握手を交わした。

女の子らしい華奢な手から、柔らかい温もりが伝わってきて、僕はいささか狼狽してしまった。

断章（1）

「吸血鬼」は、ノートパソコンの液晶画面に表示された遺伝子配列を見つめながらほくそ笑んだ。

狙った位置に、設計通りの遺伝子が組み込まれている。数カ月掛けて密かに取り組んできた研究が、遂に完成した。自然を征服したという快感。研究に携わる人間が求めてやまない喜びが、「吸血鬼」の全身を支配していた。

「吸血鬼」は実験室を見回し、深く息をついた。喜ぶのはまだ早い、やっとスタートラインに立っただけだ、と自分を戒める。

――これでようやく、復讐の……いや、改革の準備が整った。

計画の要となる「道具」は完成した。次は、それがうまく機能することを確かめなければならない。使えるかどうかを試すための、実験台が必要だった。

以前から、生贄にする人物には目をつけてあった。向こうが自分を怪しんでいる様子は一切ない。それとなく誘えば、大した警戒心も抱かれずに、簡単に「実験」に移れるだろう、と「吸血鬼」は確信していた。

マッドサイエンティストじみた自分の考え方に、「吸血鬼」は苦笑した。やはり自分は狂っている。だが、それでいいのだ。人間らしい心を捨て去らねば、改革を成し遂げることはできない。

——さあ、最初の一歩を踏み出そう。

「吸血鬼」は実験台の引き出しから注射器を取り出し、自らが作成した「道具」の入った液体を吸い取った。

3

四月十日（火曜日）①

新しい一日の始まり。朝らしい、淡い色合いの青空が僕の頭上に広がっている。僕は買ったばかりの自転車にまたがり、大学に向かうべくペダルを漕いでいた。

正面から風を受けながら、僕は首をかしげた。

あれって……夢じゃないよなあ。

昨日、無事に地下を脱出した僕は、その足で大学の図書館に向かい、インターネットで桐島先生のことを調べてみた。しかし、いくら検索ワードを変えてみても、先生が若返ったことはもちろん、東科大での講演の帰りに倒れたことすら記事になっていなかった。情報が意図的に操作されているとしか思えなかった。

幹線道路がクロスする大きな交差点の向こうに、小高い丘が見えている。東科大のキャンパスだ。いくつか建物が並ぶ中、大学病院がその高さのためにひときわ目立っている。今すぐにでも、あそこの地下にある桐島先生のラボに行きたいが、僕はれっきとした大学一年生で、朝いちからばっちり講義が入っている。

アルバイトは、今日の夕方からスタートすることになっている。とにかく、それまでは桐島先生のことを考えないようにしよう。信号が青に変わったタイミングでそう決めて、僕は強くペダルを踏み込んだ。


東科大の講義は（どこの大学もだいたいそうらしいが）、ひとコマ九十分で行われ、午前が二コマ、午後が最大で三コマとなっている。

火曜の一時限目は、英語のリスニングの講義だ。必修科目の一つであり、三クラス合同で行われる。

科学者たるもの、英語は話せて当たり前、使いこなして世界に打って出るべし――というのが大学のポリシーであり、故（ゆえ）に、高校時代はセンター試験用の対策程度の扱いでしかなかったリスニングについて、かなり力を入れている。講師は当然外国人。講義が始まれば、英語以外の言語が使われることは一切ない、という触れ込みだった。

今日が第一回目だったのだが、想像していた以上に講義はハードだった。耳に手を当てていたのに、話す内容の半分も聞き取れないのである。いや、音としては聞こえているのだが、それが意味のある単語と認識できないのだ。

講師は、絵に描いたような金髪碧眼の、中年イギリス人男性だった。彼は派手なジェスチャーを交えて、「脳を日本語モードから英語モードに切り替えるのデス」と熱弁を振るっていた（たぶん）が、やり方を教えてくれなければ何の意味もない。

結局、僕の脳みそは最初から最後まで英語に振り回されっぱなしで、講義を終えた時にはフルマラソンを終えたランナーもかくやの疲労っぷりだった。

机に額をつけて火照った頭を冷やしていると、ふいに誰かが僕の肩を叩いた。

「よう。お疲れさん」

首を捻って振り向くと、そこに久馬と飯倉が並んで立っていた。そういえば、二人は同じクラスだったな、と思い出す。凛々しくて長身＆優しげで線が細い――二人が並んでいると、イケメンアイドルユニットといった趣がある。

「やっと終わった、って感じだな」と久馬が自分の肩を揉む。

僕はのろのろと体を起こし、「マジできついって」と外国人っぽい感じで両手を広げた。

「全然聞き取れないしさあ。こんなんでちゃんと単位取れるのかな」

「そのうち慣れるんじゃないのか。今から気にしてもしょうがないだろ。それより、飯倉が耳寄りな情報を持ってきてくれたぞ」

「へえ？」と視線を向けると、飯倉は爽やかな笑顔を浮かべて頷いた。

「なんか、アルバイトを探してるって聞いたから。額は大したことないけど、簡単にお金がもらえるらしいんだ」

「……ふーん、そうなんだ」

表情を変えないように、僕は口元に力を込めた。僕はまだ誰にも、ラボでのバイトのことを話していない。秘密にするように厳命されているし、そもそも言えるわけがない。若返ったノーベル賞受賞者のところで働くからお金の心配はいらないよ——なんて打ち明けたら、僕の脳の状態を疑われかねない。

あれこれ話しているうちにボロが出るとまずいので、僕は早々に「ありがとう、助かるよ」と引き受ける意思を示した。

「で、どんな内容なの？」

「実は僕も知らなくて」と飯倉が頭を掻く。「でも、すぐに終わるって。学内でやってるらしいから、今日の昼休みに三人で行こう」

「分かった。じゃあ、ここのロビーで待ち合わせようか」

僕は二人と落ち合う時間を決めて、次の講義に向かうために席を立った。


午後〇時半。理学部三号棟の玄関前の短い階段を駆け上がり、自動ドアをくぐって中に入ると、ロビーで久馬と飯倉が待ってくれていた。

「お待たせ。クラスのみんなで食堂に行ってたから遅れちゃったよ」

「ま、だいたい時間通りだな」久馬は腕時計をちらりと見て、「で、どこに連れて行かれるんだ」と飯倉の横顔に視線を向けた。

「すぐそこだよ。じゃあ行こうか」

飯倉は僕の横をすり抜けて、玄関から外に出て行く。追って建物を出ると、飯倉は「あそこだって」と隣にある理学部二号棟を指差した。窓以外の部分が金属製のすだれっぽいフレームに覆われた、変わった建物だ。金網に入れられた豆腐、という趣である。近未来的と言えなくもない。

三人揃ってロビーに入ったところで、「ちょっと待ってて」と飯倉は立ち止まり、携帯電話を取り出した。すかさずどこかに電話をかけて、「着きました。……ロビーで待ってます」と短く報告している。

しばらくその場で待っていると、廊下から白衣を着た男性が姿を見せた。

年齢は三十代後半くらいだろうか。肌が浅黒く、目つきが鋭い。後ろから見たら女性と見間違えそうな長さの髪は、しっかりブラウンに染められていて、顎先にちょろっと髭を生やしたりもしている。

「よお、祐介。元気か」

チンピラっぽい男性は快活に笑う。飯倉は彼の隣に立ち、「この人が僕の叔父さんだよ。今回の話を持ってきてくれた人」と紹介した。

「高本伊佐雄だ。二人とも、ウチの一年なんだよな」

僕と久馬は頷いて、簡単に自己紹介をした。

「やっぱ初々しいな。オレはこう見えても准教授をやってるんだぜ。もう、毎日うんざりするくらい研究漬けよ」

　高本先生は笑顔で僕たちの肩を叩き、「じゃ、さっさと済ませるか」と廊下の奥を指差した。

「伊佐雄さん。その前に、アルバイトの内容を説明してくださいよ」

　飯倉が呼び止めると、高本先生はガンを飛ばすように僕たちを睨んで、「あん？　まだ言ってなかったか」と首を捻った。

「採血だよ、採血。実験に使うんだ」

「血を取るんですか」と、久馬が臆せず尋ねる。

　高本先生は「大した量じゃない。健康診断とほとんど変わらねえよ」と笑う。「健常人のウイルス感染状況を調べる、って研究を医学部と共同でやってるんだ。医者のお墨付きだから安心しろ。ほれ、行くぞ」

　促され、僕たちは一列になって廊下を進んでいく。壁や床は灰色で、余計なものが置かれていないので、トンネルの中を歩いているような気分になってくる。

「ここだ」

　立ち止まって高本先生が指差したドアには、〈衛生疫学研究室・事務室〉と書かれたプレートが貼り付けられていた。高本先生は雑な手つきでドアを開けて部屋に入っていく。

　広い事務机の向こうに、ぽっちゃりした女性が座っていた。窓を覆う真っ黒なカーテンが背景になっているせいで、丸っこいシルエットが浮き出て見える。体型からの連想で、赤ん坊を背負って農作業に勤しむ肝っ玉母さん、みたいな光景が自然と思い浮かんだ。

「お、いたいた。ちょっといいかな、長瀬くん」

長瀬と呼ばれた女性が顔を上げ、僕たちを順に見回した。その視線が、飯倉のところでぴたりと止まる。彼女は何度か瞬きを繰り返して、「……何か？」と高本先生に目を向けた。

「採血ボランティアだよ。全員一年生なんだ。人数が多いけど、構わないかな」

「ああ、そういうことですか。いいですよ。サンプルが多くて困ることはないですから」

長瀬さんは表情を緩めて、机の引き出しから数枚の紙を取り出した。

「これ、採血する人に書いてもらうことになってるの。実験に血液を提供する意思を確認するための書類」

用紙を受け取り、名前や生年月日を記入していく。最後の欄に、〈持病などについて記入してください〉とあるのを見て、僕は手を止めた。超免疫力について記載すべきだろうか、と一瞬迷ったが、ややこしいことになりそうだったので「既往歴なし」に丸を付けておいた。

長瀬さんは記入が終わった用紙と交換で、無地の茶封筒を渡してくれた。

「これが報酬ね。中身は三千円。現金じゃなくて図書カードだけど、これからたくさん教科書を買うはずだし、無駄にはならないでしょ。ちゃんとここの書籍部でも使えるから」

「ええ、さっそく使わせていただきます。どうもありがとうございました」

久馬が僕たちを代表してお礼を言った。

「いえいえ、こちらこそ、ご協力ありがとうございました。匿名性は確保されてるから、安心してね」

笑顔を浮かべて、長瀬さんは僕たちを見送ってくれた。

事務室を出たところで、「彼女は学生の中じゃ最年長でな。採血ボランティアの担当をやってもらってるんだ」と高本先生が教えてくれた。

「で、採血はどこでやるんですか。大学病院にでも行くんですか」

「いや、ここでやってるぞ。臨床検査技師の資格を持ってる学生がいるんだ」

久馬の質問に誇らしげに答えて、高本先生が廊下の反対側のドアを開く。ドアプレートには、〈衛生疫学研究室・実験室〉とある。高本先生に続き、僕たちも足を踏み入れた。桐島先生のラボと、作りや設備はよく似ている。ただ、あそこよりはずいぶん狭い。面積にして、だいたい四分の一くらいか。

高本先生は実験室内をざっと見回して、「あれ、いねえな」と首をかしげた。その声に反応して、実験台のところにいた男性が近づいてきた。

短い髪に、唐辛子(とうがらし)のように細長い顔。そして、開いているのか心配になるほど細い目。丁寧(ていねい)に現地風に再現した国産モアイ像、といった顔立ちである。

「どうしたんですか、先生」と、彼が糸のような目で僕たちを見回す。

「おう、東條(とうじょう)。斎藤(さいとう)くんはどこにいるんだ」

「食事に出てますよ」モアイ似の彼が答える。「そろそろ戻って来るんじゃ……」

東條さんの言葉を遮(さえぎ)るように、音を立ててドアが開き、すらりとした体型の女性が部屋に入ってきた。

長いストレートの黒髪に、真珠を思わせる乳白色の肌。触れたら壊れてしまいそうな、儚い印象がある。どことなく、竹久夢二の描いた美人画に似ている。

「お、戻ってきたか」と高本先生が指を鳴らす。「いつもみたいによろしく頼むわ」

高本先生がそう声を掛けたが、彼女はわずかに眉根を寄せて、黙ってこちらに視線を注いでいる。

「……斎藤くん？　どうかしたのか」

「いえ、人数が多かったので驚いてしまって」彼女は繊細で物静かな雰囲気を保ちながら、柔らかく微笑んだ。「採血ですよね。待ってくださいね。今、準備しますから」

斎藤さんは椅子の背に掛けてあった白衣をまとうと、実験室をぐるりと一周する形で、注射器や試験管や脱脂綿や消毒液を揃えていった。

「――これでよし、と。じゃあ、順番にどうぞ」

ふと気づくと、僕が先頭に立っていた。僕は涼やかな声に引かれるようにふらふらと彼女に近づき、すとんと椅子に腰を下ろした。

「左手でいい？……袖をまくって、ここに手を置いて」

斎藤さんが優しい手つきで肘の内側を消毒してくれる。心拍数が上がっているのがよく分かる。美人の看護師さんが男性の血圧を測ると、普段より高い数値が出るという話を聞いたことがある。ここはもちろん病院ではないのだが、起きている現象は似たようなものだと思われる。

「これまでに、採血で気分が悪くなったことはありませんか」

「大丈夫……だと思います」

「はい。それじゃあ、親指を包むように手を軽く握って。……うん、そう」

子猫の額を撫でるような軽いタッチで血管を探り当てると、斎藤さんは迷いのない動きで注射針を刺した。その表情は真剣そのもので、さっきまでの柔和な雰囲気はいつの間にか消えていた。

少し間を開けて、不気味なほど赤い液体が注射器の本体部分に充填されていく。

病気や怪我に縁がなかったからだろう。僕は昔から血を見るのが苦手だ。あまり凝視していると気分が悪くなりそうだったので、僕は途中で目を逸らした。

少し離れたところから、東條さんが細い目でこっちを見ている。見えているのか見えていないのかよく分からないが、観察されているようであまり気分はよくない。

「――はい、終わりました」

斎藤さんの声で僕は顔を元に戻した。肘の内側を見ると、いつの間にか針は抜き取られていた。斎藤さんはかなり腕がいいらしい。ほとんど痛みを感じずに済んだ。

彼女は採取した血液が入った試験管を軽く振って、生まれたばかりのヒヨコを扱うように、そっとトレイに置いた。

斎藤さんは僕の瞳を覗き込んで、「三人とも、一年生?」と小さく微笑む。

「え、ええ。そうなんです」僕は小刻みに頷いて、「斎藤さんは、何年生なんですか」とお返しとばかりに質問した。

「私も一年。ただし、博士課程の一年だけど」斎藤さんは困ったように頰に手を当てた。

「みんなより、ずっと年上。ほとんどおばさんだよね」

そんなことないですよ、全然若いですよ——。

そう思ったが、いかにも軽薄に聞こえそうだったので、僕は曖昧に首を振って立ち上がり、久馬と交代した。

4　四月十日（火曜日）②

午後四時二十分。四時限目の講義が終わると、教室は今日の義務をやり遂げたという安堵のため息に包まれる。

明日は平日だが、創立記念日で休みになっている。ここは一つ、クラスメイトにならってぱーっと遊びに行きたいところだが、僕には極めて大事な用事がある。

僕は正門へと向かう人の流れを抜け出し、大学病院へと足を向けた。これから、桐島先生に会いに行く。昨日の出来事が本当に現実だったのかどうか、ようやくはっきりさせられるわけだ。

体中に張り付いた緊張感を自覚しながら、病院の裏手に回る。駐車場の隅に、小ぢんまりとした建物が見えている。

ドアを開けて中に入り、部屋の奥の真っ赤な扉の前に立つ。カードリーダーに黒須さんからもらったカードをかざすと、何の問題もなくロックが解除された。

——やはり、本物か。唾を飲み込み、重い扉を開けてさらに先へと進む。

地下へ向かうエレベーターの脇にある操作パネルに、桐島先生の誕生日からなるパスワードを打ち込む。エレベーターのドアはすんなり開いた。こちらも問題なし。

もう、疑う余地はないだろう。地下に到着する頃には、僕の疑念はすっかり消滅してしまっていた。指紋認証をあっけなくクリアし、僕は再び、地下のラボにたどり着いた。

「やあ、いらっしゃいませ」

事務室には黒須さんの姿があった。「どうも」と、僕は軽く頭を下げた。室内なのに、彼は今日もやっぱりサングラスをしていた。ポリシーなのかもしれない。

「いよいよアルバイトがスタートする——そういうことでよろしかったですかね」

「え、ええ。そう聞いています」

「大変結構。これでようやくボクもお役御免ということになりますか。去年の六月からだから、だいたい十カ月ですか。いやあ、長かったなあ、本当に」

黒須さんはすっと立ち上がって両手を広げると、芝居がかった動きで天井を仰ぎ見た。

「これまではずーっと、ボクが雑用をやってたんですよ。ほとんどここに入り浸りで、本業である探偵の仕事は完全にお休みにしてました。実験室に入ることはありませんでしたが、まあ大変でした。なにしろ、ボクは科学とは全く縁のない人生を歩んできましたからね。先生のおっしゃることの意味がちっとも分からないんです。メーカーやサイズを入念に調べないと、試験管の一本も注文できません」

相変わらず早口である。どうやらこの人は、いろんなことが常人よりスピーディーに行われるようだ。食事や入浴も早いに違いない。

そこで、ふと疑問が脳裏をよぎる。

「そういえば、黒須さんって、桐島先生とはどういう関係なんですか」

「おっと、まだ話してませんでしたっけ。あの方はね、ボクの祖母のお姉さんなんですよ。一言で表すなら、『大伯母（おおおば）』ということになりますか。つまり、親族代表として、ボクがお手伝い役に選ばれたわけです。どうやら、親戚の間では、ボクはフリーターと思われているようでしてね。ひどい勘違いですよ、まったく」

「……あれ？　もしかして、先生の若返りの話って、親戚の方には公表されているんですか。なんだか、ものすごい秘密主義っぽかったですけど」

黒須さんはちちちと指を左右に振る。

「探偵をナメてもらっては困ります。ボク独自のルートで手に入れた情報ですよ。桐島家の方々には、元気に研究を続けていると伝えてあります。若返りの件を知っているのは、この病院で治療に当たった医師たちと、厚生労働省の幹部だけです。ま、この事実を公（おおやけ）にするつもりはこれっぽっちもありませんが」

迂闊に口を滑らせて、ヒットマンを雇われたら困りますからね、と冗談か本気か判断しづらいことを言って、黒須さんは笑い声を上げた。

「さて、それでは最後の仕事として、簡単にアルバイトの内容を説明しておきましょうか。パスボックスのことは聞きましたか？」

いいえ、と首を横に振ると、黒須さんは「ではこちらに」と事務室の右奥のドアを開いた。

六畳ほどの部屋の、向かって右側の壁、床に接する辺りに銀色の扉が見える。その真向かい、僕の腰の高さくらいの位置には、取っ手の付いた頑丈そうな扉がある。

「右側にあるのは、物品搬入用のエレベーターです。人が乗れるサイズではないですが、上の倉庫から直通になってますから、よほど大量じゃない限りは、一回の操作でここに送り込めますよ。で、左側にあるのがパスボックスです。壁の向こうは先生のラボになってます」

「金庫っぽいですね、見た目は」

「ふむ。なかなか適切な表現です。壁に埋められた金庫です」黒須さんがパスボックスの扉を開いてみせる。「この箱は、逆側からも開けられるようになってます。中に入れた品物を、向こう側から取り出すことができるんです。ただし、空気が内外で混ざらないように、一度に片方ずつしか開かない仕組みになってますが」

「なるほど……よくできてますね」

「いやいや、感心するのはまだ早いですよ芝村さん。こいつはね、実験室側で開閉したあとで、内部を完璧に殺菌する機能が働くんです。こうしておけば、どんな危険なウイルスも外に漏れることはありません。ちなみにこれは、このラボ専用の設備ではなく、生物系の研究室ならどこでも設置されているものらしいです。驚くほどのテクノロジーではありません」

　黒須さんは流れるように説明を終え、ぱたんと音を立てて扉を閉めた。

「なるべくコイツを有効活用してください。例のシャワー、浴びましたよね？」

「ああ、はい。通路型の」

「そう、そいつです。ボクは噂でしか知りませんが、出入りのたびにいちいち全裸になるわけでしょう？　相当面倒なプロセスになりますよね、どう考えても。肌がふやけてしわしわになっちゃいますよ。それを避けるためにも、一度入ったらなるべく出ないで済むように、効率よく仕事を進めることをオススメいたします」

「そうですね。アドバイス、ありがとうございます」

「なんのなんの。極めて常識的な話をしているだけです。ああ、そうそう。肝心な注意事項を伝え忘れるところでした。先生の食事のことです。先生は若返りの副作用で、異常な大食いになっています。食事の回数は朝昼晩の三回ですが、量は五人前。一日分の弁当が早朝に上の倉庫に届きますから、朝のうちにラボに届けておいてください」

　五人前、という単語に圧倒され、二の句が継げなくなってしまう。僕が会った桐島先生は、ごくごく標準的な体型をしていたのに。

「他にも細々としたルールがいくつかありますが、先生に聞いて適当に対処してください。勤務時間は、朝の一時間と午後六時過ぎからの二時間、それだけです。ただし、休みはありません。毎日来てください。その代わりと言ってはなんですが、時給は奮発します。厚生労働省が資金を提供してくれてますから、思いっきりふっかけてやりますよ。ひと月みっちり働けば、大卒初任給の平均値を軽く超えるでしょう。他に質問はありませんね？　それではまた」

息継ぎなしに一気に言って、黒須さんはさっさと部屋を出て行ってしまった。質問を挟み込む余裕なんてどこにもなかった。なんというか、春の嵐みたいな人だ。

僕は今の話を頭の中で反芻しながら、試しに何度かパスボックスの扉を開け閉めしてみた。重い扉の中には、新品の電化製品によく似た匂いの空気が詰まっていた。

とりあえず、地上の倉庫にあった段ボール箱をすべて地下に送ってから、僕は意を決して桐島先生のところに挨拶に向かった。

体の洗浄と着替えを済ませ、白衣を羽織って、実験室に足を踏み入れる。室内を見回す前に、僕の瞳は桐島先生の姿を捉えていた。彼女は、こちらに背中を向けた姿勢で、手前の実験台に陣取っていた。ひどく雑に、首の後ろで髪をまとめている。

ぱっと作業の手を止め、「やあ、来たかね」と振り返ったその顔は、やはり若い女の子のそれだった。相変わらず寝癖がひどいが、鼻血が出そうなほど可愛い。

「どうも。……えっと、今日からよろしくお願いします」

「では、さっそく仕事に取り掛かってもらおうか」

ふむ、と呟いて、桐島先生はじっくりと実験室を見渡す。

「そろそろ床掃除もせねばならんが、実験が一段落してからでいい。まずはゴミ捨てをやってもらいたい。地下の全部屋を回って、ゴミを集めてきてくれ。しばらく溜めていたので、かなりの量になるはずだ」

「了解しました」

ほとんど反射的に僕は頷いていた。明らかな命令口調なのに、不思議と腹は立たない。歯向かうどころか、喜んで従いたくなるのは、彼女のカリスマ性の為せる業だろうか。

部屋の隅にあった棚から大型のゴミ袋を引っ張り出し、あちこちに点在するゴミ箱の中身を回収していく。

先生は全部屋を、と言っていた。僕はぐるりと実験室を一周し、とりあえず目についたドアを開けた。

「うわっ」

部屋を埋め尽くす、丸く膨らんだ黒いビニール袋たち。一瞬、ゴミ捨て場に迷い込んだのかと思ったが、部屋の隅にベッドがあるから違う。信じたくないが、どうやらここは先生の寝室らしい。饐えた臭いこそしないものの、とてもリラックスして安眠できるような部屋ではない。一刻も早く片付けねばと、衝動にも似た切迫感が心の底から湧き上がってくる。

とにかく、こいつらは外に出してしまおう。手前の袋を抱えようとしたところで、口が結ばれていないものが混じっていることに気づいた。そういえば、分別とか、ちゃんとしてるんだろうか。

確認のために中を覗き込んで、「え？」と僕は固まった。

袋の中に、大量の下着が詰まっていたのである。

「あ、あのっ！」

僕は転がるように寝室を脱出した。桐島先生は淡々と実験を続けている。

「どうしたね、そんなに慌てて」

「その、ゴミ袋に、トランクスとかぼちゃパンツを合体させたような下着が、山ほど入っていたんですが。お婆さんが穿くようなやつです」

「……それは私の下着だ。捨てておいてくれ」

「で、でも、もったいないっていうか……」その単語は変態御用達のような気がしたので、慌てて言い換える。「ええと、洗って再利用しないんですか」

「排水を減らすために、洗濯はしない決まりになっている。替えはまだまだたくさんある。

遠慮なく捨てて構わない」

「……はあ、そうなんですか」

「ついでに捨て方を説明しておく。ダストシュートはそっちのドアの奥だ」先生が出入り口のすぐそばの扉を指差す。「直接ベルトコンベアで処理施設に送られ、人の手を介することなく焼却処分されるから、分別もしなくていい」

「そういうことなら……」

雇い主が捨てろというなら、おとなしく捨てるだけのことだ。すごすごと先生の部屋に引き返そうとしたところで、「待ちたまえ」と呼び止められた。

「なんでしょうか」

「いいかね。その下着には、ズロースという名前がある。私が若い頃は、誰もがその下着を身に着けていた。戦後すぐの頃など、メリヤスのズロースは最高級品として扱われていたほどだ。腹を冷やすことは、女性にとっては禁忌(きんき)とされていた。そういう意味においても、ズロースは重宝(ちょうほう)されていたんだ。分かったかね」

なんだか不機嫌そうな声音だ。どうやら、愛用している下着が「かぼちゃパンツ」扱いされたことを怒っているらしい。僕はおとなしく「すみませんでした」と頭を下げた。

「分かればいいんだ。……ところで」

ふと、先生が気難しげな表情を浮かべる。

「参考までに訊いておきたいんだが、今の若い子は、どういう下着を穿いているんだね」

「ああ、ショーツっていう、こういう形の」僕は空中に逆三角形を描いてみせた。「――やつだと思います」

「……ふむ、なるほど。服屋で見たことはある」

「あの、それが何か」

「……いや、なんでもない。ただの雑談だ。仕事の続きに戻ってくれ」

「はあ。では、失礼します」

僕はもう一度お辞儀をしてから、先生の私室に再び足を踏み入れた。

念のために確認してみたが、どうやら下着が入っているのはそれだけで、他の袋には実験器具や弁当の空容器、ペットボトルなどが詰め込まれていた。実験室を広く使うために、寝室で保管していたのだろう。

何度か往復してそれらを処分すると、部屋の床が見えてきた。といっても、リノリウムが張られているだけで、立派な絨毯（じゅうたん）が出てくるわけではない。

すっきりしたのはいいが、こうして見ると、非常に殺風景な部屋であることが分かる。奥にベッドがあり、そのすぐ脇に書き物机と簡素な事務椅子がある。逆に言うと、それ以外には何もない。テレビもパソコンもクローゼットも冷蔵庫もない。下着やTシャツが入った段ボール箱と、ミネラルウォーターのペットボトルが無造作に置いてあるくらいだ。

あの桐島先生がこんなところで囚人みたいな生活を……。そう思うと、なんとも言えない物悲しい気分になってしまった。

ゴミを捨てて実験室に戻ってみると、横長の実験台に弁当箱がずらりと並んでいた。

たけのこ、人参（にんじん）、高野（こうや）豆腐の煮物。サワラの幽庵（ゆうあん）焼きとはじかみ。車海老（えび）と椎茸（しいたけ）とししとうの天ぷら。マグロと鯛（たい）とイカのお造り。メロンとオレンジ。香（こう）の物。白いご飯。懐石（かいせき）弁当というやつだ。

桐島先生は流しで手を洗ってから、落ち着いた所作で丸椅子に腰を下ろした。

「――いただきます」

神妙に手を合わせて、先生は食事を始めた。あれだけ見目麗しいのだから、きっとお上品に少しずつ口に運ぶのだろうと思っていたが、先生は前のめりになって、猛烈な勢いで箸を動かしていた。今にもガツガツと音が聞こえてきそうである。

野生動物を思わせる遠慮のない食いっぷりを堪能していると、「手が止まっているぞ」と桐島先生はリスのように頰を膨らませながら言った。「ゴミは片付いたかね」

「は、はい。目についた袋はすべて捨てておきました」

「なら、床掃除をしておいてくれ。掃除用具は、ここを出てすぐの更衣室のロッカーに入っている。実験の邪魔になるから、私が食事を終える前に済ませるように」

とか言っている間に、一つ目の弁当が空になっている。桐島先生は一秒たりとも休憩を挟むことなく、すぐさま二つ目に取り掛かった。

まずい。この分だと、二十分もしないうちに全部平らげられてしまう。慌てて掃除を始めようとした僕の背中に、桐島先生の声が飛んでくる。

「――仕事というのは、人に言われてするものではない。これが終われば、次はあれ。自分で考えて、きびきびと動くものだ。言われた通りにやって褒められるのは小学生までだ。そのつもりで働きなさい」

「は、はい。肝に銘じます」と僕は頭を下げた。

午後七時前。僕は実験室内での作業を終えて、事務室に戻ってきた。初日ということで、とりあえずは掃除だけで切り上げさせてもらった。

しかし、仕事はまだ終わりではない。黒須さんが置いていった、引継ぎマニュアルに目を通しておくように言われている。

試薬や実験器具を購入する際には、発注書を作成したり、伝票を取りまとめておかねばならない。また、このラボでは動物の飼育は一切やっていない。そのため、動物実験が必要になる場合は、外部の研究機関に依頼することになる。それらの対応も僕がやらねばならない。覚えることは山のようにある。

分厚いファイルを前に、さあ読むぞと気合を入れたタイミングで、カバンの中で携帯電話が振動し始めた。電話だ。地下ではあるが、圏外(けんがい)ではないらしい。

取り出してみると、画面には飯倉の名前が出ていた。

「もしもし」

「ああ、よかった、繋がった」飯倉は心底安堵したような声を出した。「ちょっと頼みがあってさ」

「どうしたの？」

「実は、さっき伊佐雄さんからいきなり電話があってね。研究室で飲み会をやってるらしくて、来ないかって誘われてるんだ。というか、『来い』って命令されちゃってね。でも、知らない人ばっかりだし、できれば知り合いに一緒に来てほしくて」

「それで僕に？」

「そう。どうかな、急で申し訳ないんだけど」

僕は手元の資料に目を落とし、「ごめん」と飯倉の誘いを断った。「実は今、アルバイトの真っ最中でさ。やんなきゃいけないことがあるんだ」

「あ、そうなんだ。早いね、もう見つかったんだ、バイト」

「うん、とんとん拍子にね」あまり詮索（せんさく）されたくないので、さっさと本題に戻ることにする。「飲み会のことなんだけどさ、久馬を誘ってみたらどうかな」

「いや、もう断られたよ」苦笑混じりに言って、飯倉はため息をついた。「時間がないから一人で行くよ。本当は結構人見知りする方なんだけどね」

「……ごめんね。次、また同じことがあったら、なるべく参加するようにするから」

「気にしないでいいよ。いきなりなのはよく分かってるから。じゃ、またね」

飯倉はこちらを気遣うように言って、電話を切った。

しようがなかったとはいえ、悪いことをしてしまった。今度会ったら、ちゃんと謝らないとな、と考えながら、僕はマニュアルの一ページ目を開いた。

5　四月十一日（水曜日）

今日は大学の創立記念日なので講義はないが、僕は早朝から桐島先生の元を訪れていた。

このアルバイトに休みはない。

昨日、時間をかけてみっちり学んだので、仕事内容はひと通り頭に入っている。

まずは、地上の倉庫に届いている仕出し弁当や実験機材を、荷物用エレベーターでまとめて地下に運ぶ。搬入が完了したら、地下の事務室に移動し、一日分の弁当をパスボックスに入れておく。

作業後、すぐさま事務室に戻り、デスクトップPCを立ち上げる。メールソフトを起動し、試薬を販売しているメーカーや外部の共同研究先からメールが届いていないかチェックする。幸い、今朝は急ぎの連絡は来ていなかった。ひと息つく間もなく、今度は実験室へと移動する。無論、途中で例のシャワーを浴びなければならない。

「おはようございます」

ラボのドアを開け、その場で挨拶する。たまたま手前の実験台にいた先生が、「おはよう」と背中を向けたまま挨拶を返してくれた。今日も先生は実験に勤しんでいた。

今のところ、食事以外で先生が休んでいるところを見たことがない。さすがにどこかで睡眠を取っているだろうが、下手するとそれ以外は本当に実験しかしていない可能性がある。その証拠に、昨日空っぽにしたはずのゴミ箱には、実験で使うプラスチック器具が大量に捨てられていた。

ゴミは固体だけではない。ラボでは、試料の成分分析やタンパク質の精製（せいせい）に使う機器——高速液体クロマトグラフィー（HPLC）という名前が付いているそうだ——を複数台稼働させているのだが、常に溶媒を流しているため、一日で数リットルの廃液が出る。廃液タンクの容量には限度があるため、二日に一度はそれらを捨てなければならないとのこと。もちろん、使った分の溶媒を定期的に補充するのも僕の仕事だ。

そうしてゴミ捨てと溶媒の補充を終え、僕は実験室の床掃除に取り掛かった。これで朝の作業は完了する。

僕がちょこまかと動き回っている間も、先生は実験を続けていた。その横顔は真剣そのものので、居合い抜きの達人のような目でプラスチック製の試験管を見つめている。

何かの反応が終わるのを待っているのか、一時的に手が止まっている。今なら会話をしても大丈夫そうだ。この機会に、気になっていた質問をぶつけてみることにした。

「あの、すみません。お伺いしたいことがあるんですが」

「なんだね」

「先生は、何の研究をされてるんですか。やっぱり若返り関係ですか」

「今年の一月まではそれを主な研究対象にしていたが、最近は違う。希少疾患の研究を中心に据えている」

桐島先生は試験管を金属のラックに戻し、こちらに視線を向けた。

「厚生労働省の上層部は、私の症状を把握している。表には出ていないが、いくつかの機関で、若返りの原因を解明するための実験が行われているそうだ。故に、私が手掛けなくとも研究は進んでいく。だが、希少疾患はそうではない。世界には七千以上もの疾患があると言われている。その中には、患者が数十人しかいないようなものもある。いくつかの疾患は、難治性疾患克服研究事業などといった形で研究助成が行われているが、まだまだ十分とは言えない。誰かが治療法を見つけなければ、永遠に治らない疾患が確かに存在している。だから、私は希少疾患の研究をやることに決めたんだ」

桐島先生は淡々と、それでもどこか熱のこもった口調で自分の研究を語ってくれた。

「そういう意味では、ここは最良の研究環境と言えるだろう。こちらが望めば、上の病院から即座に患者の生体試料を送ってもらえる。これは非常に重要なことだ。新鮮な試料を分析することで見えてくるものもあるからな」

先生は、立派な研究をやっている。その手伝いをしていると思うと、胸の中が、ほっこり温かくなってきた。大した仕事はできないが、僕は僕で、自分のやれることをこなしていこう。そうすることが、回りまわって、いつかは病に苦しむ人を救うかもしれないのだから。

僕がじんわりと感動を嚙み締めていると、「ああそうだ。雑談ついでにちょっと訊きたいんだが」と先生が軽く手を挙げた。

「君は、インターネットはできるのかね」

「ええ、人並みには」

僕がいた高校では、パソコンルームが学生に開放されていた。タダなのをいいことに、しょっちゅう入り浸って触っていたので、自然と詳しくなってしまった。

「それはよかった」先生は椅子をくるりと回して、実験室の隅のノートパソコンを指差した。

「調べてもらいたいことがある。資料を渡すから、そこに書いてあるタンパク質の遺伝子配列を取得してくれ」

「それは構いませんが……先生がご自分でやられた方が効率的なのではないでしょうか」

先生は寝癖が付きまくった髪を撫でて、小さく息をついた。

「……使い方が分からないんだ」

「はあ、でも、簡単ですよ」

「君は馴染みがあるからそう思うんだ。私が若い頃はこんなものはなかった。いきなり訳の分からないものを渡されても困るんだ」

先生の話を聞くうち、微妙に引っ掛かっていた、外部機関とのメールのやり取りについての疑問がするりと解けた。ここの地下はネットワーク環境がきちんと整備されており、どの部屋からでもインターネットにアクセスできるようになっている。実験室に軟禁されていてもパソコンは使えるのだから、研究に関わる重要なメールのやり取りは、桐島先生が自分でやるべきではないかと思っていたのだ。

その疑問に対する回答はシンプルだ。先生は電子メールどころか、パソコンそのものを使うことができないのだ。

見た目は若くとも、中身は八十八歳のお婆ちゃんだ。致し方のないことではある。しかし、桐島先生はノーベル賞を取るほどの傑物である。今から学んでも、十分に間に合うのではないだろうか。

僕は力強く頷いて、「よかったら、使い方をお教えしますが」と提案してみた。

だが、先生の表情は優れない。ううむ、と喉の奥で唸るばかりである。

「……確かに、使えば効率が良くなることは分かっている。しかし、この年齢から学んでうまくいくようなものではないだろう」

「そんなことないですよ。お年寄り専門のパソコン教室もあるくらいですし」

そう言うと、先生はすっと目を伏せた。

「……昔、壊したことがあるんだ」

「はあ、パソコンをですか」

「そうだ。あれは確か、平成が始まった頃か。私の研究室に、最新のパソコンが導入されたことがあった。妙に大きな図体で、こう、触らずにはおれなくなるような、不思議な魅力を持っていた。それで私は、部屋に誰もいなくなってから、興味本位であれこれいじっていたんだ。そうしたら……突然画面が真っ青になって、それ以降、あらゆる操作を受け付けなくなってしまった」

「エラーか何かですかね。それで、どうなったんですか」

「どうしようもないから、こっそり業者を呼んで、いったん引き取ってもらったよ。……私が壊したと知れたら、学生たちの信用をなくしてしまう」

「じゃあ、それ以降は、全然扱ってこなかったんですか」

「……そういうことだ」

なるほど、どうやら先生はその時のトラウマを抱えたまま、ここまで来てしまったらしい。うんともすんとも言わなくなったパソコンの前で途方に暮れている先生の姿を想像すると、笑えるというよりむしろ切なくなった。

僕はぽんと胸を叩いてみせた。せっかく若返ったのだ。今こそトラウマを払拭する絶好の機会ではないか。

「大丈夫です。なるべく丁寧にやりますから、諦めずにやってみましょう。万が一壊れちゃったら、僕がやらかしたことにしますよ」

先生はぱちぱちと瞬きを繰り返してから、ゆっくりと頷いた。

「……そうかね。なら、お願いするとしようか」

「せっかくですし、触るだけ触ってみましょうか。今、お時間大丈夫ですか」

「そろそろ朝食をいただこうと思っていたところだ。問題ない」

「じゃあ、さっそく」

僕は桐島先生とともに、実験室に設置されているノートパソコンの前に移動した。折りたたまれた液晶画面を開いたところで席を立ち、代わりに先生に座ってもらう。

「では、とりあえず立ち上げてみてください」

僕がそう言うと、桐島先生は「こうかね」とノートパソコンを持ち上げ、空中で保持したまま裏面を覗き込んだ。

「支えがないようだが、どうやって立たせるんだ」

そこで僕は、先生がビッグな勘違いをしていることに気づいた。

「すみません、立ち上げるというのは、電源を入れることなんです」

「なんだと」先生はぐっと眉間にしわを寄せて、僕を睨みつけた。「専門用語を使うのはやめてくれないか」

「し、失礼しました。では改めて、電源を入れてみてください」

「……ところで、スイッチはどこにあるのかね」と先生が不安げな表情を浮かべる。

「実は、それが初心者が最初にぶつかる壁なんです。探してみてください」

むう、と唸って、桐島先生はパソコンをじっくり観察し始めた。さすがに研究者。目つきは真剣そのものだ。前後左右、ついでに側面までつぶさに観察した結果、先生は「これかね」と、キーボード上部の丸いボタンを指差した。さすがである。

「正解です。押してみてください」

先生が神妙な顔つきで電源を入れると、画面には広々とした草原が映し出された。画面上にはおあつらえ向きに、インターネットに接続するためのアイコンが置いてあった。

「これをダブルクリックしてみてください」

「……どういう意味だね」

「えっと。マウスは分かりますよね。そこの脇にある、丸っこいやつ」

「さすがにそれくらいは分かる。ネズミに似ているからマウスと言うんだろう」

若干むっとしたように言って、先生はマウスを鷲掴（わしづか）みにした。残念ながらそれではクリックは難しいだろう。

「あの、持ち方がちょっと。こういう風に、先の方に指を当てて……」

具体的にやって見せようと思い、僕は先生に覆いかぶさるように後ろから手を伸ばした。

すると先生は、反発しあう磁石(じしゃく)のように、ぱっと席を離れてしまう。

「あれ。どうかされましたか」

「……近すぎはしないかね」

言われて、僕は画面に目を向ける。

「大丈夫ですよ。これくらい離れていれば、目に悪影響はないはずです」

「そういう意味ではない。私と君の距離が近いということだ」

先生は緊張感みなぎる表情で言う。怒っているのだろうか、顔が赤くなっているようにも見える。

「気をつけてくれ。前にも言った通り、この部屋は外部から監視されている。君が妙な動きをしたら、向こうも何らかの対処を考えるに違いない」

「そうか、そうでしたね。気をつけます」

「……本当に気をつけてもらいたい。万が一、ふしだらな行為に及んでいるなどと勘違いされたら……私の沽券(こけん)に関わる」

桐島先生は親の敵(かたき)でも見るような目つきで、僕の白衣の胸元を睨んでいる。

なんだか妙にぎこちない空気になってしまった。僕は咳払いをして、「……と、とにかく、使い方をお教えしますので」と、椅子に座るように先生にお願いした。

6　四月十二日（木曜日）

アルバイトに明け暮れた休日が終わり、また新たな一日が幕を開けた。

僕は午前中の二つの講義――代数幾何と熱力学を終え、食堂に向かった。今日は結構混んでいる。日替わり定食が載ったトレイを手に、空いた席を探して食堂を歩き回っていると、「拓也」と声を掛けられた。隅の方の席に久馬が一人で座っていた。

「お、ラッキー。邪魔するよ」

僕が腰を落ちつけたタイミングで、「飯倉から飲み会に誘われただろ」と、久馬は前置きなしに話を始めた。「そっちも断ったんだってな」

「用があって」と僕は味噌汁をすする。「久馬はどうして行かなかったのさ」

「俺は家系的にアルコールに弱いからな。自重したんだよ。全然知らない人の前で醜態を晒すわけにはいかんだろ」

「それは確かに。飯倉は大丈夫だったのかな」

いや、と久馬は首を横に振る。

「かなり体調が悪そうだったぞ。よっぽど飲まされたんじゃないのか」

「あれ、そうなんだ。……一緒に行った方がよかったのかな」

「気にするなよ。楽しいからついつい飲みすぎる。二日酔いか三日酔いか知らないが、自己管理がなってないんだよ」

久馬はばっさり切り捨てるように断言した。今日はやけに辛口だ。

僕たちの間に、若干気まずい空気が流れる。酢豚を食べながら会話の糸口を探していると、ポケットで携帯電話が震え出した。

「ちょっとごめん」

取り出してみると、画面には〈桐島先生〉と出ている。登録はしてあったが、かかってきたのは初めてだ。

久馬に背を向けて、「もしもし」と電話に出ると、「複写してきてもらいたい論文があるのだが」と、いきなり切り出された。「理学部の図書室にしか置いていないものだ。雑誌の名前とページ数を言うから、どこかに書き付けてくれるかね」

「あ、はい。少々お待ちを」

僕は自分のカバンからノートを取り出し、先生が見たいと言っている学術論文についての情報をメモした。

「なんだよ、今の電話」通話を終えるなり、久馬が訝しげに尋ねてきた。「ずいぶんへりくだった物言いだったな」

「バイト先の人からの電話だったからね」

「バイト？　いつの間に見つけたんだよ」

「あー、いや、たまたま知り合いに紹介されて」

「知り合い、ねえ。で、何のバイトなんだ？」

「ええと、医学部の実験室で……」言葉の途中でこれはまずいと気づき、慌てて方向転換する。「もとい、大学病院の清掃の仕事だよ」

「なるほどな。そういうのもあるんだな」

そうそう、結構きつくてさ、と僕はさらに嘘を重ねる。納得したのか、久馬はそれ以上その話を続けようとはしなかった。

僕はお茶を飲んで、小さくため息をついた。これからも、こういう質問を受けることはあるだろう。そのたびに嘘でごまかさなければならないと思うと、憂鬱な気分になる。このペースで嘘をつきまくっていたら、ピノキオも驚くほどの急速度で鼻が伸びてしまうかもしれない。


久馬と別れ、僕は先生に頼まれた用事を済ませるために、理学部二号棟に足を向けた。

東科大には、もちろん立派な図書館があるのだが、それとは別に、各学部ごとに専用の図書施設を持っており、理学部の場合は二号棟の地下に図書室がある。まだ入ったことはないが、使い方はオリエンテーションで教わった。目的の本が見つかりさえすれば、コピーくらいはなんとかなるだろう。

ロビーに入り、立ち止まって地下への階段を探していると、「あれ、君は」と見覚えのある女性に呼び掛けられた。この前、採血を担当してくれた女性——斎藤さんだ。

「どうしたの、こんなところで」

「理学部の図書室に用がありまして。どうやって行けばいいんでしょうか」

「廊下の奥に階段があるよ。ちょうど地下に行くところだから、案内するね」

渡りに舟とはこのことだ。僕は素直に厚意に甘えることにした。

歩き出したところで、「どう、大学での生活は」と彼女が話し掛けてきた。「思ってたより勉強が大変じゃない？」

「そうなんですよ。なんか、英語の講義が多い気がするんですが」

文法、リスニング、スピーキング。英語関連の講義は週に三回もある。すべてが必修なので、いくら辛くても他の講義の単位で埋め合わせるようなことはできない。

「うん、最近はすごいみたいだね。私が学部生の時は、そこまで英語教育に力を入れてなかったんだけど。でも、逆にありがたいと思わないとね。もし研究の道に進むんなら、今からやっておいて損はないから」

「やっぱりそうなんですか」

高校の進路指導の先生も似たようなことを言っていた。本気で研究者を目指すのなら、海外留学なんかも視野に入れなければいけないらしい。英語が苦手だと、スタートラインに立つことすらできない。厳しい世界だ。

「あ、そうだ。参考までに教えてほしいんですが。斎藤さんは、どういう研究をされているんですか」

「ウチの研究室では、ウイルスに関する研究をやってるんだけど……」彼女はうすピンク色の唇を指で軽く押さえる。「私の場合は、遺伝子治療の研究。ヒトにウイルスを意図的に感染させて、遺伝子組み換えを起こすの。それで、病気の原因になってるＤＮＡを書き換えちゃう」

「へえ、すごいですね、それ」

「すごいでしょ？　でも、その分すごく難しくて。今はまだ、基礎技術の開発段階。これから十年研究を続けても、まだまだ実用化には遠いと思う」

「はあ、なるほど。大変なんですね。最初から、そういう生物系の研究をやろうと思ってたんですか」

「そうでもないかな。東科大には臨床検査技師の資格を取れるコースがあってね。私はそれを専攻してて、卒業したらすぐに就職するつもりだったから、厳しくなさそうな研究室を選んだの。ほら、ウチって人数少ないでしょ。昔から人気がなくて、学生が集まりにくいみたいなんだ」

「そう、ですね。スタッフ一人、学生三人ですもんね。学生の中だと、長瀬さんが最年長なんでしたっけ」

「そう。香穂里さんが私の一つ上で、博士課程の二年生。東條くんが一つ下で、修士課程の二年生。一学年に一人っていうのが、三年間続いてたの。去年と今年、二年連続でゼロになっちゃったけどね」

「それだけ少ないと、色々大変じゃないですか。雑用とか」と、僕は実体験に基づくコメントを挟み込んだ。

「確かに、一人で色々やらなきゃいけないから、思ってたより忙しかったよ。でも、全部自分でやるっていうのが逆に楽しくて。結局、こうして博士課程まで来ちゃった。研究室の雰囲気がすごく良いんだよね。高本先生は、見た目はちょっと怖いけど、明るくて楽しい人だし」

彼女の一言で、まぶたの裏に高本先生の姿が思い浮かぶ。長い髪に褐色の肌。確かに、准教授という肩書きからイメージされる人物像とはかけ離れている。でも、悪い人ではないという評価にも頷ける。海の家を営むフレンドリーなアニキ、という感じだ。

「――ねえ、ところで芝村くん」

「なんでしょうか」

「……芝村くんって、すごくいい声してるね」

「声、ですか」いきなりの褒め言葉に、僕は戸惑いを覚えた。「そんなこと言われたの、初めてです」

「そういう評価って、個人の主観が入るから」彼女は小さく笑う。「でも、私にはいい声に聞こえたの。落ち着くっていうか、安心するっていうか」

「じゃあ、一応、ありがとうございます、と言っておきます」

僕ははにかみながらお礼を返した。すると、彼女は廊下の途中で急に足を止めた。

「どうかしましたか？」

「……一つ、お願いがあるの。冗談でいいから、『愛してる』って言ってみて」

「え、ええっ……」

冗談と前置きをしていても、口にするにはかなり抵抗のある言葉だ。しかも、斎藤さんは期待に満ちた眼差しで僕を見つめている。とてもじゃないが、「冗談で」という雰囲気ではない。そんな目で見られたら、ますます言いにくい。

困惑しながら固まっていると、ポケットで携帯電話が忙しく振動を始めた。見ると、再び桐島先生からの着信である。僕は救われた思いで電話に出た。

「――私だ。もう、複写を済ませたかね」

「いえ、まだですが」

「ふむ、それは幸いだ。実は、もう一つ、複写を頼みたい文献が出てきてね」

「分かりました。メモしますので、少々お待ちを」

素早くタイトルを書き付けて、僕は会話を終わらせた。

「用事って、文献の複写だったんだ」

「そうなんですよ。知り合いの人に頼まれまして」

「じゃ、急いだ方がいいね。そろそろ昼休みも終わるし」

どうやら今の電話で、さっきのお願いは「ナシ」になったようだ。やれやれ、変な汗をかかずに済んだと、僕は心の中で桐島先生に感謝をした。

その日の午後。僕は講義で使う教科書を買うために、大学構内の書籍部に向かった。

書籍部は正門のすぐ脇、生協の隣にあるのだが、来てみて面食らってしまった。店内は人でいっぱいで、レジ待ちの列が店の外まで伸びている。有名テーマパークの人気の乗り物みたいな有様だ。

幸い、急いで買う必要はないものだ。明日の朝にでも出直そうと踵を返しかけたところで、生協の店頭にある、自販機コーナー脇のベンチに飯倉が座っているのが目に入った。

「やあ」と声を掛けると、飯倉はナマケモノのような、ゆっくりした動作で顔を上げた。

「……ああ、芝村か。教科書を買いに来たの？」

「うん、そうなんだけど、かなり混んでるみたいだね。今日は諦めるよ」

「ああ……この時期特有の現象みたいだよ。新入生ばっかりだよ、あれ」飯倉は手にしていた栄養ドリンクを呷って、首を横に振った。「インターネットで通販でもやればいいのにね」

「だね」と頷いて、僕は彼の隣に腰を下ろした。

「この間はごめん。飲み会に出られなくて」

「……いいんだ。突然誘ったこっちが悪いんだよ。というか、僕自身、いきなり伊佐雄さんに呼び出されたわけだし、謝らなくても大丈夫」

そう話す飯倉の横顔には、明らかに覇気がない。十時間ぐらいぶっ続けで肉体労働をこなしたあとのように、ひどく疲れている。

「かなり辛そうだけど……。二日酔いとか、大丈夫だった？」

「大丈夫じゃないよ」飯倉は苦笑する。「思いっきり酔っちゃってさ。他の人に肩を借りないと立てないくらいだった」

「うわ、やばいねそれ。ちゃんと家に帰れたの？」

「いや、伊佐雄さんの家で飲んでたんだよ。時々、研究室のメンバーを集めて、泊まりがけで飲み会をやってるらしくてね。気前よく泊めてもらえたよ。すごく広い洋館に住んでるんだ、あの人」

飯倉は浮かべた笑顔を歪めて、げほっ、と派手な咳をした。

「体調が悪そうだね」

「……ああ。昨日くらいから体がだるくってね。薄着でいたから、そのせいで風邪を引いたんだと思う」

飯倉はのろのろと立ち上がって、空になった栄養ドリンクの瓶を、近くにあったゴミ箱に捨てた。そんなささいな仕草も、若干ぎこちなく感じられる。

そこで僕は、飯倉の首筋――左耳の下辺りに、二センチほどの楕円形の痣が浮き出ていることに気づいた。

「あれ、首に痣ができてるよ。ここのところ」

僕が指摘すると、飯倉は自分の首をそっと撫でて、「痣が？」と不思議そうな表情を浮かべた。

「うん。痛そうに見えるけど、気づいてなかった?」

「ああ、いま初めて気づいたよ。……全然痛みはないんだ」
二、三度首を振って、飯倉はふっと息を漏らした。
「——もしかしたら、吸血鬼にやられたのかもね」

「吸血鬼って……それ、どういう意味なのさ」

立ち上がりかけた僕を制するように、「ごめん、なんでもないんだ」と飯倉は照れ笑いを見せた。「ただの冗談だよ。……実は僕も教科書を買いに来たんだけど、寒気もあるし、列に並ぶ気力もないから、もう帰るよ」

「あのさ、家に帰る前に、病院に行った方がいいんじゃないかな」

「大げさだよ」飯倉は弱々しく笑う。「このくらい、寝てたら治るよ」

「でも……」

「心配性だな、芝村は。……分かったよ。明日一日寝て、それでダメなら病院で診(み)てもらうよ」

飯倉はそう言うと、僕に手を振って、ふらふらとした足取りで去っていった。

7　四月十五日（日曜日）

言い訳をするなら、僕はたぶん、疲れていたのだと思う。

土曜日の夜、僕は大学が配布したシラバスと首っ引きで、あれでもないこれでもないとひたすら悩んでいた。来週からは専門科目が始まるため、この週末のうちに、どの講義を選ぶかを決めなければならない。苦労しながらなんとか候補を絞り込み、眠りに就いたのは午前三時過ぎだった。

始まったばかりの大学生活と、慣れないアルバイト。それらは自分が思っていた以上に、僕の体を疲れさせていたらしい。翌朝、僕は、二つセットしていた目覚ましを両方とも止めてしまうという、平凡かつ致命的（ちめいてき）なミスをやらかした。

今日はよく眠れたなあ、と起き出してみると、なんと午前十時を過ぎている。講義はないがアルバイトはある。問答無用の大遅刻である。もちろん、桐島先生には何の連絡もしていない。朝いちで届けねばならない食事は、地上の倉庫に置きっぱなしになっている。一応、非常用の食料として、実験室内にインスタント食品をストックしてあるが、先生はそういった加工食品を苦手としている。言葉にはしないが、やはりご年配の方の口には合わないのだろう。

のこのこ顔を出したら、桐島先生はどんなリアクションを返すだろう。初めての事態なので予想がつかないが、あの、日本刀の切っ先を想起させる鋭い視線で睨まれたら……。考えただけで、冷たい汗が脇の下をするりするりと滑り落ちていく。

とにかく、一刻も早く駆けつけねばならない。服を着替え、寝癖を放置したままアパートを飛び出し、自転車をフルスピードで飛ばして大学に向かう。

巨大な雲の隙間から、下界の様子を覗くように太陽が顔を出している。全力でペダルを漕いでいるので、日の光が当たるとすぐに汗が吹き出してきた。

渋滞気味の車道を強引に横断し、大学病院に一番近い出入り口である、西門に続く坂道を立ち漕ぎで必死に突破する。開きっぱなしの門を抜けて病院の裏手に回り、壁に立てかけるように自転車を停めて中に入る。あと少しだが、ここから先がまた長い。ダッシュで倉庫に向かい、専用エレベーターで地下に向かう。普段は気にならないのに、今日はやけに止まるまでの時間が長く感じられた。扉が開くと同時にエレベーターを飛び出し、ぜーぜーと乱れた呼吸を持て余しながら事務室の扉を開け、そして僕は立ち止まった。

「やあ、おはようございます」

カップを傾けていた黒須さんが優雅に手を振る。事務室内には、コーヒーの香りが漂っていた。

「ど、どうして、黒須さんがここに……？」

「腹が減ったからなんとかしろと、先生からお電話をいただきまして。どうぞご安心くださ い。上に届いていた弁当はつつがなくお届けしておきましたから」

「そうでしたか……」

　僕はなんとか息を整えてから、「すみません、ご迷惑をお掛けしてしまって」と頭を下げた。「電話をしていただいてもよかったんですが」

「いやあ、たぶん疲れてるんだろうな、と思いましてね。ボクなんかより、ずっとハードな日常を過ごしていらっしゃる。すやすやと安らかに夢の世界を旅しているところを邪魔するなど、言語道断の所業です。たまに寝過ごすくらいのことがあっても、先生は怒ったりしませんよ。だからこそ、ボクに電話が掛かってきたわけですし」

　僕は首を横に振って、事務椅子に腰を下ろした。

「……いえ、僕の責任です。お金をいただいて働かせてもらってるわけですから」

「いやはや、ギネス級の真面目さですな。一刻も早く表彰するように都知事殿に進言したいほどですよ。まあでも、『適合者』がそういう人でよかったと思います。芝村さんに断られたら、今のところ代わりはいませんからね」

「ええ、そうですよね。……だからこそ、頑張らないと」

「こんなことを言ったら逆にプレッシャーになるかもしれませんがね。桐島先生は、芝村さんにすごく期待してるみたいですよ。今は身の回りのお世話だけですが、そのうち、実験そのものを手伝うように命令が下るのでは、とボクは睨んでいます」

「そう、なんですか」きゅっと胃が縮んだ気がした。「僕にできますかね」

「さて、どうなんでしょう。ボクは完璧な文系人間ですからね。できるか否かの判定を下せるだけの知識はありません。しかし、芝村さんはごく普通の大学一年生。実験手法を習う前に、基礎知識を身につける必要があるでしょうね」

そこで言葉を切って、黒須さんは長い指を顔の前で立ててみせた。

「でも、考えようによっては英才教育と言えるんじゃないですか。なんといっても、ノーベル賞受賞者から直接実験の手ほどきを受けるわけですから。なかなかないことですよ、これは」

「はあ、なるほど……」

喩（たと）えるなら、今の僕は三ツ星レストランで皿洗いをして働くアルバイトみたいなものだ。その気になれば、一流シェフである桐島先生から、料理のコツ——すなわち、実験の技術を伝授してもらえるだろう。

研究者になるために必要な環境は完璧に整っている。あとは、僕が決心するだけだ。

もちろん研究に憧れはあるが、就職という現実的な選択肢も簡単には捨てられない。三年生の春くらいまでは悩むつもりだったが、想像していたよりずっと早く結論を出すことになるかもしれない。

「おっといけない。危うく忘れるところでした。これを渡さないと」黒須さんが机の上にあった、発泡スチロールのケースを持ち上げた。「実は、食事の件がなくてもここに来る予定になってたんです。本命はこっちです」

「なんですか、それ」

「先生から難病の原因究明をやってるという話を聞いてませんか？　このサンプルも、その研究の一環なんです。希少疾患や、原因不明の病気の患者が大学病院に運ばれてくることがありましてね。その際に、彼らから採取した生体サンプルを、こうして先生に渡すことになっているんです。無論、病院側は先生の存在を知りません。ボクを介して、サンプルやデータをやりとりするだけのことです。この業務も芝村さんにお願いしたいので、近いうちに、向こうの担当者を紹介しますよ」

「ええ、お願いします。ちなみに、それはどういう病気の患者さんなんですか」

「昨日でしたかね。高熱で意識不明になった男性が緊急搬送されてきたそうで。もちろん病院の中でも色々検査をしたようですが、原因がよく分からなかったんでしょうね。ということで、芝村さんに預けますから、パスボックス経由で先生に渡しておいてください。ボクは帰ります」

「分かりました」

僕がケースを受け取ったところで、黒須さんが「ああ、そういえば」と天井を指差した。

「その患者さんは、東科大の新入生だったそうですよ」

「じゃあ、僕の同級生ってことですか」

思わず、手にしたケースの蓋（ふた）に目を落とす。そこには何も書いてない。

「……名前って、伺ってもよろしいんでしょうか」

「本当はプライバシーの問題で、とか言われるんでしょうがね。構いませんよ。実は、原因を探るために、患者さんの名前や背景を調べることになっているんです。遺伝的な病気ということもありますしね。まあ、ボクの専門分野ですから、そちらは抜かりなくやります。調査資料はこっちに送りますので、どうせ芝村さんの目にも入ることになるでしょう。というか、ここに置いてあります」

黒須さんは事務机にあったクリアファイルを手に取って、こちらに差し出した。

一枚目に、学生証のコピーが印刷されているのを見た瞬間、息が詰まった。

銀色のフレームのメガネと、自然に浮かべられた優しげな表情。氏名欄に目を向ける前に、僕は呟いていた。

「……飯倉だ」

「ほう。今回の患者は君の知人なのか。それは奇遇だな」

僕の報告を聞いても、桐島先生は表情を変えない。寝癖が付いた髪をおざなりに撫で付けながら、淡々と資料に目を通している。

「……四〇℃近い高熱に、意識障害か。嘔吐（おうと）は見られないが、若干の痙攣（けいれん）あり、と。細菌検査、ウイルス検査でも異常はない」

桐島先生は検査結果を読み上げていたが、ぱっと顔を上げて、「若返って一番便利になったことはなんだと思うね」と唐突に質問を繰り出してきた。

僕は首をかしげて、「体力が戻った……とかですかね」と、思いついたことをそのまま口に出した。

　先生は「私は若返る前から元気だったよ」と切り捨てるように言って、「答えは、老眼が治ったことだ。いちいちメガネを掛けずに済む」と続けた。

「あのう、素朴な質問なのですが」

　何かね？　と、先生は読み終わった資料を机に投げ出した。

「若返りって、その、どこまで若返ったんでしょうか。見た目だけなのか、体の中までなのか、って意味ですけれども」

「一通りの検査はした。結果を言えば、皮膚だけでなく、あらゆる器官が十代相当レベルまで若返っている。肺活量、骨密度、聴力、視力、それらに関するすべての細胞が時を遡ったと言っていいだろう」

「はあ、まさに奇跡ですね」その程度の陳腐な表現しか思いつかない語彙力が憎らしくなるほどの奇跡である。「それで、飯倉の件ですが」

「うむ。血液の詳細な分析はこちらで進めていく」

「どうなんでしょう。高熱を出しているみたいですが、無事に……治るんでしょうか」

「分からない、としか言いようがない。治療は私の専門分野ではないのでね。ただし、他者への感染性が疑われる場合は、医師に伝えて、それ相応の手立てを試みてもらう。もし危険なウイルスに感染していたら、彼を隔離することになるだろう」

「そう、ですか……」

一度もクラスメイトになったことはないし、親友と呼べるほど親しくしていたわけではない。それでも、ぐっと胸に来るものがあった。

「ずいぶんと、心配そうな表情をしているな」

「……僕は、この前の木曜日に、飯倉と偶然会っているんです。疲れているように見えましたし、体調が良くない、と本人も言っていました。その時に、強引に病院に連れて行っていたら、今の状況はなかったかもしれません。そう思うと……いたたまれないものがあります」

「気に病むことはない。世界一の名医が彼を診たとしても、その段階で現状を予測できたとは到底思えない。風邪薬を出して、それで終わりだっただろう」

「でも……」

僕は唇を噛んでうつむいた。先生に慰めてもらっても、僕の後悔は消えてくれない。救急車、病室、酸素マスク、点滴、入院着——六年前に見た光景が、僕を責めるように次々と心に浮かんでくる。

桐島先生は「ふむ」と呟く。

「自分をごまかすことはできない、か。君は意外と頑固な性格をしているようだな」

「すみません」

「いちいち謝ることはない。それは美徳でもある」

先生はそう言って、左手を顎に当てた。

「……どうしても、というのなら、君にもできることはある」

僕はぱっと顔を上げ、すぐに眉を顰めた。

「あの……実験の方は、まだ全然分からないんですが」

「いや、実験室での仕事は私の領分だ。君には調査を頼みたい。生活背景や生い立ちなどは征十郎が調べてくれるが、大学内、特に、発症する直前の行動を調べるのなら、内部にいる人間の方がうまくいくだろう。彼の生活を知ることが、原因究明の一助になる可能性はある。もちろん、無駄足になる可能性もあるがね」

「いえ、やらせてください」僕は間髪をいれずに申し出た。「動いていないと、落ち着かないんです。無駄でも全然構いません。それに……」

僕は思い浮かんだ不吉な想像を消化するために、そこでいったん言葉を切った。

「もし感染性の高い病気だったら、大学そのものが大変なことになります」

「その認識は、正しい」

桐島先生は大きく頷いた。

「二〇〇九年に起こった新型インフルエンザの流行。あれは、メキシコやアメリカでの局地的な発生が全世界に広がったものだ。初期の患者はいずれも二十歳以下の青少年だった。何ごとにも始まりというものはあり、速やかにそこを押さえることが最も重要な対策になる。私がこうして隔離されているようにな」

桐島先生は白衣のポケットに突っ込んでいた右手を出して、僕の肩をぽんと叩いた。

「君がやるのはただの調査ではない。立派な疫学研究だ」

第二章

And God said unto Noah, The end of all flesh is come before me; for the earth is filled with violence through them; and, behold, I will destroy them with the earth.

【神はノアに宣った。今こそが、生きとし生けるものの終焉の時なのだ。彼らによって暴虐で満たされたが故に、彼らと世界を共に滅ぼそう】

——創世記第六章十三節

1　四月十六日（月曜日）①

大学生活二週目。僕はさっそく飯倉の身辺調査を開始した。

といっても、探偵を生業（なりわい）としている黒須さんのように徹底的に調べ尽くす技術と時間はない。とりあえずできることといえば、飯倉と近しい人から情報を得るくらいだ。そこで、まずは飯倉のクラスメイトである久馬に話を聞くことにした。

昼休み、先に食堂のテーブルに着いて待っていると、カレーの載ったトレイを持って久馬がやってきた。服装は特段おしゃれというわけでもないのに、男性モデルを思わせる、爽やかな空気を辺りに振りまいている。

久馬は長身を折り曲げるように椅子に座って、コップの冷水を一口飲んだ。

「メールに書いてあったけど、飯倉のことが知りたいんだって？」

「うん。金曜日はどんな感じだった？」

「会ってないんだ。休んでたんだよ、あいつ。今日も休みだ」

「入院した、って話は知ってる？」

「……いや、初耳だな」久馬は表情を曇らせた。「どこ情報だ、それ」

「えーっと、バイト先で小耳に挟んでさ」

「ああ、大学病院でバイトしてるんだったな。で、どういう病気だって言ってるんだ」

「今のところは原因不明らしいよ。でも、普通の風邪とは違うみたいでさ。それで、飯倉の生活態度に問題がなかったのか調べてるんだけど」

「問題って言われても……特に心当たりはないな」

「そっか。同じクラスで、親しくしてた人はいないかな」

「どうだろうな。飯倉はだいたい一人で行動してるみたいだったけどな」

「うーん、じゃあ、そっちからの情報には期待できないか。……あ、そういえば」

そこで僕は、飯倉が妙なことを言っていたのを思い出した。

——吸血鬼にやられたのかもしれない。

僕が首筋の痣を指摘した時、飯倉が呟いた言葉だ。

その話をすると、久馬は自分の首筋を撫でて、「痣ねえ」と首をかしげた。

「先週の木曜に会った時に見たんだけど。どうかな」

「痣があったかどうかは覚えてないな。一言二言、飲み会の件で話をしただけだしな。ただ、創立記念日の前の日——火曜日にはそんなものはなかった。もちろん、吸血鬼うんぬんの話もしてなかった」

そうだったね、と僕は頷いた。火曜日の昼休み、採血ボランティアに行く時に、僕たちは飯倉と顔を合わせている。三十分近く一緒にいたし、痣があれば気づいていたはずだ。つまり、痣ができたのは、火曜日の夜から木曜日の夕方までの間だった、ということになる。その間にあったことといえば……。

「火曜日の夜に、研究室の飲み会があったんだよな」先回りされてしまった。久馬も同じことを考えていたらしい。「参加してた人に話を聞いてみろよ。痣もそうだし、吸血鬼の話題が出てた可能性もあるだろ」

「そうだね。じゃあ、とりあえず高本先生と話をしてみるよ」

「俺からの事情聴取はこれで終わり、ってことだな。……ところで」久馬はスプーンの先をこちらに向けた。「サークルに入るかどうか、そろそろ決めたか」

「あー、いや、バイトが忙しいから、しばらくは無理かと」

「それならいいんだ。いやな、俺はもうサークルに入ったからさ。そっちから誘われても無理だって伝えようと思って」

「お、いつの間に。何のサークルなの？」

「座禅(ざぜん)サークルだ」

「ざぜん？」予想外の答えに、声が裏返ってしまった。「何それ。いつから和風趣味に目覚めたのさ」

「前から興味があったんだよ。体験参加してみて、それで決めたんだ。内なる自己との対話っていうのかな。ひたすら無心になれる。なかなか興味深いぞ。お前もいっぺん来てみろよ。無我の境地に到達できるかもしれない」

　久馬はずいぶん楽しそうに喋っていた。はしゃいでいるようにさえ見える。それは、普段はクールな彼には珍しいことだった。

「それって、東科大のキャンパス内でやってるの」

「ああ。スポーツエリアがあるだろ。そこの武道館の、二階にある和室を使ってる」

スポーツエリアというのは、キャンパスの東の端にある、運動施設が固まっている一角の通称だ。野球場やサッカー場があるのは知っていたが、武道館まであるとは。たぶん、柔道や剣道などの、「道」の付くスポーツのメッカなのだろう。

「座禅って、やっぱりあれ？　細長い木の板で肩を叩かれたり」

「いや、みんなで輪になって座禅を組むだけだ。わざわざ後ろで見張ったりはしないよ」

「ふーん。そんなもんなんだ」

僧侶のような着物に身を包み、畳の上に車座になって瞑想する。その光景を想像しながら、僕はアジフライをかじった。


その日の午後。たまたま四時限目が休講になったので、飯倉の叔父である高本先生に事情を伺うべく、僕は理学部二号棟に足を向けた。

アポは取っていないが、研究室の責任者だし、たぶん在室しているだろう。そう思って事務室のドアをノックしてみたが返事がない。留守にしているのだろうか。

参ったな、と首をかしげていると、背中で実験室のドアが開き、長瀬さんが顔を出した。今日も赤ん坊みたいに肌つやがいい。

「どうも、この前はお世話になりました」と僕は軽く頭を下げた。

「いえいえ、それはこっちの台詞。君の血液、ありがたく使わせてもらってるからね」

長瀬さんは快活な笑顔を浮かべる。

「もしかして、もう一度採血のボランティアに来てくれたの？　悪いけど、解析用のサンプル採取は、一人につき一回で十分なんだけど……」

「いえ、そうじゃないんです。高本先生に用があって」

「あ、そうなの。えーっと……」

彼女が振り返って実験室を見渡す。奥の方で、東條さんが黙々と実験に励んでいる。斎藤さんの姿は見当たらない。

「……席を外してるみたいだね。たぶん、喫煙所じゃないかな。あの人、しょっちゅうタバコ休憩を取ってるんだよねえ」

長瀬さんの話によると、なんでも高本先生はかなりのヘビースモーカーらしい。喫煙所は、建物の裏手にあるという。僕はお礼を言って実験室をあとにすると、いったんロビーに戻って、裏口から外に出た。

クヌギやクスノキがまばらに生えた裏庭を見渡すと、建物にへばりつくように東屋が作られていた。丸テーブルの周囲にベンチが置いてあるだけの、簡素なものだ。

ベンチにふんぞり返っている高本先生の姿を見つけ、「すみません」と声を掛ける。

「ん？　ああ、この間、祐介と採血に来てた……」

「芝村です。先日はお世話になりました」

「そうだ、芝村だ。どうした、何か用か」

「ええ。その、飯倉が大学を休んでると聞いたので」

「ああ、そうなんだよな。休んでるどころか、入院しちまったんだ。かなり危なかったんだぜ。オレが救急車を呼ばなかったらどうなってたか……」

お、何か情報が得られそうだ。僕は彼のはす向かいに座って、「救急車を呼んだというのは、どういう状況だったんですか」と尋ねた。

高本先生は紫煙を吐き出して、円柱形をしたステンレス製の灰皿に灰を落とした。

「あれは……土曜日だったから、二日前か。オレの姉貴――つまり、あいつのお袋さんから連絡があってな。なんでも、金曜日の夜から電話が繋がらないらしくてな。オレも試しにメールを送ったんだが、何の返事もなし。どうもおかしいってことで、あいつのアパートに行ったんだ」

「それで、どうなったんですか」と僕は先を促す。

「ケータイ鳴らしてもリアクションがねえの分かってたから、部屋のドアを叩いてみたんだが、やっぱり反応がなくてな。で、試しにドアノブを掴んでみたら、鍵が掛かってなかったんだ。ずいぶん無用心だと思って覗いてみたら……いたんだよ、部屋の中に。ベッドで寝てた。だけど、顔は赤いし、呼吸も荒いだろ。慌てて熱を測ってみたら、三九℃を超えてたんだ。さすがにヤバイと思ったから、救急車を呼んだよ。で、ウチの大学病院に担ぎ込まれて、即入院だ」

後悔が、じわりと僕の胸の中に広がる。飯倉は僕と会った時に、「一日寝て、それでも治らなかったら病院に行く」と言っていたが、その一日の間に、自分一人で病院に行けないほど衰弱してしまったらしい。

「さすがに心配してんだよ。よっぽどひどい風邪でも引いたんだと思うが……」

「いや、風邪じゃないらしいですよ」

「ああ？」高本先生が訝しげに目を細める。「なんでお前がそんなこと知ってるんだよ」

しまった口が滑った、と焦りながら、「じ、実は、医学部に知り合いがいまして」と言い訳を捻り出す。「その方から、こっそり教えてもらったんです。君の同級生が謎の病気で入院してるよ、って」

「なんだそりゃ」高本先生は舌打ちをした。「患者の情報を簡単に漏らしていいのかよ。コンプライアンス違反だろ、それ」

「いやあ、僕に言われましても」

「いずれにせよ、褒められた対応じゃないな。原因不明ってことは、向こうでは検査はやってないのか」

高本先生が僕の顔にタバコを向ける。僕は首をかしげてみせた。

「いえ、かなり綿密に調べたみたいです。でも、今のところは何も分からないみたいで」

「やることはやってんだな。で、お前は何をやっているんだ」

「フィールドワークといいますか。飯倉が病気にかかった原因を、僕なりに調べているんです。例えば、そうですね、変なものを食べたとか、春休みに海外旅行をしたとか、そういうことはありませんでしたか」

　高本先生は東屋の天井に視線をさまよわせて、「……いや、なかったと思うけどな」と答えた。「食い物はともかく、旅行はないな」

「そうですか……。あ、そうだ。病院に運んだ時って、飯倉の首に痣はありました？　僕が先週の木曜に顔を合わせた時にはあったんですが」

　僕は自分の首筋に指を当ててみせたが、高本先生は「おととい見た時はなかったぞ」と首を振った。

「じゃあ、休んでる間に治ったんですかね。飲み会の時はどうでしたか」

「あん時もなかったな。つーか、なんでそんなもんを気にしてるんだよ」

「いえ、飯倉に痣のことを尋ねたら、吸血鬼にやられたって言ってたんで……。それについて、何か聞いてませんか」

「なんだそりゃ。知らねえよ、そんな話」高本先生は半笑いで言う。「あのなあ、吸血鬼ってのはただのギャグだろうが。虫刺されかなんかを、茶化してそう言ったんだよ」

「やっぱり、そうなんですかね。……あの、ちなみに、なんですけど。吸血鬼って、かなり有名なんですか。飯倉が、高本先生に聞いた、みたいなことを言ってましたけど」

「掲示板のポスターで見かけたから、入学前に会った時に祐介に話したんだよ。有名かどうかは知らねえが、ウチの研究室でも時々話題に出てるし、それなりに話題になってるんじゃねえのか。……まあ、本気で信じてるっぽいのは一人だけしかいないけどな」

「信じてる人がいるんですか？」

「ああ、先週だったかな。東條がアツく語ってたぜ。興味があるなら、あいつから教えてもらえよ」

「分かりました。折を見て話を聞いてみます。ついでにお尋ねしますけど、この間の飲み会のあとって、皆さん高本先生のお宅に泊まったんですよね」

「おうよ。遠慮なく酔っぱらえるように、いつもそうしてんだよ。腹を割ってじっくり話し合うには、やっぱり泊まりがけの飲み会が一番だからな」

「翌朝の飯倉は、どんな様子でしたか」

「会ってないんだよ。オレ、いつも昼過ぎまで寝てるからな。起きた時には全員帰ったあとだったんだ。他の連中に訊いてみてくれよ」

「……そうですか」

会話が途切れたタイミングで、高本先生は長い髪を掻き上げて、「そろそろまずいな」と立ち上がった。

「悪いけど、もう戻るわ。あんまりサボってると、長瀬くんにどやされるからな。ああ見えて、結構こえーんだあいつ。あ、そうだ。ウチのメンバーに祐介のことを聞きたいんなら、話を付けてやるぞ」

「それは助かります。お願いしてもいいですか」

「おう。任せとけ。じゃあ、今から実験室に来いよ。五分や十分くらいなら、みんな喜んで協力してくれるだろ」

高本先生に連れられて理学部二号棟に戻ってみると、衛生疫学研究室の実験室の前に長瀬さんがいた。背後霊のように、彼女の後ろに東條さんが控えている。

「あら高本先生。ずいぶん長い休憩でしたね」

「いや、違うんだって長瀬くん。こいつと話をしてたんだよ」

「ふうん。そういえば、さっき探しに来てましたね」

「だろ？　ほら、覚えてないかな。採血に来てた飯倉って一年。あいつが謎の病気で入院しちまって。で、芝村がここ最近のあいつの行動を調べたいって言うんで、精一杯協力してたんだよ」

「入院？……それは聞き捨てなりませんね」

長瀬さんの表情が厳しさを帯びる。真面目な顔をすると、一気に研究者らしさが増す。

「で、他のメンバーからも話を聞きたいって言ってるんだよ。この前の飲み会に、そいつも参加してたからさ。もしかしたら、本人がそうと知らないうちに、病気の原因を突き止めるヒントを周りに話してたかもしれないしな」

「いいですよ。ちょうどこれから東條くんとミーティングでしたから。えっと、芝村くんだっけ？　君にも参加してもらおうか」

「んじゃ、オレも行くよ。いつもの部屋だよな」

歩き出そうとした高本先生の肩を、「先生、事務課から電話がありましたよ」と長瀬さんが摑む。「仕事をしてくださいね」

「そっか、じゃあしょうがねえな」

高本先生は頭を掻きながら、事務室に入っていく。結構怖いと言っていた通り、どうやら長瀬さんには強く出られないらしい。

「さ、行きましょうか」

長瀬さんが先頭を切って歩き出す。彼女の後ろにいた東條さんが、「大変だね」と優しく声を掛けてくれた。顔はモアイっぽいが意外と紳士であるらしい。

廊下の突き当たりに、〈会議室〉のプレートが貼られた部屋があった。長いテーブルが一つあり、その周囲に十脚ほどの椅子が並んでいる。

「じゃ、ミーティングの前に、話を聞こうかな」

二人が着席するのを待って、僕はわずかな緊張と共に椅子に腰を下ろした。

「ええっと、まずは簡単にあらましをお話しします。高本先生の甥で、僕の同級生の飯倉という学生が、謎の病気で大学病院に入院しました。僕はそのことを、医学部の知り合いの方から教えてもらいました。結構症状が重くて、回復の見込みが立っていないそうなんです。それで、原因を探るために、色々な方に話を聞いているんです」

「飯倉くんって、あれでしょ、優しい雰囲気の子」と長瀬さん。

「そうです。こちらの学生の皆さんとは、面識があるはずです」

「定期飲み会に参加してたんだってね。ずいぶん積極的だね」

「いえ、彼の意思じゃないですよ。飲み会が始まってから、高本先生が強引に呼びつけたんです」と、東條さんが補足してくれる。

「ふうん……」長瀬さんは思案顔でノック式のボールペンをカチカチ鳴らしている。「体調を崩したのはいつなの？」

「先週の木曜日に会った時は、すでに辛そうな様子でした。金曜日は大学を休んでいたそうで、その翌日、土曜日に病院に運ばれています」

「飲み会のせいなのかな」と東條さんが顔をしかめた。細い目がさらに細くなっている。

「その辺の話を、ぜひ伺いたいんです。飲み会の最中、飯倉はどんな感じでしたか」

「おとなしくビールを飲んでたけど……」言いかけて、東條さんは長瀬さんに視線を向けた。

「未成年じゃないの、とか言わないでくださいよ」

「分かってる分かってる。あたしだって似たようなもんだったから」

二人のやり取りに、ふと違和感が心の奥に兆す。

「あれ。長瀬さんは参加されていなかったんですか」

僕がその質問を口にした瞬間、会議室に張り詰めた沈黙が降りてきた。長瀬さんはこわばった表情で机を睨んでいるし、東條さんは気まずげに視線を壁に向けている。なんだろう、そんな空気になるような質問ではないと思うのだが。

数秒の静寂のあと、ようやく長瀬さんが口を開いた。

「……事情があってね。しばらく前から、参加してないの」

「ああ、そうなんですか」さすがにそれ以上突っ込んで訊く気にはなれず、僕は救いを求めるように東條さんに顔を向けた。「で、飯倉の様子ですが」

「う、うん。彼は基本は聞き手に回っていて、自分から何か話題を振ってきたりはしなかったよ。完全にゲストって感じだったね」

「そうですか。飯倉は酔ってましたか？」

「そうだね、飲み会が終わる頃にはかなり足元がフラついてたよ。まあ、僕もこの間は結構飲んでたから、危なく意識を失いかけたけど」

「なるほど。では、翌朝はどうだったんでしょうか。皆さん宿泊したと聞いてますが」

「どうだったかな」東條さんはこめかみに指を添えた。「……見た記憶はないね。遅くまで寝てたんじゃないかな。一人一部屋だから、様子が分からないんだよ」

「そうですか……」

残念ながら、二人の話からは病気に繋がる証言は得られなかった。これで、訊こうと思っていたことは訊いたはずだ。……ただ一つ、あの質問を除いては。

今はとにかく情報がほしい。無駄になる公算が高いが、この際だから訊いてしまおう。

僕は軽く咳払いをして、「あの、木曜に会った時には、飯倉の首筋に痣ができてたんですが」と切り出した。「見た記憶はありますか」

てませんか」

「いや、少なくとも僕は見てないよ」

「……やはり、そうですか。飯倉は、痣について妙なことを言っていたんですが、何か聞いてませんか」

「妙なことって？」

「吸血鬼にやられたのかもしれない——だそうです」

「……吸血鬼だって？」東條さんが、細い目を大きく見開いた。「本当なのか」

突然生まれた異様な迫力に押され、僕は細かく何度も頷いた。

「やっぱり、そうだったんだ。入院したってことは、真壁さんも、吸血鬼に……」

そこで東條さんは、電気ショックでも受けたみたいにいきなり顔を上げて、長瀬さんに視線を向けた。長瀬さんは眉間にしわを寄せて、口を真一文字に結んでいた。強く握り締めたボールペンが、小刻みに震えている。

「あの、吸血鬼について何かご存じなんですか」

恐る恐る尋ねたが、長瀬さんは黙ったままである。それ以上その話をするな、というように、隣で東條さんが首を振っている。

やがて小さくため息をつき、長瀬さんは「……他に、訊きたいことはないの？」とぎこちない笑顔を浮かべた。

「え、ああ、はい。大体終わりました」

肌をちりちりと焦がすような気まずい空気に耐え切れず、僕は席を立った。

「あの、すみません、お時間を取らせてしまって。連絡先を残しておきますので、また何か分かったら、ぜひ教えてください」

早口で言って、僕はノートの切れ端に自分の携帯電話の番号を書き記し、そそくさと会議室をあとにした。

理学部二号棟の玄関に差し掛かったところで、僕は足を止めた。ガラス戸の向こうに、斎藤さんの姿が見えたからだ。

彼女は僕に気づき、小走りにロビーに駆け込んできた。

「あれ、どうしたの？　また図書室？」

「いえ、今日は別件です」ちょうどいい。彼女からも飯倉の話を聞いておこう。「あの、つかぬことをお伺いしますが——」

僕はこれまでと同じように、飯倉が入院したことを説明し、吸血鬼に痣を付けられたと言っていた件を彼女に伝えた。

「ごめんなさい。特に心当たりはなくって。次の朝も、私は七時前に帰ったから……」

「そうですか。ちなみに、飯倉と吸血鬼の話とか、してませんよね？」

「うん、飲み会では結構長く話したけど、そんなこと全然言ってなかったよ」

「やっぱり、そうですよね。すみません、変なこと訊いちゃって」

気づくと、次の講義が始まる時刻が近づいていた。僕は呼び止めたことを詫(わ)びて、その場を離れようとした。

「あ、そうだ」

ふと、脳裏に浮かんだ名前。一応確認しようと思い、僕は振り返った。

「さっき、皆さんに話を聞いた時に出たんですけど、真壁さん、という方をご存じないですか」

次の瞬間、斎藤さんは漏れ出る叫び声を抑えるように、右手で口元を覆った。

「ど、どうかしたんですか」

駆け寄る僕を制して、彼女は「大丈夫」と弱々しく笑った。

「……真壁さんは、去年まで私たちの研究室にいた人」

男性なんですか、と確認すると、斎藤さんは「そう。真壁俊樹さん」とフルネームを教えてくれた。

「さん付けということは、斎藤さんより上の学年だったんですか」

「……そうだね。去年は、博士課程の三年生だった」

「じゃあ、今は大学を卒業されてるんですね」

「……卒業は、してないの。去年の秋に……体調を崩して……入院して……」

想定外の一言に、僕の背筋を冷たいものが駆け抜けた。

「……まさか、今も病院に？」

斎藤さんは目を閉じて、苦痛に耐えるような表情で首を左右に振った。

「亡くなったの。高熱を出して、原因が分からないまま衰弱して……」

目の前に、薄い灰色の幕が降りてきたような感覚があった。

飯倉を襲った原因不明の病。その最終到達地点が、真壁さんと同じものだったとしたら。

不吉すぎる未来が、怖いくらいにあっさりと思い浮かぶ。

紡ぐべき言葉を探して黙り込んでいると、いつの間にか、斎藤さんがすぐそばに立っていた。その近さに、僕は戸惑いを覚えた。

「ど、どうされましたか」

「……もう、去年みたいなことが起きてほしくないの。だから、飯倉くんのこと、私にも手伝わせて」

斎藤さんはこちらが息苦しくなるほど真剣な表情をしていた。

真顔に促されるように、僕は「分かりました」と頷いた。「何ができるか、自分でもよく分からないんですが……斎藤さんが力になってくれたら、すごく心強いです」

「過大評価だよ」彼女は困ったように笑う。「でも、頼られるのは嫌いじゃないから」

斎藤さんはそっと指を伸ばして、僕の手を柔らかく握った。

「……友達思いなんだね、芝村くんって」

「いえ、そんな、全然っていうか、成り行きっていうか」

僕の手を握ったまま、斎藤さんが口元を緩めた。

動揺を見透かされている――。そう思うと、僕は彼女の目を見返すことができなくなってしまった。

2　四月十六日（月曜日）②

夕方、いつものように大学病院の裏手の小屋に入ってみると、部屋の中央に大きな段ボール箱が置かれていた。

伝票を見てみると衣類と書いてある。桐島先生の着替えが入っているようだ。定期的に補充されると聞いていたやつだ。黒須マニュアルには、〈地下に運ぶ前に、中身を確認せよ〉とあった。ガムテープを剝(は)がし、蓋を開けて中を覗き込む。一番上に、白い無地のTシャツが収められている。持ち上げてみると、その下から女性用の下着が出てきた。

「……あれ？」

軽い違和感があった。引っ張り出してみると、それは先生が愛用しているズロースではなく、ごく普通の白いショーツだった。僕は首をかしげた。発注ミスだろうか。もし手違いがあったのなら、下に運び込む前に返品しなければならない。実験室に入れたら、もう外に取り出すことができないからだ。

僕は携帯電話を取り出し、登録されている黒須さんの番号を呼び出した。

「おやどうも。初めてですね、芝村さんからお電話をいただくのは。今日はいったいどういうご用件でしょうか。失踪人(しっそうにん)捜索ですか、浮気調査ですか、盗聴器探索ですか、それともペット探しですか」

「いえ、探偵業務のお願いではなくて」

畳み掛けるような口調に辟易しつつ、段ボール箱の中の下着について説明する。

「――という感じだったんですが。何かの間違いですかね」

「いえいえ、それで合っていますよ。先日、先生から直々にご連絡をいただきましてね。今風のものも試してみたいから一度送ってほしいとのことで。何の問題もありません」

「そうでしたか。……でも、なんで急に変えようと思ったんでしょうね」

以前、先生はズロースの素晴らしさを力説していた。誇りすら感じさせる熱弁を振るっていたのに、どういう風の吹き回しだろうか。

すると黒須さんは「さあ、どうしてなんでしょうねえ」とおどけるように言った。

「ああ、そうそう。ショーツの他に、ブラジャーも入っていると思うんですが、そちらも確認してみてください」

言われて、僕は再び箱の中を探る。

「あ、ありました。っていうか、ずいぶん枚数が多い気が……」

「それはそうです。なぜなら、先生は一枚もブラジャーを持ってませんから。正確なサイズが分からないので、幅を持たせているんですよ。安物ですので、合わなかったものは遠慮なく捨てちゃってください」

「……え、今まで着けてなかったんですか」

「そうなんですなあ」と、黒須さんがしみじみ呟く。

「若い頃はどうか知りませんが、歳を取ってからは、ノーブラ主義を貫いていたようですよ。ボクは男なんでよく分かりませんが、きっと着けるのが面倒だったんでしょうね。で、その流れで、若返ってからもブラジャーをしなかったと、そういう経緯のようです。一人きりですし、誰に気兼ねする必要もありませんからね。しかし、先生はいまや、華麗な美少女であらせられるわけです。自分がどう見られているかを自覚してもらわねばなりません。白衣を着ているとはいえ、下はTシャツ一枚ですからねえ。若い芝村さんにはイロイロと刺激が強すぎるかと心配になりまして、老婆心ながら、ボクの方から装着するように勧めたんです」

「はあ……」

「こちらとしては、もっと派手で可愛いものを供給することもできます。先生にそうお伝えください」

「意味あるんですかね、それ」

先生なら、「誰が見るでもなし、無地のもので一向に構わない」とか言いそうな気がしてならないのだが。

「そうですね。興味を示してもらえないかもしれませんが、ま、ちょっとした調査みたいなものです。肉体が若返った場合、同時に精神までもが若返るかどうか、というね。若い女の子なら、可愛い下着に興味を示すこともあるでしょう。言うだけならタダですし、よろしくお願いしますよ。では」

黒須さんは早口で言って、あっさり電話を切ってしまった。

午後六時半。今日の調査結果の報告のために、僕は桐島先生の実験室に向かった。白衣に着替えて部屋に入ってみると、先生はノートパソコンの前に座っていた。

「すみません。お仕事中でしたか」

「いや、大丈夫だ」

どうやら、インターネットをしていたらしい。先生はブラウザを閉じてから椅子を回転させ、こちらに向き直った。

さすがはノーベル賞受賞者と言うべきだろうか。この間ちょろっと操作方法を教えただけなのに、もうパソコンを使いこなせるようになっている。たぶん、インターネットで検索することを覚えたのが大きかったのだろう。疑問があれば、その都度検索する。ネットで情報を集めるようにすれば、基礎的な疑問の大半は解決できる。

「何か用事かね」

「はい。飯倉に近しい人に話を聞いてきたのですが……」

僕は研究室の人たちとの会話で得た情報を中心に、調査内容を報告した。

「これと言った手掛かりはない、ということか。……それにしても、吸血鬼とはな」

「飯倉は確かにそう言ってました。大学内でも噂になっているようです。体調を崩したこととどう関係してるのかは分かりませんが……」

先生は実験台の上にあった名刺サイズのプラスチック片を手に取って、「ふむ」と首を捻る。

「大学で妙な噂が立つことはよくある。私が教授をしていた頃もあった。七不思議などと言って、あれこれ盛り上げる連中がいるからな。まったく、子供じみた話だ」

「それはなんですか？　今、手にお持ちのやつ」

「そうか、君は病院に行かないから知らないか。これは、市販のウイルス検出キットだ。患者から採取した血液を加えると、数分で感染の有無が分かる」

「飯倉については、その手の検査は一通りやったんじゃないんですか」

「もちろんだ。しかし、血液の状態は日々変化する。仮にウイルスが原因だとすれば、日を追うごとにウイルス量は増える。見えなかったものが見えるようになる可能性もある。ところで君は、免疫についての知識はどの程度あるのかね」

「えっと、漠然としたイメージは持ってるんですけど、科学的に説明しろと言われると、ちょっと厳しいです。すみません。高校の時、生物選択じゃなかったので」

「それでは、簡単な講義といこうか」

桐島先生に促されて、僕はそばにあった椅子に腰を下ろした。ノーベル賞受賞者の講義である。思わず背筋が伸びてしまう。

「細かく話すと何時間も掛かるし、君もついてこられないだろう。今の話に関わる、ごくごく基本的なところをかいつまんで説明する。まず、免疫には、自然免疫と獲得免疫があり、抗原抗体反応は獲得免疫に分類されている。その主体となるのは、もちろん抗体だ」

抗体は、リンパ球の一種であるB細胞が産出している、と補足して、桐島先生は説明を続ける。

「仮に、体内にウイルスが侵入してきたとしよう。ウイルスの外殻のタンパク質、あるいは増殖の際に作られたタンパク質は、もともと人間の体内には存在しないものだ。つまり、異物として認識される。これが抗原だ。一方、B細胞の表面には、免疫グロブリンと呼ばれる、抗原を認識するアンテナが付いている。このアンテナが抗体の元になる」

「あれ、そうなんですか。抗体って、体の中を流れてるイメージでしたけど」

「それはそれで合っている。抗原を認識したB細胞は、表面に持っていた免疫グロブリンを抗体として産出する細胞に変化する。それに加えて、一部が記憶細胞に変化することで、免疫を記憶しておくことが可能になる。このおかげで、一度認識した抗原であれば、次に体内に入ってきた時にすぐに抗体を作ることができる」

「そういえば、三年前の新型インフルエンザ騒動の時も、高齢者は感染率が低いって話がありましたよね。昔、同じタイプのインフルエンザに罹ったことがあったおかげで、免疫ができていたって」

「うむ。一九一八年頃に流行したスペイン風邪と同じ型のウイルスだったようだ。その事実からも分かるように、免疫は生涯にわたって人を守り続ける。予防接種はまさにこの原理を使っているわけだ。病原性を弱めた抗原を注射して、抗体を作らせている」

桐島先生は顔の前で両手を組み合わせると、人差し指と中指を伸ばして、イソギンチャクのような形を作ってみせた。

「抗体はこんな形をしたタンパク質だ。抗原を正しく認識できるように、抗体ごとに指の形――すなわち、アミノ酸配列が異なっている。ちなみに、利根川進くんはこの抗体の多様性研究でノーベル賞を受賞している。こうして見ると、本当によくできていると思う。抗体というのは、自動で敵を捕捉する微小な魚雷なんだ」

「僕の場合、それがたくさん血中に存在している、と」

「いや、それはまた話が違う。君の場合は、マクロファージやらNK細胞やら好中球やらの、自然免疫系が異様に活性化されている。街中を武装した機動隊がうろついているようなものだ。侵入者は即座に排除される。抗体を作るまでもない。もちろん、T細胞やB細胞なんかも元気いっぱいなようだから、いざとなれば抗体でさらなる攻撃を試みるのだろうがね」

どうやら僕の体内は、ウイルスや細菌にとってはひどく住み心地の悪い環境になっているようだ。侵入者を積極的に撃退するという意味では、消毒剤でガチガチにガードされた病院なんかよりずっと質が悪い。

「それで……何の話でしたっけ」

先生は組んでいた手をほどいて、実験台にあった検査キットを再び手に取った。

「抗体は抗原を認識する、という話だ。このキットには、ある特定の抗体が固定されていて、患者の血液検体に含まれる抗原と反応して、目に見える変化を起こすようになっている。赤い線が出るとか、そういう、分かりやすいのがね。今のところ、飯倉くんの血液は無反応だが、私はウイルス感染が本命だと見ている。ＰＣＲを使ってウイルスの遺伝子を大量増幅するなど、もっと綿密な検査が必要だろう」

もどかしさを感じているのか、桐島先生は無造作にぐしぐしと髪を掻きむしった。彼女の髪型がいつも爆発しているのはこの癖のせいだった。

「飯倉の体調はどうなんでしょうか」

「解熱剤と点滴でなんとか対応しているという状況だそうだ。生命の危機というほどではないが、楽観視もできない。原因が分からない以上、対症療法で悪化を防ぐしかない。このままだと、入院は長引きそうだ」

「……そうですか。調査の方はどうしましょうか」

「他に同じ症状になっている学生はいないのかね」

「そうですね。クラスメイトや、飲み会の参加者の皆さんは、普通に大学に来ているようです」

「それなら、爆発的な感染が起こることはなさそうだ。無理にあれこれ嗅ぎまわることもない。……と言っても、君は首を縦に振らないだろうな」

先生がわずかに表情を緩める。

「アルバイトの時間外の行動にまで干渉するつもりはない。納得がいくまで、徹底的に調べてみればいい」

「すみません、気を遣わせてしまって」

お辞儀をした時、僕はふと、嗅ぎ慣れない香りを感じた。桃のジュースと牛乳を混ぜたような、柔らかくて優しい匂いがする。

「あれ。なんか、いい匂いがしますね」

「そうかね。私は特に何も感じないが」

「でも、確かにしてますよ」

どうにも気になる。僕はトリュフを探す豚のように鼻をひくつかせながら実験室をぐるりと一周したが、匂いの発生源の特定には至らなかった。どうやら、実験台から離れれば離れるほど匂いは弱まっているようだ。実験に使う試薬の匂いだろうか。そう思って先生の手元に目を落としてみるが、それらしき瓶は見当たらない。

「何をやっているんだね。そろそろ仕事を再開したいんだが」

「す、すみません。なんだか、妙に心惹かれるというか、嗅がずにはおれないというか。実験の邪魔になりますよね」

ぺこりと頭を下げたところで、再びあの匂いが鼻腔をくすぐった。

……まさか。

僕は露骨にならないように、微妙に腰をかがめて、作業に取り掛かろうとしている桐島先生の背中に顔を近づけた。

そのまさかだった。匂いの発生源は、桐島統子先生その人であった。

「む、なんだね」

「いえ、その、非常にいい匂いが、先生の白衣から漂ってきていましたので」

「匂いだって？」

桐島先生は白衣を引っ張って、自分の胸を覗き込んだ。想像以上にふくよかな双丘の谷間が目に入り、僕は慌てて顔をひん曲げる。そういえば、まだ下着を渡していなかった。危険なハプニングが起こる前にブラジャーをしてもらわないと。

そんなことを考えていると、いきなり桐島先生に両肩を激しく押された。

両手を振り回しながら後ずさり、なんとか踏みとどまったところで、先生が鬼のような形相をしていることに気づく。

やばい。胸の谷間を見ていたことがバレてしまったっ！

「す、すみません！　見てません！」

僕はとっさに謝罪したが、先生は「……何を謝っているのだね」としかめっ面を保ち続けている。相当怒っている。

僕は半泣きになって、「だから……その、見てないんです」と先生に近づこうとした。

「──動くんじゃないっ！」

桐島先生は銃を構えた銀行強盗のような台詞を叫んで、右手を思いっきり突き出した。

「……ど、どうされたんですか」

「喋るんじゃない。いいから、息を止めて、後ろに下がりなさい」

本当に散弾銃を構えているんじゃないかと思うほどの迫力に、僕はおとなしく先生との距離を取った。

「あの、何かウイルスでも漏れ出したんですか」

「……そうではない。この匂いは……その、嗅いではいけないものだ」

「じゃあ、毒ガスですか！」

「いや、違う。これは……」先生は自分の肩を強く抱き締めて、そっと視線を逸らした。

「おそらく、私の体臭だ」

「……はい？」

「自分では気づかなかったが、確かに匂いがしているようだ。おそらく、若返りの副作用だろう。常人とは違う物質が体から出ているんだ。……ここのところ、色々と立て込んでいて、風呂に入るのを忘れていた。だから、君に気づかれたんだ」

「ああ、そうなんですか。でも、別に僕は気にしませんが」

気にしないというか、誤解を恐れずに正直に言うと、むしろ嗅いでいたい。それほど芳しい匂いなのである。天国や桃源郷に行けば、きっとこの匂いを放つ花が咲き乱れていることだろう。

しかし、先生はぶるぶると首を横に振る。

「君は、『気にしないから全裸でいてもいい』と言われて、人前で服を脱げるのか？　できないだろう。それと同じことだ。私は動物ではなく、一人の理性ある人間だ」

「はあ、そうまでおっしゃるなら……」

「そうまでもこうまでもない。私はこれから風呂に入る。君は図書室の整理でもやっていなさい。分かったかね」

そんなに怖い顔で言われたら、もう「はい」と頷くしかない。僕は背中に桐島先生の視線をビンビンに感じながら、実験室に併設されている図書室に向かった。

施設の概要は、以前に黒須さんから一通り聞いていた。ここには、先生が実験の参考にしている書籍や、実験の作業手順（プロトコールというそうだ）を集めて綴じたファイルなどが保管されている。この間僕が理学部図書室でコピーした論文も、ここにストックされているはずだ。

端的に言えば、室内はひどい散らかりようだった。金属のフレームでできた真新しい本棚が並んでいるのに、なぜか棚より床に積んである本の方が多いくらいだ。使用上の問題はないのかもしれないが、さすがにこんな状況では図書室の名が泣くというものだ。

さっそく片付けを、と思ったものの、自分の部屋の本とは要領が違う。何しろ、英字タイトルの本や雑誌しかないので、内容がさっぱり分からない。ここは下手に色気を出すべきではない。僕はおとなしく、アルファベット順にそれらを並べていくことにした。併せて、先生が混乱しないように、棚にアルファベットを書いたラベルを貼っていく。

この種の単純作業、取り掛かるまでは億劫だが、一度手を動かし始めると急にやる気が湧いてくる。整理整頓には、人を夢中にさせる何かがある。棚がきれいに埋まっていく様子に快感を覚えつつ、僕は黙々と作業を続けた。

二時間くらい経過した頃だった。鼻歌交じりに上機嫌で山を崩していると、中から表紙にタイトルが書かれていない本が出てきた。

開いてみると、いきなり集合写真が目に飛び込んできた。写真の中央には、スーツ姿の桐島先生——若返る前の——が直立不動で立っている。写真の日付は一九八九年三月。写真のフレームには、〈東京科学大学退官を記念して〉と書かれたシールが貼ってある。どうやら、積まれた本の間にアルバムが混ざり込んでいたらしい。

これはかなり貴重な資料なのではないだろうか。僕は好奇心の赴くままに、ページをめくっていった。

誰かが再構成したアルバムなのだろう。ページが進むにつれ、写真は徐々に過去に遡っていく。学内で撮(と)られた卒業記念の集合写真がほとんどで、当然なのだが、桐島先生はどれもこれも老人の姿をしていた。

六〇年代に入ると、ほとんどが白黒写真になってしまった。当時、桐島先生はまだ三十代後半。ここまで来ると、今の若返った姿に近づいてくる。相変わらず、髪にははっきりとした寝癖がついていたし、白衣もよれよれではあったが、その目は侍(さむらい)のように鋭く、研究に懸ける情熱が写真からも伝わってくる気がした。

やっぱり、ノーベル賞を取るような人は、昔からすごかったんだな——平凡な感想と共に、僕は最後のページをめくった。

……なんだ、これ。

ページの中央に貼られた、一枚の写真。立派な和室の中央に、今の桐島先生と瓜二つの若い女性と、紋付袴を着た、優しそうな男性が並んで立っていた。日付は、一九四四年九月とある。

僕は桐島先生の服装に目を奪われていた。花や鶴の刺繍が入った着物に、華やかな柄の帯、そして、立派な角隠し。どう見てもそれは、結婚式の衣装だった。

桐島先生が、結婚していた――。

考えてみれば、当たり前のことだ。この時代であれば、むしろ未婚者の方が珍しかったはずだ。それなのに、なぜだろう、僕の心には、自分でもよく分からない、もやもやとした感情が湧き上がっていた。

ふいに、ドアをノックする音が図書室に響く。

慌ててアルバムを閉じて振り返ると、桐島先生が怪訝な表情でこちらを見ていた。シャワーを浴びたからだろう。あの桃ミルクの匂いはすっかり消えていた。

「……ずいぶん時間が掛かっているな。そろそろ帰ったらどうかね」

「え、あ、ああ。そうですね。もう終わりますので」

「そうかね。それならいいんだが」

ドアを閉めて、桐島先生が実験室に戻ったところで、僕は深呼吸をした。無駄に緊張してしまった。見られてなかったよな、と胸を撫で下ろす。

……いや待て。なんでほっとしてるんだ、僕は？　今のタイミングで何気なく写真のことを訊けばいいじゃないか。隠していたものを盗み見たわけではないし、別に疚しいところはないはずだ。

だが、しばらく考えてみても、自分の心の動きがよく理解できなかった。分かるのは、こんな気持ちになったのは初めてだということだけだ。

やめよう。僕は小さく首を振って、アルバムを本棚に収めた。

不要な詮索をしている場合ではない。さっさと片付けを終わらせなければ。

断章（2）

「吸血鬼」はその日、一人で大学の食堂に来ていた。夕食時とあって、周囲のテーブルは実験の途中で抜け出してきた白衣姿の学生や、サークル活動を終えた学生で混み合っていた。

隣の席で、二人の女子学生が、コーヒーを飲みながらお喋りに興じている。

「聞いたよ。あんた、バンドサークルのボーカルの人と付き合ってるらしいじゃん」

「そうなのっ。ヒロくんっていうんだけどさあ、ホント、あたしの好みにぴったりなんだよねえ。もう、毎日ドキドキしっぱなし、って感じ。ステージに立ってる時なんて、失神しそうなほどカッコいいんだよ」

「ああもう、うざいからその辺でいいよ、のろけ話はさ。あーあ、差を付けられちゃったなあ。……あれ、ていうか、もしかしたらクラスで彼氏がいないのってあたしだけかも。やばいなあ。あたしもイケメンと出会いたいよお」

「それなら、夜空に向かって祈るといいよ。ＵＦＯが見えたら、三回願いを言うの。そしたら、すぐに彼氏ができるから」

「えー、めちゃくちゃうそ臭いんですけど」

「あんた、来月誕生日でしょ。彼氏いない歴を二十一年に更新したくなかったら、あたしの言うことを信じた方がいいよ」

食事を続けながら、「吸血鬼」は二人の話を醒めた心で聞いていた。

今、自分にも恋人と呼ぶべき相手がいる。しかし、関係を持ったあとも、隣の席の女が言うようなときめきや、愛情を感じたことは一度もなかった。もう、誰かを愛することなど、絶対にありえないだろう。「吸血鬼」はそう確信していた。

計画は、今のところは順調に進んでいた。予定通り、「実験」を行い、自らの手で作り上げた「道具」が確かに機能することを確認した。

「吸血鬼」は空腹を満たすだけの夕食を素早く食べ終え、席を立った。

下らない恋愛に興じている時間はない。次は、いかにして「印」を持つ者を増やしていくかを考えねばならない。

3　四月十七日（火曜日）①

睡眠不足を抱えたまま午前の講義を終え、僕は理学部二号棟にやってきた。昨日の夜はあれこれと桐島先生のことを考えていたせいで、眠りにつくのがかなり遅くなってしまった。どこかの教室で昼寝でもしたいところだが、自分で言い出したことなので、調査をサボるわけにはいかない。

玄関先に立ち、濁（にご）った色のベールに閉ざされた空を見上げてみる。天気予報によると、しばらくは天候の優れない日が続くらしい。その予告編とばかりに、今日は朝からずっと曇りっぱなしだ。

ぼんやり待つこと二分あまり。建物の中から、見覚えのある人影が姿を見せた。高本先生だ。今日は白衣ではなく、グレーのスーツを着ていたが、やっぱり普通の社会人には見えなかった。夜の街がよく似合いそうである。

「おう。どうした、こんなところで」

「いえ、ちょっと待ち合わせを。高本先生は、これから講義か何かですか」

「いや、講演会だ。喋るのはオレじゃないがな」

端的に答えて、高本先生は腕時計に目を落とした。

「オレはもう行くけど、もし研究室の連中に用事があるなら、好きに入っていいからな。遠慮はいらねえぞ」

「はい。ありがとうございます」

僕は頭を下げ、靴音を響かせながら去っていく高本先生の背中を見送った。

「どうしたの？」

呼ばれて顔を上げると、待ち人である斎藤さんが不思議そうにこちらを見ていた。

「いえ、たまたま高本先生にお会いしまして」

「そうだったんだ。……もしかして待たせちゃった？」

「いえ、大したことはないです」

昨日の夜、僕の携帯電話に斎藤さんからのメールが届いた。飯倉の調査について協力できないか、という相談だった。今後は吸血鬼のことを調べようと思う、と返信したところ、彼女は「自治会に行くといいよ」とアドバイスをくれた。併せて同行を申し出てくれたので、こうして待ち合わせていたわけだ。

「すみません、わざわざご足労（そくろう）いただいて」

「気にしないで。こっちから言い出したんだから」

斎藤さんと向き合って言葉を交わしていた時、視界を白い影がよぎったような気がした。弾かれるように二号棟の玄関ロビーに視線を向けたが、そこにはがらんとした空間があるだけで、人影は見当たらなかった。

「どうかした？」

「……なんでもないです」

誰かに見られていたような気がしたが、ただの見間違いだったらしい。どうやら僕は緊張しているようだ。「行きましょうか」と促して、斎藤さんと並んで歩き出した。

僕が普段アルバイトをしている大学病院はキャンパスの西の端に、そして、いま向かっているサークル棟は東の端にある。

理工通りを百メートルほど東進すると、左手に緑色の金網が見えてきた。さらに近づくと、テニスのラリーの小気味いい音が聞こえてくる。その奥に見える人工芝のグラウンドでは、サッカーサークルの部員がダッシュを繰り返している。遠くの方では、硬球を跳ね返す打撃音が響いている。科学大学と聞くとどうしても青白い貧弱ボディを想像してしまうが、それなりに体育系サークル活動が行われているらしい。

なんとなくグラウンドを眺めていると、「芝村くんは、サークルには入らないの？」と斎藤さんが訊いてきた。

僕は曖昧に首を振って、「アルバイトが忙しくて」と答えた。実際、今の状況ではサークル活動に勤しむ余裕はない。

「そうなんだ。大変なんだね」

「斎藤さんはどうだったんですか。何かやってましたか」

「私は自治会に入ってたよ。だから付いて来たんだ」

彼女は白い歯を見せて、控えめに僕の肘に触れた。

「ほら、あそこがサークル棟」

指差す先には、安アパートのような、古びた横長の建物があった。三階建てで、白い外壁には経年劣化による黒いシミがいくつも浮き出ている。

近づいていくと、部屋のドアにそこを使っているサークルの名前が書いてあるのが見て取れた。〈東科大アニメ研究部〉〈オカルト研究会〉〈ミステリ愛好者の集い〉〈東科大クイズ・マニアクス〉。文科系サークルの居室になっているらしい。

「一階の右端が自治会の部室。すぐ脇に、掲示板があるでしょ」

斎藤さんの言う通り、部屋と部屋の間のスペースに、ポスターがベタベタ貼られた掲示板があった。例の、吸血鬼に対する注意喚起を促すポスターもある。

「なるほど、ここなら、具体的な目撃証言、あるいは被害情報が入ってきてるかもしれませんね」

「だといいけど……って言うと、不謹慎かな」

斎藤さんは笑って、軽くドアをノックした。「失礼します」と声を掛けて、彼女がドアを開ける。

続いて部屋に入ろうとしたところで、「──んぐっ」と妙な声が聞こえた。隙間から室内をうかがうと、部屋の奥にいたメガネの女性が慌ててペットボトルに手を伸ばすのが見えた。ぐいぐいとお茶を飲んで、大きく息をつく。

「……はあ、喉に詰まるかと思った」

昼食の最中だったようだ。彼女は惣菜パンの空き袋をゴミ箱に捨ててから、「こんにちは、斎藤先輩」とお辞儀をした。

「久しぶりだね。元気にやってる？」

「ええ、相変わらず人手不足ですけど」

　メガネの女性は斎藤さんと僕に椅子を勧めてくれた。僕は恐縮しながら腰を下ろし、室内をぐるりと見回した。広さは八畳あるかないか。ロッカーやホワイトボードが壁際に並んでいる。隅っこのテーブルには、年季の入ったノートパソコンが鎮座していた。

「自治会って、こういう感じなんですね」

「はい。大学公認のサークルなんです。今は、わたしが代表を務めています。四年の深見です。どうぞよろしくお願いします」

　深見さんは、童顔というか、幼少時の輪郭のまま成長したような、親しみを感じられる風貌をしていた。

　僕は会釈を返して、「一年の芝村です」と自分の名前を告げた。

「一年生！」深見さんが目を丸くする。「もしかして、入部希望者の方でしょうか」

「ごめん、そうじゃないの」と斎藤さんが申し訳なさそうに言う。

「ええっ……。じゃあどうしてこちらに？」

「吸血鬼のことを調べてるの。ほら、そこのポスターの」

　彼女は「はい、はい。吸血鬼さんの話ですね」と頷く。さん付けである。絵本の世界の登場人物扱いかよ、と心の中でささやかなツッコミを入れてから、「あれって、本当の話なんですか」と僕は身を乗り出した。

「不審な人物が目撃されているのは、間違いなく事実です」

「どういう風に不審なんでしょうか。吸血鬼って呼ばれるくらいですし、特徴があるわけですよね」

「そうですね。目撃情報は複数ありまして、一番多いのは、黒いスーツ姿の男性を見かけた、という証言です」

それを聞いて、斎藤さんが首をかしげた。

「それって、そんなにおかしいかな。職員の人かもしれないよ」

「普通じゃないんですよ」深見さんが表情を固くする。「妙に背が高くて、異様なくらい動きが素早くて、しかも、夜なのにサングラスを掛けていたそうなんです。吸血鬼は日光に弱いとされていますよね。分かりやすい特徴です」

……ん？

なんだか引っかかるものを感じた。長身で、動きが早くて、サングラス。それらの条件にぴったり合致する人物を、僕は知っている。

「……あのう。ちなみにその怪しい人って、どの辺に出没するんですかね」

「えーっと……」深見さんは席を立ち、ファイルキャビネットから分厚いファイルを取り出した。「うん、偏(かたよ)ってますね。ほぼすべて、大学病院の近くで目撃されています」

場所も合っている。ということは……。

「それって、去年の六月からじゃないですか」

「あ、言われてみたらそうですね。黒スーツの怪しい人は、それぐらいの時期から出没し始めていますね」

——やっぱり。僕は思わず天井を仰ぎ見てしまった。

特徴と場所。おそらく、間違いない。何のことはない。吸血鬼の正体は、黒須さんだったのだ。たぶん、桐島先生のお世話をするために病院の敷地に出入りしていたところを目撃されたのだろう。本人に悪気はなかったと思うが、なんとも人騒がせな話だ。

黒須さんが飯倉を襲うはずはないわけで、当然、あれは飯倉なりのジョークだったということになる。現実的な帰結ではあるが、手掛かりの一つが失われてしまったのは紛れもない事実だ。

期待が大きかっただけに、がっくりと力が抜けてしまった。僕は椅子に体重を預けて、長いため息をついた。

五時限目の講義を終えて地下のラボに向かうと、事務室に黒須さんがいた。鼻歌交じりで、いかにも楽しそうに観葉植物に水をやっている。

「ああどうも。今日も精がでますねえ」

「こんばんは。ちょうどよかった。黒須さんに確認したいことがあったんです」

「ほう。伺いましょうか」

　僕は近くにあった椅子に腰を下ろし、今日の昼間、自治会で聞いた吸血鬼の目撃情報を黒須さんに話した。

　彼は顎をこすって、「いやはや、そんな噂が出ていたとは」と苦笑した。「目立たないように黒いスーツを着ていたのですが、そうですよねえ、サングラスは怪しいですよねえ。いやあ、これはまた初歩的なミスですな」

　そういえば、彼と出会って以来、一度もサングラスを外したところを見たことがない。よほど強いポリシーでもあるのだろうか。

　そう思って尋ねてみると、「いや、違うんです」と黒須さんは首を振って、サングラスを外した。現れた二つの瞳は、どちらも薄い琥珀色をしていた。

「ボクはれっきとした日本人なんですが、遺伝子のいたずらか、瞳がこんな色をしてるんですよ。目だけ見ると、まるで欧米人です。そのせいかどうかは知りませんが、どうにも眩しい光が辛くてしょうがない。サングラスが手放せないんですよ。ただね、非常に大きな問題がありまして。ほら、日本人はあまりサングラスをしないでしょう。そのせいで、どうにも目立ってしまうんです。尾行の時なんかは、非常に気を遣いますね」

「探偵、向いてないんじゃないですか」

　素朴な僕のツッコミに、黒須さんは「ごもっとも」と頷く。

「それでも、自分で選んだ仕事ですからね。尾行の必要があれば、これはもうやるしかありません。真夏なんかは最悪ですよね。ターゲットを見失わないように、眩しさをこらえながら必死で目をこらしつつ、汗をだらだら流して歩く。苦行です、苦行。『二度とやるか！』と毎回思いますね。まあ、またやらざるを得ないわけですが。というわけで、夏はあまり仕事をしないんです。昼間は基本、自宅に籠りっきりですね」

黒須さんは、辛い仕事をいかにも楽しそうにぺらぺらと語る。

「今日こちらに立ち寄ったのも、探偵業務の一環です。例の、入院している飯倉氏の情報を持って来ました。ま、それほど耳寄りなものはないですが、せっかく調べたので、説明に参上したというわけです。過度な期待はせずに聞いてください」

黒須さんは小さなじょうろを机に置くと、壁に背を付けて、資料も見ずに語り始めた。

「では、うんざりするほど基礎的な事項から始めますよ。名前は飯倉祐介。年齢は十八歳。東京科学大学に現役で合格し、この春から通っています。家族構成は、父親と母親と本人。兄弟はいません。本籍地も、通っていた学校も群馬です。芝村さんと同じですね。今はもちろん一人暮らしです。海外への渡航歴はなし。というか、パスポートを持っていません。ちなみにこの情報は、病院のスタッフを装ってご両親から伺いました。国内を含め、みょうちきりんな病原体に感染するような地域を訪れたことはないと断言していいでしょう。また、ご両親ともいたって健康で、遺伝的な疾患の可能性も低いように思われます。これは、未だに女性が調査中です。ただ、特定の異性とつき合っていた形跡はないようです。交友関係は彼のお見舞いに来ていないことから推測されることです。とまあ、ざっとこんなところですかね。何か、ご質問は？」

「……いえ、特には。残念ですけど、飯倉の周囲から得られる情報だけで、謎の高熱の正体を突き止めるのは難しそうですね」

「ありていに言えばそういうことです。厄介（やっかい）な病気です、まったく」

「なにはともあれ、お疲れ様でした。なんだかんだ言って、探偵業務をきっちりこなしてますね。さすがです」

「いやいや、この程度は朝飯前ですよ。小学校で言えば、足し算引き算のレベルです。必要であれば、もっと突っ込んだ調査もしますよ。ただ、ボクの場合は張り込みがいささか苦手なんでね、情報集めには色々と苦労しますが」

「はあ、なるほど」

「それでは、また。先生によろしく」

立ち去ろうとした黒須さんを、「あの」と僕は呼び止めた。

「おや、まだ何か」

「……その、こんなこと、訊いていいのか分からないんですけど」

「とか言いながら、訊いてるじゃないですか。大丈夫です。なんでも伺いますよ。相談は無料ですからご安心ください」

黒須さんの笑顔に押されるように、僕は言葉を続けた。

「昨日、図書室を整理している時に、アルバムを見てしまったんです」

「ああ、あれですか。そうか、図書室にあったんですね。思い出の品ですから、ご自宅からこちらに持ち込んだんですよ。それがどうかしましたか」

「……最後のページに、結婚式の写真が貼ってあったんですが。……あれって、桐島先生ご本人なんですか」

「答えはイエスです。以前、少し興味を持ちましてね。個人的に調べたことがあるんです。こちらとしては、その件について話してもいいんですが……聞きますか？」

多少の迷いはあったが、ここで耳を塞げばきっとあとで知りたくなる。そう思い、僕は「聞かせてください」と答えた。

黒須さんは、ではと呟いて、そばにあった椅子に座った。

「まずは背景からお話ししましょう。桐島先生は京都出身で、地元の尋常小学校、高等女学校を卒業後、奈良女子高等師範学校に進まれました。裕福な家柄だったこともありますが、幼い頃から、学問にかなりの興味を持たれていたようですね。優秀な成績で、高等師範学校を卒業して——これは、戦時中の特例により、通常より半年早かったんですが——実家に戻られたそうです。これが、昭和十八年、すなわち一九四三年の晩秋のことですね」

小さく頷いて、続きを促す。

「その後、写真の日付にあった通り、一九四四年の九月に結婚式を挙げました。結婚は、数年前から予定されていたものでした。昔は本人同士の意思より、家柄の釣り合いが重要視されますからね。親が決めた男性と淡々と籍を入れた、というのが実情のようです。相手は、軍の科学研究施設に勤務する、年上の研究者だったそうです。……写真を見る限りでは、いかにも優しそうな印象を受けますね。人柄が偲ばれます」

「それから、どうなったんですか。先生も研究を始めたんでしょうか」

「いえいえ。軍の研究所は、女性が入れるような場所ではありません。先生は国のために自分の知識を活かしたがっていたでしょうが、まだ二十歳そこそこですからね。ご両親の意向に従い、おとなしく家庭に入ったようです。……ただし、その生活は、長くは続きませんでした。翌年に入ってすぐ、旦那さんが亡くなってしまったんです」

「……それは、空襲のせいですか」

「いえ、どうも違うようですね。研究所は滋賀県にあったのですが、そこが爆撃を受けたという記録はありません。公式には事故死ということになっているようですが、なにせ、六十年以上前のことですからね。関係者はほとんど鬼籍に入ってしまっています。真相は闇の中ですね」

　黒須さんは長い指で鼻の頭をこする。

「短い結婚生活でしたから、子供はできませんでした。旦那さんの親族との付き合いはそこで終わり、先生は再び桐島家に戻ります。彼女がどういう思いを抱いていたのかは分かりませんが、戦後、新制大学の発足に合わせて、二十五歳で京都大学に入学されています。以来、再婚をすることもなく、ずっと研究畑を歩み続けてきました」

「そう……だったんですか」

血の繋がらない誰かと家庭を持ち、同じ軒の下で暮らしていたという事実が、指先に触れた酸のようなぴりぴりした痛みを伴って、心に染み込んでいく。自分から訊いたのに、心のもやが晴れるどころか、いっそう深さを増した気がする。

「哲学者みたいな顔になってますよ」黒須さんは席を立ち、僕の肩をぽんと叩いた。「はるか昔の話です。訊けば、普通に話してくれますよ、先生も」

自信たっぷりに言い放つと、黒須さんは「アディオス・アミーゴ！」とか言いそうな陽気な表情で、足早に事務室から出て行ってしまった。

4　四月十七日（火曜日）②

その日のバイトを終え、午後九時前に僕は帰路についた。

黒須さんから余計なことを聞いたせいか、桐島先生の顔をまっすぐに見ることができそうになかったので、今日は結局、先生と直に会話することなく終わってしまった。自意識過剰もいいところだ。

医学部の裏の駐車場で僕は足を止め、小さくため息をついた。

雨こそ降っていないものの、空は一面うっすら曇っていて、半分に欠けた月の輪郭がかろうじて見えている。湿度が高いのか、肌に張り付くような空気が辺りに漂っていた。寒くはないが、生ぬるさが薄気味悪い。

外にいたら、いつ雨が降り出すとも知れない。さっさと帰ろうと自転車のハンドルに手を掛けたところで、携帯電話が震え出した。知らない番号からの電話だった。僕は警戒心を抱いたまま、「もしもし」と応じる。

「芝村くん？　東條だけど」

「あ、どうも」と僕は夜の闇に向かって頭を下げる。

「今は自宅にいるのかな？」

「いえ、大学の西門のところにいますが」

「まだ構内にいるんだ？　ずいぶん遅いね。まあいいや、いちいち喫茶店に呼び出さなくて済んだみたいだし。電話じゃちょっとしにくい話があって、直接伝えたかったんだよ。これから研究室の方に来てくれないかな」

「ええ、それは構いませんが。飯倉のことで、何か思い出されたんですか」

「……そうじゃないけど、関係はあると思う」東條さんの口調は、真剣そのものだった。

「吸血鬼の話だよ」


僕は自転車を駆って理学部二号棟に向かった。

玄関前に自転車を停め、建物を見上げる。日が暮れてかなり経つが、ほとんどの部屋の窓から明かりが漏れていた。研究者的にはまだまだ宵の口ということなのだろう。

玄関に向かうと、ロビーのベンチに東條さんが座っていた。白衣ではなく、薄手の白い長袖Tシャツに黒のジーンズという、動きやすそうな格好をしている。

「早かったね。じゃ、行こうか」

彼と並んで廊下を奥に向かう。会議室の前に立ったタイミングでドアが開き、長瀬さんと斎藤さんが顔を見せた。

「あら、芝村くん。どうしたのこんな時間に」

「僕が呼んだんですよ。飯倉くんのことで話があって」と東條さん。長瀬さんは、「ふうん」とさほど興味がないような顔をしている。

「会議室、使わせてもらっていいですか」

「うん、もう終わったから。じゃあ莉乃ちゃん。仕事の分担は、さっき言った通りにやっていこっか」

硬い表情で、「はい」と斎藤さんは頷く。実験に関する打ち合わせをしていたのだろう。

二人と入れ替わりに会議室に入り、東條さんと向かい合わせに席に着いた。

「吸血鬼のことで、お話があるということでしたが」

「ああ。斎藤さんに聞いたよ。今日の昼間に自治会に行ったんだってね」

「あ、はい。吸血鬼の目撃情報を聞いてきました。なんでも、黒いスーツに、サングラスをかけた長身の男性が構内をうろついていたとか」

「それは偽者だよ」

「え？　どうして分かるんですか」

まさか、彼は黒須さんと知り合いなのか——一瞬そう思ったが、東條さんの答えは違っていた。

「僕もね、自治会で話を聞いたよ。目撃情報が、昨年の六月以降に集中していることも知っている。……でも、実はそれより前に、別の目撃談があった。自治会の人は軽く見てるようだけど、むしろそちらが本命だ」

それは五月の半ばのことだった——東條さんは怪談話でもするような、暗い声で言った。

「……いま僕たちがいる、この理学部二号棟のすぐ近くで、吸血鬼は目撃された。その時、謎の人物は、スーツではなくタキシードを着ていた。明らかに異様だよ。正装をして大学に来ることは、まずありえない。もちろん、その日に学会や講演会が開かれていないことも確認済みだよ」

「どこからその話を……？」

「目撃者が、サークルの後輩なんだよ。詳しい話が聞きたければ紹介してあげるよ。それより、もっと大事なことがある。吸血鬼は、飯倉くんの前に、別の人物を襲っていた可能性がある」

「もしかして、昨日ちらっと言っていた……」

「そう。ウチの研究室にいた、真壁さんのことだ。僕はあの人も吸血鬼の犠牲者（ぎせいしゃ）だったと考えている」

「何か、吸血鬼との繋がりを示す、証拠のようなものがあるんでしょうか。例えば、飯倉みあったんだ」


たいに、首筋に痣があったとか」

「残念ながら、具体的な痕跡はないよ。そもそも、吸血鬼のしわざだと感じたのは、真壁さんが亡くなってからだからね。でも、それらしいものを見た記憶はある。実験室で、真壁さんがたまたま白衣を脱いだ時に、着ていた長袖のシャツに真っ赤な染みができていたことがあったんだ」


東條さんは自分の左腕の、肘の内側を指差した。

「驚いて尋ねたら、真壁さんは注射に失敗したせいだって笑ってたよ。確かに、僕たちは自分の血を実験に使うことがある。でも、採血役を担当している斎藤さんが失敗したことは、僕が知る限り、今までに一度もなかった。真壁さんは気づいていなかったんだろうけど、あれは、吸血鬼にやられた傷だったのかもしれない」

「……そうなんですか」


今の話を、どう解釈すべきか。明らかと言えるほどの証拠ではない、と思う。しかし、真壁さんが体調を崩して入院し、命を落としてしまったのは事実だ。微かな繋がりでも、それを追い掛ける価値はあるのではないか。

「タキシード姿の人物とどう関係するかは分かりませんが、僕の方でも調べてみます。貴重なお話、ありがとうございました」


僕がお礼を言うと、東條さんは満足げに頷いた。

「どういたしまして。事件が解決することを、心から祈っているよ」

話が終わると、「実験があるから」と言って、東條さんは慌てて会議室を出て行った。

東條さんの話を頭の中で反芻しながら、僕は理学部二号棟をあとにした。すでに時刻は午後九時半を過ぎ、キャンパスは昼間の喧騒が嘘のように静まり返っている。

「……あれ？」

自転車にまたがり、漕ぎ出そうとしたところで、タイヤが妙な音を立てた。降りて確認してみると、後輪がパンクしていた。ここに来る途中にガラスの破片か何かを踏んだのだろう。しようがないので、僕は自転車を押して歩き始めた。

静かな夜の空気に、後輪が立てるカラカラ音と、僕の足音が密やかに響く。

通りの左右に並ぶサクラはすでにかなり散ってしまっていて、今は青々とした葉の方が目立っている。ついこの間のことなのに、人々の琴線を艶やかに掻き鳴らしていたあの桜吹雪が、はるか昔の景色のように思えてくる。

一週間前は見知らぬ場所だったこのキャンパスも、少しずつ僕のホームグラウンドになりつつある。緑が多くていつも風が吹いている、気持ちのいい場所だ。

立ち止まり、理学部二号棟を振り返る。あの建物のすぐ近くに、吸血鬼と呼ばれる謎の人物が舞い降りた。そう考えると、通い慣れたはずの理工通りが、異界へと続く不気味な道のように思えてくる。

馬鹿なことを――。僕は首を横に振って、つまらない妄想を払い飛ばそうとした。

その時。

僕の耳に、空気を切る音が飛び込んできた。

再び振り返ったのとほぼ同時に、足元に何かが落ちたが、僕の視線は地面ではなく、理学部二号棟のすぐそば、サクラの木の奥に立つ人影に吸い寄せられていた。

その人物は、全身を包むように、頭から黒いマントをかぶっていた。影になっていて顔は見えないが、口元は白いマスクで覆われている。

異界からの使者か、あるいはひどくたちの悪いジョークか。どう対処すべきか迷っているうちに、謎の人物は踵を返し、そのまま走り去ってしまった。

一人残された僕は、自転車のハンドルを握り締めたまま、その場に立ち尽くしていた。今、自分が目撃したものが、本当に現実の出来事だったのか、全く自信が持てなかった。

視線を足元に落とすと、潰れた大福のようなものが目に入った。さっき投げつけられたやつだ、と僕は遅れて思い当たる。

自転車を停めてから、僕はゆっくりと白い塊のそばにしゃがみこんだ。

――なんだ、これ。

僕は息を呑んだ。

そこに落ちていたのは、首筋に深い穴が開いた、真っ白なネズミの死骸だった。

5　四月十八日（水曜日）

午前七時過ぎ。頭上に厚い雲が広がる、早朝のキャンパス。僕は重い体を引きずるようにしながら、桐島先生のラボに向かっていた。

あくびを嚙み殺し、地下に続くエレベーターに乗り込む。二日連続の睡眠不足。頭の中に蜘蛛（くも）の巣が張ったみたいにぼんやりしている。おとといの夜はただ寝るのが遅かっただけだが、昨日の夜はほとんど眠れなかった。何の前触れもなく目撃した光景が、僕の安眠を妨害していた。

狭いかごの中で目を閉じ、脳裏に昨夜の光景を描き出す。

――吸血鬼。

そう呼んでいいのか、迷いはある。不審人物であることは間違いないが、タキシード姿でも、黒いスーツ姿でもなかった。目撃情報とかなり乖離（かいり）がある。むしろ、黒魔術の使い手のような印象を受けた。

いや、そんなことは大した問題ではない。気にしなければならないのは、向こうが僕に何らかのメッセージを送ろうとしていた点だ。まさか、いつもネズミを持ち歩いてたりはしないだろう。あれは、意図的に投げてよこしたものと解釈すべきだ。

エレベーターが止まり、地下に到着する。僕は事務室を通り抜けてまっすぐ物品搬入室に向かい、昨夜回収したネズミの死骸を、包んでいたハンカチごとパスボックスに入れた。このまま放置したらただのイタズラになってしまうので、すぐさま説明のために桐島先生の元に赴く。

桐島先生は早朝にもかかわらず、普段通りに実験をしていた。

「おや、どうかしたかね。補充に来るには早いようだが」

「ええ、ぜひともご相談したいことがありまして。ちょっと待っていてください」

僕はいったんその場を離れ、パスボックスから例のブツを回収して、先生のところに取って返した。

「なんだねそれは。ずいぶん慎重な手つきだが」

「驚かないでくださいね」

前置きしてから開いたが、先生は顔色一つ変えずに、「マウスだな」とあっさり言う。「生物系の実験に使われるものだ。どこでこれを？」

桐島先生にとっては見慣れた存在らしい。僕は実験台にマウスを置いてから、昨晩の出来事を詳細に先生に説明した。

僕の話を聞いて、「気味が悪いな」と桐島先生は眉を顰めた。死骸そのものではなく、それを投げつけるという行為に対する感想だろう。

「このネズミは、普通に入手できるものなんですか」

「ああ。白いアルビノマウスは、世界的に広く使われている。生物系の研究に携わる者なら、何の問題もなく手に入れられる」

「首のところにある傷はなんでしょうか」

「よく分からんが、普通の実験ではこんな傷はできない。ドライバーか何かを使って、無理やりにつけたものだろう。傷口からはさほど出血していないから、別の要因で死んだマウスを使ったようだ」

「……何を考えてこんなものを用意したんでしょう」

「単なるイタズラにしては度が過ぎる。吸血鬼が実在するように見せかけるための小細工にも見えるな。君に警告を与えようとしたのかもしれない」

「警告、と言いますと……」

「私生活に心当たりがないのなら、最近の君の活動に関係していると考えるのが妥当だろう。吸血鬼について調査されたくない人間がいるのかもしれんな。……いずれにせよ、今後、夜道を歩く際は十分に気をつけた方がいい。ここでの仕事も、あまり遅くならないうちに切り上げなさい」

「分かりました。データの処理なんかは昼休みの間にやっておくことにします。……あ、いま思いついたんですが、あえて囮になるというのはどうでしょう。その人物を捕まえれば、何か分かるかもしれませんよ」

「馬鹿なことを言うんじゃない！」先生は厳しい表情で僕を叱りつけた。「勘違いしてはいけない。我々の目的は、飯倉くんの病気を治すことにある。吸血鬼云々は、しょせんは噂の域を出ないものなんだ。相手が警告を与えてくるなら、素直に身を引くべきだ。自分自身を危険に晒すような真似はやめなさい」

「……はい。すみませんでした」

先生の意見はもっともである。僕はどうやら調子に乗りすぎていたようだ。

「よろしい。では、私は実験の続きに戻る。……ああそうだ、せっかくこちらに来たんだ。パソコンの環境設定をしてもらえないか。大学の図書館のホームページからデータとして論文を入手できるらしいんだが、どうも使い方がよく分からなくてな。何度か試したんだが、うまくいかないんだよ」

「分かりました。やってみます」

僕は一喝されたショックを引きずりながら、実験室の隅にあるノートパソコンの前に移動した。気持ちを切り替えるために、「よいしょ」とわざと声を出して椅子に掛ける。

ブラウザを立ち上げ、とりあえず東科大のホームページに行ってみる。図書館へのリンクを探すが、作りがごちゃごちゃしていて見つからない。

先生がブックマークしてたりしないだろうか。そう思って、〈お気に入り〉のタブをクリックするが、残念ながら登録されたサイト数はゼロだった。たぶん、この機能の存在を知らないのだろう。

一度は訪問しているはずだし、閲覧履歴から探してみるか。そう思って〈履歴〉を開き、時系列順に並んでいるサイトを確認していく。

……あれ？

検索サイトや科学系サイトの中に、時々通販サイトが混じっている。僕はこの端末を使わないので、当然桐島先生がそのサイトを見たということになる。しかし、着替えや食事など、生活必需品はすべて僕が購入している。見る必要がないはずのサイトなのだ。先生が自ら注文を出してまで買うものがあるのなら、僕の方で把握して、適切に発注しなければなるまい。図書館のホームページの件はいったん置いておいて、先に通販サイトを確認してみることにした。

何気なく開いてみて、僕は首をかしげた。桐島先生が閲覧していたのは、女性用の服を販売している通販サイトだった。白衣や作業着ではなく、ごくごく普通……いやむしろ、可愛い系の衣服を中心に扱っているサイトのようだ。「森ガール」とか「甘めセクシーなセットアップ」とか「マキシ丈」とか、僕にはよく分からない単語があちこちにちりばめられている。

着飾ったモデルさんたちを見ているうちに、黒須さんが言っていたフレーズが思い浮かんできた。

——肉体が若返った場合、同時に精神までもが若返るかどうか。

今風の服装に興味を抱いて、こっそり可愛い服の通販サイトを覗いた。……もしかしたら、そういうことなのだろうか。

振り返って先生に確認を取ろうとしたところで、画面の隅に新着メールを知らせるアイコンが表示された。メールソフトの画面に切り替えて確認してみると、メールの送り主は、富士中央科学研究所になっていた。

富士中央科学研究所――通称・富士中研は、桐島先生が東科大を定年退官したあと、特別研究員として勤務していた研究機関だ。技術ライセンス料や共同研究で利益を上げる、公益財団法人だと聞いている。人手が必要な時はそちらに実験を依頼することになっており、飯倉の病気についても、桐島先生と共同で血液の解析を行っている。

こんな早朝に来るくらいだし、重要なメールかもしれない。とりあえずお知らせしておこうと、「先生」と声を掛ける。「富士中研からメールが来ました」

「そうか。飯倉くんの件で、何か新しい知見が得られたのかもしれないな」

先生は薄手のゴム手袋を外し、「替わってくれ」と僕のところにやってきた。交代で椅子に座って、先生は慣れを感じさせる手つきでマウスを操作する。いよいよパソコンの使い方が堂に入ってきた。

メールの本文を見た瞬間、先生は「……これは」と小さく呟いた。

「どうかしましたか」

「……征十郎に連絡を取ってくれ。作戦会議をする必要がありそうだ」

一呼吸挟んで、先生は真剣味を帯びた声音で言った。

「ようやく、飯倉くんを苦しめている犯人が分かった」

その日の夕方。僕は事務室で黒須さんを出迎えた。

「いや、遅くなりまして。先生に頼まれた資料を集めていたら、こんな時間になってしまいました」

「でも、手ぶらみたいですけど」

「電子ファイル化して、実験室のＰＣに送ってあります。先生がパソコンの使い方を覚えてくれたので、ずいぶん楽になりました。省資源にもなるし、情報の伝達も早くなるしで、いいことずくめです。それにしても、一体どういう風の吹き回しでしょうね。ボクがいくら申し上げても、一向に使い方を学ぼうとしなかったのに」

黒須さんは手品師のような滑らかな手つきでハンカチをスーツの内ポケットにしまうと、パチパチと指を鳴らしながらノートパソコンに近づいた。

「えーっと、とりあえずはアプリケーションを起動して……と」

「どうしたんですか」

「いいえ、テレビ会議の形式で、先生の話を聞かせていただこうかと思いまして。なにしろ、ボクは向こうには行けませんからね。電話で同じ説明を繰り返させて、先生の手を煩わせるわけにはいきません。申し訳ないですが、芝村さんの方で、実験室の端末の設定をしてくれませんか。マニュアルはどこかに格納してあると思いますので」

「はい。やってみます」

僕は普段と同じように着替えを済ませて、足早に実験室に向かった。

桐島先生は、部屋の中央の実験台に肘を突いて、難しい顔で資料に目を落としていた。邪魔者の介入を拒もうとする気配が、全身から発せられている。

僕は物音を立てないようにノートパソコンの前に移動し、マニュアルを参考にしながら手早く通信環境を整えた。

「――お、映った映った。芝村さん、なかなか色男に見えてますよ。ビバIT革命、という感じですな」

黒須さんのはしゃぎっぷりに苦笑しつつ、「お願いします」と声を掛けて、桐島先生にカメラの前に座ってもらう。

「おう、これはこれは大伯母殿。考えてみれば、面と向かってお話しするのは初めてですな。監視カメラの画像なんかより、ずっとキュートに見えます」

「戯言(ざれごと)はいい。送ってもらった資料には目を通してある。さっそく説明を始めるぞ」

「じゃあお願いしますね。そうそう。念のために言っておきますが、芝村さんはともかく、ボクは研究に関してはド素人(しろうと)ですから、その辺をご考慮(こうりょ)いただけると助かります」

「善処はする。私に送ったものと同じ資料を手元に準備してくれ。その方が伝わりやすいだろう」

「もう印刷してありますよ。いつでもOKです」

頷いて、先生は無言で僕に資料を差し出した。A4判の用紙が十数枚。一番上、最初のページには、A・T・C・Gの四つのアルファベットがずらりと並んでいた。さすがにこれくらいは僕でも分かる。ＤＮＡの塩基配列だ。

「これは、ウイルスの遺伝子配列だ。それが、飯倉くんの血液から検出された。非常に珍しいウイルスだったために、特定に時間が掛かってしまった」

「やっぱりウイルスだったんですか。これは、どういう種類のものなんですか」

　僕の質問に、間を置かずに先生が答える。

「簡単に言えば、肝炎ウイルスだ。Ｂ型肝炎訴訟という言葉を耳にしたことがないかね。集団予防接種でＢ型肝炎ウイルスに持続感染した人たちが、国に対して損害賠償を求めた訴訟だ。この訴訟では、二〇一一年の六月にひとまず和解が成立している。感染の原因は、注射器の使い回しだ。救済対象者は、三十万人とも四十万人とも言われているが、対象外の感染者も多く、総数は百万人を超えているとされている。こう言っては何だが、人口に占める比率からすると、非常に身近なウイルスということになるだろう。今回、飯倉くんから検出されたのは、それと同じ種類の、Ｊ型肝炎ウイルスというものだった」

　見ると、長く続く塩基配列の終わり、用紙の下の方に、「hepatitis Ｊ」と記載されている。これがウイルスの名前か。

「肝炎ウイルスにはいくつかの種類があるが、発見から最も日が浅いのが、このＪ型だ。アルファベットの順番から行けば、Ｈ型と名づけるべきだったが、肝炎を表す『hepatitis』の頭文字と重複するという理由で飛ばされ、さらに次のＩだと、略称がエイズウイルスと同じ『ＨＩＶ』となってややこしいからこれまた飛ばされ、結局Ｊ型に落ち着いたという、いささか風変わりな経歴を持つウイルスだ。ＤＮＡウイルスであることは分かっているが、見つかってから時間が経っていないこと、感染者数が極めて少ないこと、感染しても重篤化する危険性が低いことから、ほとんど研究が進んでいない」

僕は首をかしげた。

「感染者数が少ないのに、飯倉から検出されたんですか」

「そうなんだ」先生が頷く。「感染者はすべて野生動物の研究者で、少なくとも一回以上、アカミミマーモセットという、手のひらに乗る大きさのサルに噛まれた経験があるそうだ。宿主であるそのサルは、南米の熱帯雨林にのみ生息する。普通ならどうやったって感染するはずがないウイルスだ」

「飯倉氏は、その動物を飼っていたか、どこかで噛まれたわけですかね」

「ありえないな」桐島先生は黒須さんの挙げた可能性を即座に否定した。「アカミミマーモセットは、ワシントン条約で輸出入が禁じられている。一般人が飼育できる動物ではない。それに……」

そこで言葉を切って、先生は僕を見上げた。

「飯倉くんから検出されたウイルスは、明らかに遺伝子の一部が改変されていた。それは、野生で起こりうる自然変異のレベルを大きく上回っていた」

言葉の意味が摑めず、当惑したまま立ち尽くす僕に、先生ははっきり言った。

「――彼は人為的に作られたウイルスに感染している」

人為的……。

僕がその単語の意味を十分に理解する前に、「ほう、人の手でウイルスが作れるんですか」と黒須さんが感嘆の声を上げた。

「多少、勘違いしているようだな。作ると言っても、何もないところからウイルスを組み上げたわけではない。元のウイルスを入手し、遺伝子工学的な手法で一部の遺伝子を入れ替えただけのことだ」

「へえ、遺伝子を入れ替えることを改変と言うんですか。専門用語ですな。しかし、なんでそんなことをしたんでしょうね」

「綿密に調べなければ分からんな。考えられる意図としては、増殖能の向上、感染力の強化、強毒化もしくは無毒化、薬剤に対する耐性(たいせい)の付与……そんなところだな」

「目的は分からないにしても、意図的に改変しているのは間違いないんですよね」僕は音を立てて唾を飲み込んだ。「……つまり、ウイルスを作った犯人がいて、飯倉はその人物に感染させられた、と」

「それはまだなんとも言えない。実験室から漏れ出したものが、巡り巡って彼のところに回ってきた可能性もある。ただ、万が一、何者かがウイルスを意図的に散布しているとすれば、ことは飯倉くんだけで収まる問題ではなくなる」

「……そのウイルスは、どうやって感染するんでしょうか」僕は横から先生の顔を覗き込んで尋ねた。「もし空気感染するようなら、大変なことになるんじゃないですか」

数年前の、新型インフルエンザ騒動のことが自然と思い出される。マスクをした人々で埋め尽くされた街角の映像を、嫌になるほどテレビで、そして自分の目で見た。

僕の不安を察知してか、桐島先生は強い口調で、「それはない」と断言した。

「肝炎ウイルスは、基本的に三つの経路で感染する。血液を介した感染、性交渉に伴う感染、そして母子感染だ。短期間で大規模感染が起こるようなものではない」

黒須さんが、画面の向こうで首を左右に振る。

「やれやれ、事態はどうやら風雲急を告げているようですな。いかがいたしましょうか。必要であれば、警察や保健所に連絡しますが」

「止めておこう。保健所の介入は、事態をいたずらに複雑にする恐れがある。感染者が一人だけなら、我々だけで対応した方がいい。警察への通報も不要だ。明らかに犯罪が行われたという痕跡が見つかっていない以上、向こうも動きようがないだろう。それに、仮に犯人がいた場合、警察の介入が刺激となって暴走を引き起こしかねない」

「ふむ。では、しばらく伏せておくということですね」

「そうだ。だが、我々は全力を尽くす」

一度目を閉じてから、気合を入れるように桐島先生は両手で頬を強く叩いた。

「――もし、何者かが科学を悪用しようとしているのなら、到底看過(かんか)はできん」

桐島先生の表情は一変していた。迂闊に声を掛けることも憚(はばか)られるほどの、強い視線。その美しい双眸(そうぼう)は、獲物を見つけた豹(ひょう)のような鋭さを帯びていた。

「緊急事態だ。希少疾患の研究は一時中断し、早期に治療薬の探索に取り掛かる。征十郎、お前の方から、富士中研に依頼しておいてくれ」

「了解しました。先生の命令とあらば、すんなり人員を確保できるでしょう。ちなみにボクはどう動けばいいでしょうか。さすがに遊んで結果報告を待つわけにはいかないでしょう？」

「そうだな。お前には、J型肝炎ウイルスについて調べてもらおうか。日本に存在しないはずのウイルスが、いかにして国内に持ち込まれたか。知りたいのはその点だ」

「ふむ、それは確かにボクの仕事ですね。分かりました。状況が状況ですから、最優先で対応いたしましょう」

　二人の間で、てきぱきと今後の方針が決められていく。事態が急変した。そのことは、ウイルス学の素人である僕にも伝わっていた。二人が事態の収拾に当たろうとしているのに、僕一人だけのんびりしていていいはずがない。

　会話が途切れたタイミングで、僕は先生に近づいた。

「あの。僕はどうすればいいんでしょうか。何か、できることがあれば……」

　桐島先生は諭すような口調で言う。

「いいかね。君に頼んだのは、飯倉くんが病に倒れた背景の調査だ。原因が明らかになったのだから、君の仕事は終わったんだ。ウイルスの出どころは、征十郎が調べてくれる。君はいつものように、ここでの作業を丁寧にやってくれれば、それでいい」

「ですが、このまま何もしないでいるわけには……」

自分の身の回りで、明らかな異変が起こっている。あるいは、大学にいる人間すべてが命の危険に晒されているかもしれない。それを知りつつ、ただ傍観者に徹する。その選択は、誰かにとっては楽な道なのだろう。でも、僕はそんな風に割り切ることはできない。

ふと気づくと、まるでそこに映し出されている数値を読み取ろうとするように、桐島先生はじっと僕の目を見つめていた。

僕はその瞳に導かれるように、「僕の父は――」と話し出していた。

「まだ若いうち……僕が中学に入る前に亡くなりました。病死でした。……最初は、ちょっと熱っぽいだけで、大した症状じゃなかったんです。でも、次の日になったら急に高熱が出て……たぶん、いろんなことが悪い方向に転がったんだと思います。肺炎を起こして、それが敗血症になって……。僕はまだ子供で、日に日に弱っていく父を、ただ見守ることしかできませんでした。テレビのチャリティー番組を真に受けて一人で千羽鶴を折ったり、近所の神社巡りをしたりもしました。でも、父は助かりませんでした。……あれほど、自分の無力さを痛感したことはありませんでした」

桐島先生も黒須さんも、言葉を挟まずに僕の話を聞いてくれている。

「でも、今は違います。微力ではあっても、無力ではないはずなんです。無意味な努力に終わったとしても、自分にできる最善を尽くしたいんです」

「そうか……」

桐島先生は立ち上がり、僕の肩に手を載せた。

「君の気持ちはよく分かった。それで、どうしたいんだね」

「もちろん、アルバイトは今まで以上に一生懸命やります。でも、それだけで終わりにしたくないんです。飯倉がウイルスに感染した経緯を、改めて調べようと思います。次の犠牲者を出したくないんです」

「……いいだろう。それなら、学内での調査を続けるといい。あるいは、内部の人間にしか調べられないこともあるやもしれない。実験の人員は十分に確保するから、無理に手伝う必要はない。普段通りに、ゴミ捨てと試薬の補充だけで構わない」

「……すみません。わがままを言ってしまって」

構わんよ、と桐島先生は軽く僕の二の腕を叩く。

「ただし、例のマウスの一件は気に掛かる。身に危険を感じたら、すぐに調査を打ち切るんだ。それと、ちゃんと講義にも出ること。君には、日常を疎（おろそ）かにしてまで事件に関わる義務はない。分かったね」

僕は拳を握り締めて、「はい」と頷いた。

「では、僭越（せんえつ）ながら、ボクからもアドバイスを」黒須さんが画面の中で手を挙げる。「いいですか、芝村さん。J型肝炎ウイルスのことは、他人には秘密にしておいてください。これは、今のところ犯人しか知りえない事実です。いざという時、犯人を特定するキーになるかもしれません」

「分かりました。肝に銘じておきます」

六年前、父を襲ったあの不幸とは違う。

飯倉はまだ生きていて、はっきりとした病気の原因があり、対処法を見つけられる可能性がある。

そして、もう一つ、決定的な違いがある。犯人の手によって、さらに病気が広がっていく可能性がある、ということだ。

僕は心の中で、天国の父に誓った。

この事件が解決するまでは、何があっても絶対諦めない、と。

第三章

And I, behold, I do bring the flood of waters upon this earth, to destroy all flesh, wherein is the breath of life, from under heaven; everything that is in the earth shall die.

【我は大地に氾濫（はんらん）を起こし、生命の息吹のある、すべての生きとし生けるものを、この世界から消し去るであろう。そして、世界は死で満たされるだろう】

——創世記第六章十七節

1　四月十九日（木曜日）①

飯倉がJ型肝炎ウイルスに感染していた。その事実が明らかになっても、生活スタイルを変えるつもりはなかった。桐島先生から「勉学を疎かにすべからず」と釘を刺された以上、朝からきっちり講義に出ないといけない。

ただ、あれこれと心労が重なっているせいだろうか、午前中の講義だけでぐったり疲れてしまった。特に熱力学にはやられた。エントロピーとかエンタルピーとかいう、極めて曖昧模糊（もこ）とした概念が初登場したが、いまいち、というか、さっぱり理解できなかった。なにごとも出だしが肝心。図書館にでも行ってひと通り復習したいところだが、貴重な休み時間のうちに調査を進めなければならない。

昼休み。僕は一人で理学部三号棟脇のカフェテリアに来ていた。カフェテリアといっても、いわゆる喫茶店のような店舗ではなく、屋外にベンチとテーブルが二十セットほど並んでいるだけの場所だ。パラソルがあるので雨はしのげるが、冬はかなり気合を入れないと使えそうにない。

カフェテリアの隅には、ずらりと自販機が並んでいる。僕はカップのコーヒーを買って、空いた席に腰を下ろした。ふいに強い風が吹き、散ってしまったサクラの花びらが、さらさらと足元を流れ去っていった。

飯倉の体内から発見された、人為的に改変されたウイルス。桐島先生は研究室から漏れ出た可能性もあると言っていたが、吸血鬼なる謎の人物の存在と合わせて考えると、すでに結論は出ていると考えていいだろう。

飯倉は、吸血鬼の手でウイルスに感染させられた。犯人を追うこと、それはすなわち、吸血鬼の正体を暴くこととイコールだ。

自治会に寄せられた目撃情報。それらの大半は黒須さんを見かけた時のものだったようだが、東條さんが話してくれた、初期の——黒須さんが大学に出入りするようになる前の——目撃者の話は聞いておくべきだ。そこで僕は、昨夜のうちに東條さんに連絡を取り、目撃者と面会する段取りをつけてあった。

コンビニで買ったパンを頬張りながら、空を見上げてみる。

今週に入ってから、どうも天候の優れない日が続いている。今日も、濃い灰色の雲が太陽を完全に覆い隠している。予報では、夜から雨が降り出すと言っていた。飯倉の一件が混迷を深めていることもあって、ますます気が滅入りそうだ。

生ぬるい風に吹かれながら食事をしていると、テーブルに置いてあった携帯電話が震え出した。慌てて手を伸ばしたところで、ぴたりと振動が止まる。

「あ、いたいた」

声の方向に顔を向けると、食パンの耳と同じ色の髪の女性が手を振っていた。

「やっほう！　四年の江崎(えさき)ですっ。どうぞよろしくね！」

明るく笑って、江崎さんが僕の向かいに座る。誰だろう、と一瞬混乱したが、すぐに待ち合わせの相手だと思い当たる。

「もしかして、東條さんの知り合いの方ですか」

「そうそう。吸血鬼の話をしに来たんだよ。ちなみに君さ」江崎さんが興味丸出しの顔でテーブルに身を乗り出す。「東條さんとはどういう関係なの」

「いえ、関係というほどの関係はないんです。ただ、吸血鬼の件で色々と話をしてもらっただけで。江崎さんこそ、どういうご関係なんですか」

「聞いてない？　あの人、院に入るまではオカルトサークルの部長をやってたんだよ。で、あたしが現部長。そういう繋がり。シンプルでしょ？」

「はあ、オカルトと言うと……幽霊とか、超能力とか、そういうのですか」

「あたしの専門はそっちじゃなくて、U・F・O。いわゆる未確認飛行物体。子供の頃にUFOを目撃したことがあってさ。それでこう、インスピレーションっていうのかな。不思議なことに興味を持つようになったってわけ」

　放っておくとUFOの話を始めそうだったので、「それで、吸血鬼のことですが」と本題に入る。

「話すのはいいけどさ。そもそも、なんでそんなこと調べてんの。オカルトとか都市伝説に興味がある人なわけ？」

「いえ、そういうわけではないんですが。込み入った事情がありまして」

「あやしー。もしかしてアレじゃないの。大学側に雇われた探偵さん」

微妙に真相をかすめた一言に、手に持ったコーヒーをこぼしそうになる。

「……なわけないじゃないですか。僕、れっきとした東科大生ですよ」

「わっかんないよー。身分を偽るのなんて簡単だしー」

「ありえませんから。ほら、これが証拠です。間違いなく本物です」

「どらどら。お姉さんが鑑定してあげましょう」

陰謀(いんぼう)好きの彼女に辟易しながら学生証を見せているところに、「何やってんの」と、両耳に銀色のピアスを付けた男性がやってきた。ウニみたいに尖(とが)った髪型をしている。

「お、きたきた」江崎さんが嬉しそうに男性の手を引っ張る。「この人、あたしのイマカレのヒロくん。バンドサークルでボーカルやってるんだよ」

「バンド？　オカルトに興味があるんじゃないんですか」

「それはそれ、これはこれ、だよ。おととしの学祭でたまたまパフォーマンスを見てね。うわあ、カッコいいなあ、なんて思って。で、調べたら同級生だって言うじゃない？　それで、頑張って声を掛けたりして、うまいことゲットしたわけなんだな」

「なんだよ、人をポケモン扱いするなよ」

と言いつつも、ヒロくんはまんざらでもなさそうな顔で席に着く。

「吸血鬼の話を聞きたいって言ってるのって、この人？」

「そうそう。この人さ、探偵さんなんだって」

「へえ。それはそれは」ヒロくんはあっさり納得してしまう。「調査の役に立てるといいけど」

なんて単純な精神回路だろうか。否定するのも面倒になってきたので、そのまま話を進めることにした。

「すみませんが、吸血鬼を見た時のことを教えてもらえますか。えっと、お二人のどちらが目撃されたんでしょうか」

「二人で一緒にいた時に見たんだ」とヒロくん。「オレが代表して話せばいいかな」

「うん、任せる。ヒロくん、お話は割と上手だし。歌はそれほどでもないけど」

「余計なこと言うなよな」

ヒロくんは江崎さんの頬をつついて、こちらに視線を向けた。なりは派手だが、濁りのない瞳をしている。深い森の奥で出会ったエゾシカみたいな目だ。

彼は間を取るようにりんごジュースを口に運んでから「あれは確か……」と話を始めた。

「そう、去年の五月の終わりだったな。土曜日だったと思う。彼女が言った通り、オレ、バンドサークルに入ってんだけどさ。いつも、江崎に練習に付き合ってもらってるんだ。って言っても、彼女は聞いて感想言うだけなんだけど。で、練習が終わってから、彼女と一緒に外に出たんだ。夜……九時くらいだな。周りに全然ひと気がなくて、空気がすごく澄んでて、空にはいくつも星が瞬（またた）いてた。……なんとなくロマンチックでさ、身を寄せ合いたい感じだったんだよ。それで、手を繋いで、キャンパスを歩いてたんだ」

僕は頭の中にその情景を思い浮かべた。確かに、いい雰囲気になれそうな気がする。残念ながら経験はないのだが。

「その時さ、見たんだよ。建物の陰に、変なやつがいるのをさ」

ヒロくんは視線を手元に落とし、険しい表情を浮かべた。

「……光の加減で顔は見えなかったけど、そいつはなぜかタキシードを着てた。そんなものを着てるってだけで妙なのに、オレたちが立ち止まっても、向こうは全然動こうとしないんだ。声を出すこともなく、じぃーっとこっちを見てるんだよ。そうやって堂々としてる感じが……ものすごく不気味だった」

僕は唾を飲み込んだ。これじゃあ、まるっきり怪談ではないか。

「……それで、どうされたんですか」

「一人だったら、たぶん走って逃げてたけど、隣にカノジョがいる手前、ビビってるところは見せられないだろ。だから、視線をまっすぐ正面に向けて、完全無視を決め込んで、そこからゆっくり離れたよ」

「偉(えら)そうなこと言ってるけど、その時ヒロくんの手はぷるぷる震えてました」と、江崎さんが横から茶々を入れる。

ヒロくんは軽く咳払いをして、「……ずいぶん行ってから振り返ったけど、そいつはまだそこにいて、やっぱりこっちを見てた。あとはもう、二度と振り返らずに、キャンパスを出たよ」と話を締めくくった。

「なるほど。……人相は見えなかった、という話ですけど、その他の印象はどうですか。身長とか、体つきとか」

ヒロくんは江崎さんをちらりと見て、「背は……どうかな。普通くらいだと思う」と答えた。「体型は……太ってはなかったよ。絶対とは言えないけど、男だった気がする」

「サングラス、あるいはマスクをしていませんでしたか」

「それ、自治会で集めた情報でしょ」江崎さんが割り込んできた。「ちゃんとは見えなかったけど、そういう変装みたいなのはしてなかったと思うよ」

「ちなみに、黒いスーツの不審人物を見たことはありますか？」

「あるよ。ゴキブリみたいに動きが早い人でしょ」

黒く輝く油虫扱いとは。黒須さんが聞いたらどんなリアクションを返すことやら。

「ええ、そうです。どうです？　その人とタキシードの人物は似ていましたか」

「ううん、全ッ然。身長が違うもん。絶対に別人だね」

ということは、やはり、黒須さん以外にも、吸血鬼と呼ばれる不審人物が存在していたことになる。しかし、どうもしっくりこない。僕が直接目撃した、あのマント姿の人物と、見た目が違いすぎる。

「お二人が目撃した不審人物は、マントを羽織っていませんでしたか」

「何それ。ハロウィンじゃあるまいし、さすがにそれはないよ。ねえ、ヒロくん」

「ああ。もしそんな格好をしてたら、タキシードよりも強く印象に残ったはずだよ」

「そうですよね……。一応お伺いしますけど、相手に心当たりはありませんか。お二人を驚かせようとしていた、とか」

ヒロくんは幼い仕草で首をかしげた。

「どうだろうなあ。種明かしがなかったし、いたずらじゃないと思うけど」

「あれじゃないの、怨恨（えんこん）」江崎さんがヒロくんの肩をつつく。「前につき合ってた女が復讐に来たとか」

ヒロくんは「オレはお前としか付き合ったことないんだよ」と眉を曇らせた。「昔から、全然モテなかったんだよ。つーかこんなこと言わせんなよ、恥（は）ずかしい」

「いっつもそう言うけど、本当なのかなあ。別に隠さなくてもいいんだよ」

「しつこいなあ。ないもんはないんだよ。つーか、隠しててほしいもんじゃないのかよ。そんなの聞いても嫉妬（しっと）するだけだろ。少なくとも、オレは江崎の過去なんてこれっぽっちも知りたいとは思わないからな。余計な話はするなよ」

「わー、子供みたい。でも、そういうとこ、嫌いじゃないよ。ううん、むしろ好き。大好き、ヒロくん」

「よせよ、探偵さんが見てるだろ」

僕はいちゃつく二人を醒めた目で見つめながら、吸血鬼について想像を巡らせていた。

去年の五月に目撃された、タキシード姿の「吸血鬼」。そして、僕が目撃した、マント姿の「吸血鬼」。

両者は果たして同一人物なのか。それとも……。

2　四月十九日（木曜日）②

午後六時。五時限目が終わり、理学部三号棟を出ようとしたところで、カバンの中で携帯電話が震えた。斎藤さんからのメールだった。

飯倉の病状と、調査状況を知りたい——切実な文面で、そう綴られている。僕は〈バイトのあとなら報告に行けます〉と返信した。すぐに返事があり、午後九時に理学部二号棟で待ち合わせをすることになった。

成り行きとはいえ、斎藤さんは僕の調査に積極的に協力してくれている。昔は自治会にいたというし、よほど正義感が強いのかもしれない。あるいは、真壁さんの時と同じことを繰り返したくないと思っているのだろうか。どちらにせよ、人手が多いに越したことはない。

僕は仲間を得たような喜びを嚙み締めつつ、いつものように地下のラボへと向かった。

実験室に入るなり、「ああ、ようやく来てくれたか」と桐島先生が安堵の表情を見せた。

「どうかされましたか」

「そろそろ溶媒が涸れそうなんだ。補充を頼む」

「はい。すぐにやります。僕のケータイにメールしてもらってもよかったんですが」

「夕方まではもちそうだったからな。学業の邪魔はしたくない」

ではよろしく、と短く言って、先生はすぐに実験に戻っていく。自分で補充する時間を惜しむほどに忙しいのだろう。当然シャワーどころではないわけで、例の、桃とミルクを混ぜた匂いが微かに漂っている。

僕は実験で出たゴミを片付け、足りなくなった消耗品を順番に補充していった。その途中で、実験室の隅に設置してあるプリンターに、数枚の用紙が出力されていることに気づいた。黒須さんからの報告書だ。

「先生。これは……」

「ああ、印刷だけしておいたんだが、今は読む余裕がないんだ。先に君の方で目を通しておいてくれ」

手元に目を落としたまま先生は早口で言う。会話の時間がもったいないんだよ――その背中が如実に語っている。

「了解です」と返事をして、紙の束を手に、僕はいったんロッカールームに移動した。実験室でうろちょろしていたら、先生の邪魔になりかねない。

最初のページに、報告の概要が書かれている。タイトルは〈J型肝炎ウイルスの管理状況について〉とある。

報告書によると、J型肝炎ウイルスは、世界で唯一、南米にある感染症研究センターで保管されているのだという。ウイルスについて研究したいと申請すれば、そこからサンプルを送ってもらえるシステムになっているそうだ。しかも、毒性の低いウイルスであるため、輸入手続きはさほど難しくはないとのこと。つまり、研究に携わる人間であれば、大した労力もなしに手に入れられるわけだ。

黒須さんの資料には、ウイルスの送付履歴がまとめられていた。大学と企業の名前が記載されている。アメリカ、イギリス、ドイツ、オーストラリア。海外の研究室ばかりだ。見たってしようがないよな、と思ったが、一応上から順番に目を通していく。マイナーなウイルスだけあって、申請は年に二、三度あるだけだった。

――え？

どきん、と心臓が反応した。僕は行き過ぎた視線を慌てて戻す。

ページの中ほどに、Tokyo Institute of Science（Japan）とある。東京科学大学の英語名だと認識した瞬間、両腕に鳥肌が立った。

ウチの大学に所属する研究者が、ウイルスを手に入れていた。恐る恐る次のページをめくると、そこには心のどこかで予想していた文字が並んでいた。

研究室名・衛生疫学研究室。代表者・高本伊佐雄。申請時期は、今から約二年前――二〇一〇年の八月になっていた。

激しく高鳴る心臓を持て余しながら最後まで目を通してみたが、国内でウイルスを申請した研究室は他にはなかった。日本で唯一、J型肝炎ウイルスを保管している研究室。その代表者の甥である飯倉が、そのウイルスに感染した。ただの偶然で済ませられるわけがない。

高本先生、長瀬さん、東條さん、そして、斎藤さん――容疑者はこの四人。断言していいだろう。飯倉にウイルスを感染させた犯人は、衛生疫学研究室のメンバーの中にいる。連鎖的に、僕の脳裏に真壁さんのエピソードが蘇る。あるいは、彼も同じように……。

確証は、まだない。だが、その可能性を自分の胸に留めておかねばならないほど、荒唐無稽な発想ではないはずだ。

僕はすぐさま実験室に戻り、真壁さんについての調査を依頼するため、黒須さんに電話をかけた。

午後九時ちょうど。バイト終わりの疲れた体に鞭打って、僕は理学部二号棟にたどり着いた。

「ごめんね、呼び出したりして」

ロビーのベンチに座っていた斎藤さんが、申し訳なさそうに僕を出迎えてくれる。

「いえ、バイトがあって、近くにいたので」

僕は笑顔で彼女の隣に腰を下ろす。ロビーにひと気はない。外の闇が音を吸い取ってしまったみたいに、硬質な静寂に包まれている。

「……飯倉くんは、相変わらず？」

「ええ、入院したままだと聞いてます。意識も戻ってないみたいです」

「そう。……吸血鬼についての調査は、もう終わった？」

「終わらせたつもりだったんですが、色々と新しい事実が出てきました」

僕は江崎さんとヒロくんから聞いた話を斎藤さんに伝えた。

「タキシード……」

「明らかにおかしいですよね。……もしかすると、真壁さんも、そいつにやられたのかもしれません」

「そんな……」と呟いて、彼女はうつむいた。

「答えにくいことだと思いますが」と前置きして、「真壁さんが亡くなったのは、正確にはいつごろのことだったんですか」と質問を繰り出した。

「……去年の十月だよ。九月に入院して、たった一カ月で……」

そう答えた斎藤さんの横顔には、悲しみの色がありありと浮かんでいた。

「それまでは、研究室に顔を出していたんですよね」

「うん、普通に……ううん、むしろいつも以上に熱心に実験してたなら、チャンスはあるかもしれない。

「斎藤さんたちは、自分の血液を実験に使っているんですよね。だったら、真壁さんの血液が残ってたりしませんか」

意表を衝かれたように、斎藤さんが目を瞠る。「血液……」彼女は唇に指を当てて、思案顔を作った。

「いかがでしょうか」

「全血は残ってないけど、血漿成分はまだあると思う。でも、どうしていまさら……」

「ええと、それはですね」Ｊ型肝炎ウイルスの名前は出せない。僕は頭の中で慎重に言葉を選ぶ。「真壁さんの血液を分析すれば、何かヒントが得られるかもしれない、と思いまして。例えば、病気の原因になるような菌とか」

「あとは……ウイルスとか？」

斎藤さんがぽつりと呟く。あるいは、と僕は曖昧な返事をした。

「うん、ありえない話じゃない。今から、見に行ってみようか」

「お願いします」

もし、そこからＪ型肝炎ウイルスが検出されたら、犯人は飯倉と真壁さん、二人に対して敵意を抱いていたことが証明される。動機の解明に一歩近づくはずだ。

期待に胸を膨らませつつ、急いで実験室に向かう。実験室には、長瀬さんと東條さんの姿があった。黙っているのも妙だと思い、僕は「お邪魔します」と頭を下げた。「あら芝村くん」と長瀬さんが目を丸くする。東條さんは何も言わず、すっと視線を逸らした。

来訪の目的を訊かれるかと思ったが、すぐに二人は真剣な顔で会話を始めた。研究の進め方を議論しているようだ。

詮索されずに済んだことに安堵しつつ、斎藤さんの元へと向かう。彼女は実験室の隅にある大型冷凍庫の中を調べている。

「どうですか」と小声で話し掛ける。

「それが……見つからないの。他の人のは全部揃ってるのに」

「……どういうことなんでしょうか」

「ただの偶然かもしれないけど。でも、もしかしたら……」斎藤さんが、ディスカッションを終え、実験に戻ろうとしている二人をちらりと見た。「誰かが意図的に捨てたのかもしれない」

　実験室を出たところで、斎藤さんが「……ねえ、芝村くん」と囁いた。

「さっき、吸血鬼の目撃者の話をしてくれたよね。今から、外を歩いてみない？」

「それは、囮捜査的なことをやる、って意味ですか」

「ううん。単純に、現場を見ておきたいってだけ。いくらなんでも、そんなに都合よく会えたりしないと思うし」

「分かりました。とりあえず、近くまで行ってみますか」

「確か、カップルで歩いてたら出てきたんだよね」と、斎藤さんが僕の手を握る。いきなりだったので、おふっ、とみぞおちを殴られたような声が漏れてしまった。

「こうしてれば、それっぽく見えるよね？」

「そ、それはそうですけど。でも、吸血鬼が出る可能性が低いって言ったのは、斎藤さんの方じゃないですか」

「おまじないみたいなものだよ」と笑って、彼女が体を寄せてくる。ふわりと、シャンプーの匂いがした。

「ちなみに、芝村くんって、彼女はいるの？」

そう訊かれた次の瞬間、桐島先生の横顔が何の前触れもなく脳裏をよぎった。

──おい。何を考えているんだ僕は。相手は大科学者で、超年上だぞ。

慌てて首を振って、「い、いません」と正直に答えた。

「じゃあ、誰かに見られても大丈夫だね。行こっか」

斎藤さんは手を繋いだまま歩き出してしまう。振り払うこともできず、僕はブリキ人形のようなぎこちなさで交互に足を前に出す。

玄関を出て、理工通りを東へ。もう時刻は午後九時を大きく回っている。多少肌寒さを感じてもよさそうなものなのに、常夏(とこなつ)みたいに暖かい。足を踏み出すたび、満員電車の中であえいでいるかのように頭がぼーっとしてくる。熱があるというのはこういう状態のことを言うのだろうか。だとしたら、判断力が低下して当たり前だ。

理学部一号棟の前で斎藤さんが振り返る。

「ここからなら、二号棟の全体が見えるね。建物の陰に怪しい人がいたって話だけど、そんなところで何をしてたのかな」

目を細めてみるが、街灯の光が届く範囲には誰もいない。一応、サクラの木陰にも目を向けてみたが、もちろんマント姿の怪しい人影も見えない。

「身を潜(ひそ)めていたんじゃないですかね」

「……何のために？　って、分かるわけないよね、そんなこと」

そっと斎藤さんが手を離した時、「あれ、誰かと思えば」と後ろから声を掛けられた。振り返ると、ジャージ姿の高本先生がきょとんとした表情を浮かべていた。

「ど、どうしたんですか」

「そりゃこっちの台詞だっての。なあ、斎藤くん。今さっき、芝村と手を繋いでなかったか？」

「気のせいですよ。光の加減でそう見えただけじゃないですか」斎藤さんは平然と嘘をついて、「ジョギングですか？」と巧みに話題を逸らした。

「おう。キャンパスをぐるっと回ってきた。ここのところ、全然運動してなかったからな。油断してると腹が出てくる」

　ぽんとお腹を叩いたところで、高本先生の表情に翳が差した。

「……ちょっと訊きたいんだけどな。さっき、妙なヤツとすれ違わなかったか」

「何の話ですか？」と斎藤さんが首をかしげる。

「いや、こっちに走ってくる時に、木の陰に人影が見えたんだよ」

　高本先生が半身になって、後方のサクラの木を指差す。

「幹から顔だけ出して、理学部二号棟の方を見てたから、変だなーっと思ってさ。オレの足音に気づいて逃げるし、めちゃくちゃ怪しかったな。……もしかすると、あれが噂の吸血鬼だったのかもしんねーな。くそ、捕まえればよかったな」

「どんな人でしたか？」と僕はすかさず問いをぶつける。

高本先生は汗で濡れた髪を撫でて、唇を尖らせた。

「……悪い。よく分かんねえ。でも、黒っぽい服装をしてたのは確かだな。背も低くなかったし、たぶん男だと思う」

「そうですか。でも、少なくとも、僕たちの方には来てませんよ。たぶん、植え込みを掻き分けて建物の裏手に回ったんだと……」

そこで僕は、斎藤さんがひどく怯えた表情をしていることに気づく。

「どうしたんですか」

「ううん、なんでも」と答えたものの、無理をして作ったとしか思えない笑顔を見ると、余計に心配になってくる。

「顔色が悪いな」と高本先生も同調する。「たまには早めに帰れよ。体調を崩して、また去年みたいなことに……」

言いかけて、彼は途中で慌てて口を押さえた。

「いや、なんでもない」

「本当に大丈夫です。まだ実験が残ってるし、もう少しだけやってから帰ります」

斎藤さんはぎこちない笑顔を張り付けたまま、静かにその場を離れた。

どこか儚げな背中を見送っていると、僕の隣で「しんどそうだな」と高本先生が呟いた。

「長瀬くんみたいなことにならなきゃいいけど……」

「……どういう意味ですか」

高本先生は「誰にも言うなよ」と念押ししてから、「長瀬くん、去年の秋に体調を崩しちまって、ひと月くらい大学を休んだんだ。真壁が死んだショックのせいだろうな」と教えてくれた。

「二人はどういう関係だったんですか」

「別に、どうってことはねえよ。付き合ってたわけでもなさそうだしな。ただ、彼女は真壁に心酔してたからな。その分、落ち込みも大きかったんだろうよ。しばらくしたら復帰したけど、今でも、やっぱりどっか疲れてるみたいな感じだよ。それ以降、研究室の飲み会にも来なくなっちまったしさ」

淋しげに呟いて、高本先生は派手なくしゃみをした。

「いかんいかん。こんなところにいたら体が冷えちまうな。オレも仕事に戻るわ」と言って、高本先生は去っていった。

――結局、真壁さんの血液は手に入らなかったか。

ため息をついて歩き出した僕をからかうように、雨粒が頬に当たって弾けた。

断章（3）

深夜、「吸血鬼」は一人で実験を続けていた。衛生疫学研究室の他のメンバーはすでに帰宅していて、実験室はがらんとしている。

ふと寒気を覚え、「吸血鬼」は二の腕をこすった。まただ。ここのところ、時々こんな風に悪寒を感じることがあった。少し、根を詰めすぎているのかもしれない。

すでに計画は動き出している。ここで自分が倒れたら、すべてが中途半端に終わってしまう。体調管理は重要だ。たまには早く帰るのも悪くない。

片付けに掛かろうと、「吸血鬼」が腰を上げた時、実験室のドアが開く気配があった。「吸血鬼」はゆっくりとドアの方に視線を向けた。

そこには、よく見知った顔があった。

「お疲れ様です」

平凡な挨拶。だが、「吸血鬼」はむしろ強い違和感を覚えていた。

――どうしてこんな時間に、大学に……？

「吸血鬼」はそう尋ねようとしたが、それを遮るように、「それですか？」と相手に訊かれた。その指は、迷いなく、実験台の上の試験管に向けられている。

「それに、J型肝炎ウイルスが入っているんですか？」

「吸血鬼」は一瞬、返す言葉を失った。

ずっと秘密裏に計画を進めていたのに、どうしてそのことを知っているのか――。

「驚きました？　夜中にこっそり実験をしてたみたいなので、気になって、扱っているウイルスを分析してみたんです」

どういうつもりなのかな、と「吸血鬼」が問い掛けると、相手は距離を詰めて、焦らすように間を置いて言った。

「協力したい、というのが、正直な気持ちです。だから、何をやろうとしているのか、教えてもらえませんか」

3　四月二十日（金曜日）①

昨日の夜から降り出した雨は、翌日になっても間断なく世界を濡らし続けていた。まだ自転車のパンクを直していないので、僕は徒歩で大学に向かっていた。跳ね返りで湿ったジーンズの裾にうんざりしつつ、西門に続く坂道を上がっていく。

ふっと息をついて、透明なビニール傘越しに空を見上げてみる。無限に続く灰色。天候が好転する気配はどこにも見出せない。天気予報では、一日中雨が降り続くと断言していた。きっと、その通りになるだろう。

キャンパスには緑が多いためか、むっとするほど土の匂いが立ち込めていた。実家の周囲は田畑に囲まれているので、この匂いを嗅ぐと、自然と田舎のことを思い出す。

「お、そこにいるのは……」聞こえた声に視線を戻すと、西門の手前に久馬がいた。「やっぱり拓也か。なんだよ、こんな時間に。まだ八時前だぞ」

「バイトだよ、バイト。そっちこそなんだよ」

「朝練だよ。講義の前に軽く座ることにしてるんだ」

充実感をまとった笑顔で答えて、久馬は背負っていたショルダーバッグを開く。

「ほらこれ。ようやく注文してた座禅着が届いたんだ」

覗いてみると、藍色(あいいろ)をした着物が入っていた。素人なので善し悪し(よしあし)は分からないが、作りを見る限りでは安物には見えなかった。

「これ、いくらするの？」

「一万六千八百円。結構するだろ」

「相場がよく分からないけど……」僕は首を振った。「少なくとも、欲しくはない」

「ま、別に座禅着は義務じゃないんだけどな。でも、ジャージのズボンにTシャツじゃあ、いまいち雰囲気が出ないからな」

久馬は一人で楽しそうに喋り続けている。彼に悪気はないのだろうが、自分が置かれている状況との違いに唖然(あぜん)としそうになる。つい二週間前まで同じ地平に立っていたはずなのに、いつの間にこんなに離れてしまったのか。

僕が気のない相槌を打っていたせいだろう。「……なんか憂鬱そうだな」と久馬が表情を曇らせた。

「……いや、そうでもないけど」

採血の時に会った人たちの中に、吸血鬼がいるんだよ——そう言ったら、久馬はどんな反応をするだろうか。できもしない空想をしたせいで、また気分が重くなる。

「悩みがあれば、いつでも座りに来いよ。じゃあな」

久馬は僕の背中を平手で打って、雨粒を切り裂くように理工通りを東に駆けていった。

桐島先生のラボでのアルバイトを始めてから、そろそろ二週間になろうとしている。十五個の弁当をパスボックスに入れてから、立ち上げておいたパソコンの前に座り、メールのチェックをする。飯倉を救う特効薬が見つかりました――そんなメールが来ていないかと、淡い期待を抱いていたのだが、残念ながら、今日は富士中研からの新着メールはなし。まだ実験の結果が出ていないようだ。

はあ、と肺の中の空気を吐き出したが、胸の奥にわだかまっている閉塞感は消えてくれない。色々なことが、どうにも停滞している気がしてならない。

事務机に肘をつき、床に置かれた鉢植えに目を向ける。細い枝を覆うように茂っているグリーンの葉っぱ。ここに来た時より少し元気がなくなっている気がする。お前も苦労してるんだな、と労いながら、僕は枝の先っぽの葉を撫でた。

そうして葉っぱをもてあそんでいると、ふいに事務室のドアが開いた。視線を向ける前に、「おはようございます！」と快活な挨拶が飛んでくる。黒須さんは今日も元気ハツラツといった様子である。

「おや、どうかしましたか。枝先をいじったりして。園芸に目覚めましたか？」

「いえ、ただなんとなく触ってただけですけど。そういえば、これってなんていう植物なんですか」

「オリーブですよ。以前、近くの花屋で投げ売りしてたので、つい買ってしまったんです。実ができるのを楽しみにしてたんですが、日光を当てないと成長してくれないようですね。ま、確かにここは、地中海とはほど遠い環境ですよねえ。別に捨ててもいいんですが、なんだか愛着が湧いてしまいまして」

「へえ……じゃあ、時々外に出さなきゃいけませんね」

「いえいえそんな。お忙しいでしょうし、そこまでしてもらうと逆に申し訳ないですよ。どうぞお気になさらず」

「そうですか。で、どうされたんですか、今日は」

「この時間なら芝村さんがいらっしゃると思いましてね。例の件で報告に来たんですよ」

「ええと、例の件と言いますと」

「いやだなあ、お忘れですか。昨日、電話をしてくれたじゃないですか。ほら、去年亡くなった、真壁なる人物のことですよ。これは確かに飯倉氏の一件と関係があるかもしれないと思いましてね。さっそく、彼の血液が保存されているかどうか、入院していた病院に問い合わせてみました」

「早いですね。もう分かったんですか」

黒須さんはサングラスに軽く触れて、自信たっぷりに頷く。

「ええもちろん。こんなことは朝飯前どころか、前日の夕食のデザートみたいなものです。といいますか、一瞬でしたよ。『患者さんから採取した検体は、適切に保管したあと、専門業者に委託して廃棄しております。それ以上のことはお答えできません』。これで終わりです。入院先が東科大附属病院じゃなかったのが運の尽きでしたね。ほいほいこちらの要請に応じてくれるほど、一般の病院はリベラルな組織ではないですし、当然の対応でしょう。一応、もう少し突っ込んで調べてみましたが、基本的に採血した検体は、一週間程度で廃棄されているようです。血液像標本や、解剖臓器なんかは何年か保存されるらしいんですが、ください、と言ってもらえるようなシロモノじゃないですよねえ。モツじゃあるまいし」

内臓の生々しい感じを思い出し、僕は顔をしかめた。

「僕の方でも、手掛かりを探してみたんですが……ダメでした。衛生疫学研究室でも、学生から血液を採取してるんですが、真壁さんの分だけが廃棄されていました」

「ほう、やはりあそこの研究室に犯人がいるようですな」

「ええ、それは疑いようのないことです。でも、相手に先手を打たれてしまいました」

ところが黒須さんはちっちと指を左右に振る。

「いえいえ、諦めるのはまだ早いですよ。全く別のアプローチがあることを、唐突に思い出したんです。いいですか。東科大では、新入生を除く一般学生と職員の健康診断は、毎年七月に行われます。昨年の七月の時点では、真壁氏は博士課程の三年生、まだ発症前できちんと健康診断を受けています。一方、桐島先生がこの地下実験室に隔離されたのが、昨年の六月。その直後から、超免疫を持つ、『適格者』探しは始まっています。つまり、そういうことです」

「ええと……どういうことでしょう」

「先生から聞いてますよね？　免疫力の検査は、健康診断で取った血液を使ってやってるんです」

「はい、最初にそう説明してもらいました。……あ、そっか」

ようやく、黒須さんが言おうとしていることが理解できた。黒須さんは頷いて説明を続ける。

「昨年度は初回なので、すべての学生、職員の血液を調べました。しかも、それはまだ保管されています。数が多いので、このラボではなく、富士中研にまとめて置いてありますがね。ということで、さっそく真壁氏の検体を分析してもらいました」

僕は右手にぐっと力を込めた。

「それで……結果はどうだったんですか」

「電話で直接教えてもらいました。今朝方出たばかり、ほやほやの速報です。結論を言うと、彼は飯倉氏と同じウイルスに感染していました。詳しいデータは本日中に届くと思います。どうです？　なかなかに衝撃的な結果だとは思いませんか」

「……ええ、恐れていたことが現実になった、という感じです」

二人目の感染者――いや、時系列的には、飯倉が二番目か。どちらにせよ、犯人が去年から活動していたことは間違いない。東條さんが目撃した、真壁さんの腕の血痕。僕自身が目撃した、飯倉の首の痣。やはり、それらは吸血鬼の手によるものだったのだ。

「……犯人は、二人に恨みを持つ人物なんでしょうか」

黒須さんがサングラスのブリッジを人差し指で押し上げる。

「十分にありうる話です。まだ手を付けたばかりですが、とりあえず真壁氏の過去を調べてみました。予想以上に、彼は壮絶な人生を歩んでいましたよ。こちらをご覧ください」

黒須さんが滑らかな動作でポケットから折りたたまれた紙を取り出した。受け取って開いてみる。新聞記事のコピーだ。見出しには、〈介護疲れが招いた悲劇〉とあった。

「これは……」

「記事はあとで読んでいただくとして、あらましを紹介しましょう。今から二年前、二〇一〇年の五月に起きた事件です。主役を演じたのは、真壁氏の母親です」

見出しの下に続く記事に視線を向けると、三人とも死亡、の六文字が先を争うように目に飛び込んできた。

「悲劇は、彼女の両親――真壁氏の祖父と祖母に当たる二人が、揃って認知症(にんちしょう)になってしまったことから始まりました。真壁氏の父親は、かなりドライな人物だったようですね。まるで沈みゆく船から逃げ出すネズミのように、発症後に海外に単身赴任しています。自分の親なんだから自分でなんとかしろ、というメッセージかもしれませんね」

「……真壁さん本人は、どうしていたんですか」

「電話で近親者に取材した限りでは、彼は祖父母の状態を知らなかったようです。母親は、息子(むすこ)の研究の邪魔になると判断して、わざと連絡をしなかったのでしょう」

黒須さんは表情を変えずに淡々と喋っている。

「しかし、相当無理をしていたのでしょう。ある日、唐突にカタストロフィが訪れました。運命のその日、衛生疫学研究室に警察からの電話が入ったそうです。それは、母親が自殺したという知らせでした」

黒須さんは、まるで見てきたかのように、現場の状況を語った。

真壁さんの母親は、絶対失敗しないようにと、家の鴨居(かもい)にビニール紐(ひも)を幾重(いくえ)にも巻きつけて首を吊っていた。隣の部屋では、介護されていた二人の老人が死んでいた。原因は首を絞められたことによる窒息死。状況から、母親の犯行であることが分かった。介護疲れによる無理心中だと断定され、高齢化社会の悲劇として、当時はこぞってニュースでも取り上げられた。

「真壁氏は相当に落ち込んでいたと、近所のオバ様は語っていました。葬式では、人目も憚らずに号泣し、多くの参列者の涙を誘ったそうです。そのあと、すぐに研究に戻っているあたりは、さすがと言わざるを得ませんがね」

「そんな過去があったんですか……。でも、それが吸血鬼事件とどう関係しているんでしょうか」

黒須さんは口元を緩めて頷き、僕の肩を叩いた。

「それはこれから調べるんですよ。ということで、ご協力お願いしますね、芝村さん」

「……えっ?」

4　四月二十日（金曜日）②

　夕方、午後六時過ぎ。飽きることなく降り続く雨の中、ビニール傘を差しながら、僕は理学部二号棟に向かっていた。

「いやあ、堂々とキャンパスを闊歩（かっぽ）するのは爽快ですなあ」

　僕の隣で黒須さんがはしゃいでいる。これから容疑者たちと会うとは思えない能天気ぶりに、呆れを通り越して尊敬の念すら感じてしまう。意図的にやっているとしたら、この人は相当に強い精神力を持っているに違いない。さすがに桐島先生と血が繋がっているだけのことはある。

　今回は、きちんとアポイントメントを取ってあった。二号棟の玄関ロビーには、長瀬さんの姿があった。彼女の丸っこいフォルムを見ると、自然と緊張がほぐれた。

「すみません、お時間を取らせてしまって」

「ううん。気にしなくていいよ。えっと、そっちの方は」

「どうも、吸血鬼です。……というのは大変な誤解でして」黒須さんは軽くジョークを飛ばして、すっと名刺を差し出す。「ボクはこういうものです。以後、お見知りおきを」

　名刺と黒須さんを見比べて、長瀬さんは神妙な表情を浮かべた。

「この手の仕事をしてる人に会うのって、たぶんこれが初めてですよ」

「珍しい職業ですからね。しかし、ボクに言わせれば、研究者の方がレア度は高いように思いますがね。順調に進めば、博士課程の次はスタッフになるんですか」

「いえ、そう単純じゃないですよ。ウチは規模が小さいですから。むしろ、他の大学で職を探す方が現実的でしょうね」

「ふむふむ。なかなか大変なんですねえ、研究者って」

二人のやり取りを聞きながら、僕はここに来る前に予習した長瀬さんの経歴を思い出していた。

長瀬香穂里、二十五歳。出身地は埼玉。東京科学大学に入学し、衛生疫学研究室で修士課程を修了。そのまま博士課程に進んでいる。研究内容は、健常人のウイルス感染履歴の調査。統計を取って、ウイルスの変異を調べているそうだ。研究者として目立った成果はないが、周囲からの評価は低くはない。見た目通りに人当たりがよく、黒須さんが調べた限りでは、悪い噂は出ていなかった。

「改めて訊きたいことがあるんだって？」

「そうなんです。できれば、どこかの部屋を使いたいのですが」

「じゃあ、奥の会議室に行こうか。この時間なら空いてると思うし。なんなら、他の人たちも呼んであげようか？」

「いえ、話の内容が内容ですので、一人ずつでお願いします」

ふうん、と首をかしげて、彼女はこちらに背を向けて歩き出した。

全員を集めて話を聞く方が効率はいいだろうが、他の人の目があると、引き出せる情報はどうしても限定される。質問の内容が故人に関係しているとなればなおさらだ。死者を貶めるような発言は絶対に出てこない。

「……どういう感じで行きましょうか」

「基本は芝村さんが話をしてください。その方が、警戒されずに済むでしょう。気になることがあれば、ボクが勝手に口を挟みます」

「分かりました」

小声で打ち合わせをしてから、会議室に足を踏み入れる。

長瀬さんは「奥にどうぞ」と僕たちに上座を勧めて、「ねえ、芝村くん。例の一年の子。彼、元気になったの？」とさっそく尋ねてきた。

僕は首を振って、「まだ入院しています。治る見込みは、今のところないそうです」と正直に答えた。

「なんていう病気なの？」

「それが分からなくて困ってるみたいです。対症療法というんですか、現状維持が精一杯みたいで」

「……そうなんだ。それは心配だね」

「ちなみになんですが」と、さりげない感じで切り出す。「もし未知のウイルスに感染していたら、治療は難しいんでしょうか」

ウイルス、か」長瀬さんが眉間にしわを寄せた。「難しい場合が多いだろうね」

「やっぱり、そういうものなんですか」

「考えてみて。今は治療薬が出てきたけど、一時期エイズは不治の病と言われてたでしょ。ウイルスは生物と非生物の中間にいる、特殊な存在なの。細胞を持っていないから、抗生物質で細菌を叩くように、それ自体をダイレクトに破壊する作戦は取れない。しかも、何かのウイルスに効く薬があっても、それが他にも通用するとは限らない。進化のパターンがばらばらで、ウイルス間での分子生物学的な形質の違いが大きすぎるの。極端に言えば、ウイルス一種類につき、一つは薬が必要なんだよ」

それは桐島先生も言っていたことだった。既存の肝炎治療薬はJ型のウイルスには効果を発揮しないため、一から薬の設計をやらなければならないらしい。しかも、それは大手の製薬企業であっても、数年掛かりの研究になるという。桐島先生は別のアプローチで勝負をしているようだが、今のところは苦戦している。

「とにかく、彼はピンチなわけね。で、今日は何を訊きに来たのかな」

「真壁さんの話を伺いたいと思いまして」

真壁、という名前に反応して、彼女の眉がわずかに動く。

「……どうしてあの人の名前が出てくるのかな」

「昨年、真壁さんが亡くなられたという話は伺っています。実は、飯倉の症状と、真壁さんの症状が似ているようなんです。それで、関連性を調べているんですが……体調を崩した原因は何だったんでしょう」

「そんなの、あたしに分かるわけないじゃない」と長瀬さんは不愉快そうに答えた。

「……そうですか」

ならばと、真壁さんを恨んでいた人物をあぶり出す方針に切り替える。

「真壁さんは、研究室ではどんな存在でしたか」

「一言で言えば、エースだったね。研究室にいた全員が、真壁さんに大きな期待を寄せていたよ。そして、真壁さんはその期待に応えていた」

「他のメンバーの皆さんとも、うまくやっていたんでしょうか」

「もちろん。真面目で人当たりも良かったし、後輩の面倒見だって、高本先生より熱心にやってたと思うよ」

「優秀な方だったんですね」

真壁さんについて、もっと突っ込んだ質問を……口を開きかけたタイミングで、膝に手が触れた。隣を見ると、黒須さんが小さく頷きを返した。その質問は、ボクがやりますよ——そんな声が聞こえた気がした。

「真壁氏について、簡単な調査は済ませてあります。無論、例の心中事件のことも存じ上げています。事件の前後で、彼自身に変化は見られませんでしたか？」

「……全然変わらなかった、って言ったら、嘘になります。事件の前も熱心に実験に取り組んでたけど、あれ以降、真壁さんはさらに実験にのめり込むようになっていきました。一度、研究方針について話した時には、『今後は、ウイルスの技術を使って痴呆症を治す方法を探りたい』って言ってました。あの事件をきっかけに、研究者として進むべき方向を見出したんだと思います」

「そうですか。相当忙しかったようですが、息抜きはされてたんですかね。高本氏のお宅で、定期的に飲み会が行われていたそうですが、そちらへの参加は……」

「あれは、ざっくばらんに議論をする場だから……。毎回じゃなかったけど、真壁さんは事件のあとも出席してました。……体調を崩して、入院するまでは」

「ほう、なるほど——」サングラスの横から見えていた黒須さんの瞳が、妖しくきらめいた。

僕が高本先生から聞いたエピソードだ。長瀬さんは「……どこでそれを?」と困惑した様子を見せたが、やがて素直に頷いて、「あれから、お酒を飲んではしゃぐ気になれなくて……」と呟いた。

「ところで、あなたは真壁氏の死後、飲み会への参加を取りやめているそうですね」

「そうですか。不躾な質問と分かって訊きますが。あなたは、昨年の秋に、ひと月ほど大学を休んだそうですね。体調を崩したという話ですし、真壁氏を失ったショックは相当大きかったと解釈できますよね。本当に、単なる研究室の先輩だったんですか? もっと特別な関係を結んでいたんじゃないんですか」

黒須さんの横顔からは、弱った獲物を仕留めようとする肉食獣の気配が濃密に漂っていた。これが尋問のやり方か、と僕は密かに戦慄した。

長瀬さんは、長い沈黙を挟んで、深いため息をついた。

「……確かにあたしは、真壁さんのことを一人の男性として見ていたのかもしれません。でも、それはただの片思いでした。あたしたちの間には、色っぽい出来事なんて一つもありませんでしたよ。……残念なことに」

告白めいた証言の最後に、彼女は小さく微笑んだ。


続いて高本先生に話を聞くつもりだったのだが、体調を崩して今日は休んでいるということだったので、長瀬さんと交代で、東條さんに会議室に来てもらった。

東條慎二（しんじ）、二十三歳。出身地は千葉で、今は大学の近くのアパートで一人暮らし。現役で東科大に合格、現在修士二年生。元・オカルトサークル部長。未だに心霊現象に傾倒（けいとう）しているそうで、後輩の江崎さんの話によると、吸血鬼事件が有名になって以降、夜中に東科大のキャンパスをうろつくようなこともあったようだ。

科学を学ぶ一方で、非科学的な事象を信じる――矛盾（むじゅん）しているようにしか思えないが、本人の中ではちゃんと折り合いが付いているのだろう。たぶん。

会議室に現れた東條さんは、黒須さんを見て、「あなたはまさか」と細い目を見開いた。

「偽者の吸血鬼……」

「どうもお初にお目にかかります。気づいてもらいたくて、意図的に黒いスーツを着てきましたよ」

「……どういう風の吹き回しなのかな、芝村くん」

苦笑と共に席に着いた東條さんに事情を説明する。

「ふうん、今度は真壁さんのことを調べているんだね。どうやら、僕の証言を信じてもらえたみたいだね」

「ええ。飯倉と真壁さん、二人ともが吸血鬼に狙われた可能性があります。心当たりがあれば、なんでも話してほしいんですが」

そう尋ねると、東條さんはどこか疲れた様子で首を左右に振った。

「そう言われても、急に新しい情報は出てこないよ。知ってることはみんな話してる」

「今のところ、真壁さんが誰かに恨まれていた様子はないんですが……。どうでしょう、東條さんの印象としては」

「そうだね。あの人は、とにかく優秀だったよ。一年半くらいの付き合いだったけど、真壁さんのすごさを認識するには十分すぎる期間だったね。あの人を失ったことは、ウチの研究室にとってはかなりの痛手だったと思う。今は僕が真壁さんの研究を引き継いでるけど、成果は全然出てないよ。比べる相手が偉大すぎる」

研究者としての能力への高い評価。この点は、長瀬さんの話とも共通している。

と、そこでふと、新たな切り口の質問を思いついた。

「真壁さんは、高本先生のご自宅での飲み会ではどんな様子でしたか」

「そうだね……。大体いつも、真面目な話をしてたかな」

「どういった内容なんですか。やっぱり実験のことですか」

「まあ、だいたいそうだったけど……」長い顎を撫でていた手を止めて、「そういえば」と東條さんが呟いた。

「一回だけ、社会問題で盛り上がったことがあったよ。超高齢化社会の問題にどう対処するかとか、介護の負担をどう軽減できるかとか、そういう話だね。その話をしたあとに、例の事件が起こったから、なんとなく印象に残っててさ。……もう、知ってるんだよね、真壁さんの家族のこと」

ええ、と僕は頷く。と、僕の隣で静かに成り行きを見守っていた黒須さんが、すっと手を挙げた。

「これは個人的な興味からの質問ですが、高齢化に対して、皆さんはどんな解決策を編み出したんですか」

「別に目新しいものじゃないですよ。なんとか人口比率を改善するしかない、そういう結論です」

「なるほど、若者を増やし、相対的に労働力を増やすわけですな」

「高本先生はそういう案を出していましたが……真壁さんは『老人を減らすべきだ』と主張してました」と東條さんは声を潜めた。

ふうむ、と黒須さんが唸り声を上げる。

「ま、それはそうなんでしょうが。しかし、やろうと思ってもできないでしょう、そんなことは」

「ええ、僕もそう指摘しました。そうしたら、真壁さんは変なことを言ったんです。『そうでもないよ。もしかすると、誰かがノアの方舟を建造するかもしれない』って」

僕は首をかしげてみせた。

「聖書でしたっけ、それ」

「そう。旧約聖書の方だね。地上を大洪水が襲った時に、神と契約したノアの家族が乗り込んだ船のことだよ」

「なんとなく、聞いたことはあります」

荒廃した地上をリセットするために、神様が引き起こした大洪水。特別な船に乗っていたノアの一族と、ひとつがいの動物たちだけが、その災厄から逃れた。確か、そんなストーリーだったと思う。

ただ、その伝説と飲み会がどう繋がるのかはさっぱり分からない。誰かが大掛かりな対策を講じる可能性がある、という意味だろうか。解釈は何通りでも出てきそうだが、今となっては答えを知るのは本人だけだ。

会話が途切れ、会議室に沈黙が訪れる。黒須さんが黙ったということは、質問タイムは終了したということだ。

「ありがとうございました。参考になりました」と僕は頭を下げた。

「そう。それはよかった。何か訊きたいことがあれば、いつでも声を掛けてよ」

東條さんは席を立ち、ドアノブに手を掛けたところでこちらを振り返った。

「……ああそうだ。君さ、最近斎藤さんと仲がいいみたいだね」

「え、ええ。時々調査に協力してもらってますが」

「なるほど、そういうことか……」

そう呟いた彼の表情には、すでににこやかな雰囲気はない。

「ちなみに、彼女のことをどう思ってる？」

唐突な問いに戸惑いながら、「まだ知り合って日が浅いので……」と僕は無難な答えを返した。

「そう。それならいいんだ。……あの人は、誰にでも優しいからね。変に勘違いしない方がいいよ」

真顔で忠告して、東條さんは会議室を出て行った。


五分後、事情聴取の最後の相手である斎藤さんが会議室に姿を見せた。彼女の顔を見た瞬間、僕は拭(ぬぐ)いがたい違和感を覚えた。表情に明るさがない。

斎藤莉乃、二十四歳。出身地は北海道。博士課程の一年で、以前に本人から聞いた通り、ウイルスを用いた遺伝子治療の基礎研究に精を出している。学部時代は自治会に所属しており、今でも時折顔を見せることがあるようだ。黒須レポートによれば、特定の恋人はいない模様。

斎藤さんはゆったりした動作で椅子を引き、静かに腰を下ろした。

「……そちらの方は？」

黒須さんは如才なく立ち上がり、「こういうものです」と名刺を差し出した。紙片を目にした斎藤さんの表情に、驚きの色が浮かぶ。

「探偵さん……なんですか」

「はい。ああでも、勘違いなさらないでくださいよ――」

定番の口上なのだろうか、黒須さんは僕と初めて会った時と同じように、自分は名探偵ではなく、ひたすら泥臭い仕事をしているのだ、と語った。

「そうなんですか……。ウチの研究室のメンバーから、話を聞いたんですよね。何か、病気の原因に繋がりそうな証言は出てきましたか」

「今のところは、特には」僕は正直に首を横に振った。「真壁さんのことを色々教えてもらったんですが……あとは高本先生に話を聞いたら終わりです」

高本伊佐雄、四十二歳。てっきり三十代だと思っていたので、ちょっと意外だった。出身地は東京。東科大の卒業生で、衛生疫学研究室で二〇〇八年の三月まで助教として勤務したのち、関西地方の私大に赴任。二〇一〇年四月、衛生疫学研究室の教授の定年退職に伴い、准教授として研究室に戻ってきている。研究者としての評価は標準程度。ただ、気さくな性格のせいか、人間的な評価は悪くないようだ。

「高本先生は、今日はお休みですけど……」と斎藤さん。

「そのようですね。あまり先延ばししたくありませんので、タイミングを見計らってご自宅の方に伺いましょうかね。受け取らなきゃいけないものもありますし」

「なんですか、受け取るとかなんとかって」と尋ねると、黒須さんは「大事な証拠品です。あとでお伝えしますよ」と親指を立ててみせた。

　高本先生は大学の近くに建つ洋館に住んでおり、研究室のメンバーを誘って、親睦を深めるための飲み会を定期的に開いていた。ちなみにその洋館は、貿易業で多大な資産を築いた彼の祖父がイギリス人から購入したものだそうだ。ただし、高本先生の両親は同居しておらず、今はハワイで悠々自適の生活を送っているとのこと。さすがはセレブリティである。

「あの……」斎藤さんが白衣のポケットから一枚の写真を取り出した。「これ、参考になるかと思って」

　理学部二号棟の玄関先で撮影された集合写真だ。高本先生を中心として、衛生疫学研究室の全メンバーが揃っている。

「去年の四月に撮った写真なの。真壁さんは……この人」

　斎藤さんは自分の隣に写る、長身の男性を指差した。黒いセーターに、灰色のジーンズ。色目の乏しい服装だったが、表情は穏やかで、優しげな雰囲気が伝わってくる。銀色のフレームのメガネがよく似合っている。

　……あれ、と既視感が脳裏をよぎる。どこかで見たような顔だ。数秒悩んで、飯倉に似てるんだ、と気づく。細部はそうでもないが、パッと見の印象はそっくりだ。

「かっこいい人ですね。ありきたりな感想ですけど」

「……うん、そうだね」と、斎藤さんは弱々しい笑みを浮かべる。

「それで、真壁さんのことなんですが……」

質問をしようとしたところで、斎藤さんは苦しそうにため息をこぼした。どうも様子がおかしい。顔色も良くない。

「あの、どうかしましたか」

「事件に関係あるかどうかは分からないんだけど……」

「気になることがあるなら、なんでも話してください」

斎藤さんは苦痛に耐えるように、唇を軽く噛んだ。

「私……吸血鬼に狙われてるのかもしれない」

「ど、どういうことですか」

「昨日、知らないアドレスから変なメールが届いて……」

彼女が携帯電話を取り出した。開いた画面に映ったメールには、〈一年の男と夜の散歩。調子に乗るな。男漁り(あさ)は止めろ。さもないと、また死人が出る。吸血鬼より〉とあった。

「……ここに出てくる一年って、もしかして、僕のことですか」

「たぶん、そうだと思う。見られてたんだよ、昨日」

「ああ、そういえば、高本先生が言ってましたね。誰かが木の陰にいたって。……あの時、すぐ近くに吸血鬼がいたんだ」

「差出人に心当たりは？」と黒須さんが素早く質問を挟み込む。斎藤さんは辛そうに首を振った。

「ごめんなさい。……全然、分かりません」

「こういう、ストーカーっぽいやり方はですね、ほぼ間違いなく、あなたの身近にいる人間が犯人です。動機はおそらく嫉妬。芝村さんと歩いていたのを見かけて、腹を立てたんでしょう。……短絡的な人間ですよ、コイツは」

「……そんな」

「とにかく、油断は禁物です」黒須さんが、スーツの内ポケットから電気シェーバーのような黒い物体を取り出した。「スタンガンです。お貸ししますから、いざという時は躊躇なく使ってください」

斎藤さんはおずおずとスタンガンを受け取って、「……死んじゃったりしませんよね？」と小首をかしげた。

「大丈夫です。それほど出力は強くありません。逆に言えば、致命傷を与えることはできませんから、相手が怯んだ隙に逃げてください。武器ではなく、あくまで防具なんです、これは」

「分かりました」

毅然とした表情で頷いて、彼女はスタンガンを握り締めた。

5　四月二十日（金曜日）③

事情聴取を終えたその足で、僕は黒須さんと一緒に桐島先生のラボに向かった。

朝から降り続いている雨は、さらにその勢いを増している。傘を打つ雨音が耳についてしようがない。僕は騒音に負けないように声を張って、「手応え、ありましたか？」と黒須さんに話し掛けた。

「なかなか難しいですね。ストーカーの話は非常に気になりますがね。ただ、少しずつ情報は集まっていると思います。そろそろ知恵を振り絞る頃合なんじゃないですかね」

「何かいい考えが？」

「いえいえ、言いましたよね、ボクは名探偵なんかじゃないと。あれは謙遜じゃなくて、本当に考えるのが苦手なんです。情報を集めるのは大好きなんですがね。だから、推理は先生にお願いしたいと思います。あのお方なら、事件の断片から真相を導き出すことができるかもしれません。なんと言っても、ノーベル賞受賞者なんですから」

「確かに、ずばっと解決してくれそうです」

そんな話をしながら理工通りを西に向かって歩いていると、聞き覚えのあるメロディが流れ出した。尾崎豊の『OH MY LITTLE GIRL』だ。テレビの音楽番組で紹介された時に、僕が生まれた年に出た曲だと父が教えてくれた。ふいに郷愁が胸にこみ上げてきて、喉の奥がじんと熱くなった。

「おっと、噂をすれば」立ち止まり、黒須さんが胸元から携帯電話を取り出す。「これはこれは、大伯母殿。ご機嫌麗(うるわ)しゅう」

相変わらずの軽さで応じていた黒須さんの表情が、突然真剣味を帯びる。

「……そうですか。では、急いだ方がいいでしょう。ひとっ走り行ってきますよ」

手短に通話を終わらせると、黒須さんはいきなり通りを駆け出した。

「どうしたんですか！」

呼び掛けると、黒須さんは一瞬だけ立ち止まり、「治療薬が見つかりました。これから富士中研に取りに行きます。詳しいことは、桐島先生に訊いてください」と叫んで、どうやっても追いつけない速度で走り去ってしまった。


「――先生っ」

実験室に入ってみると、桐島先生は実験台にうつ伏せになっていた。

「……ああ、芝村くん」

彼女は気だるげに体を起こした。濃密に桃ミルクの香りが漂ってくる。

「ど、どうされたんですか」

「……なに、少しばかり、実験を続けすぎただけのことだ。片付けの途中で、うっかり眠ってしまったらしい」

つい昨日までは仁王のようだった表情が、今日は弥勒菩薩のように穏やかになっている。仕事をやり遂げた、という充足感がひしひしと伝わってくる。

「黒須さんに電話をされてましたよね。治療薬が見つかったって……」

「……ああ、そうだ。なんとか、J型肝炎ウイルスに効果がある物質を見つけられた。久しぶりに、泥臭い仕事をした」

「一体、どうやったんですか。世界でトップの製薬企業でも、見つけるのに数年は掛かるって話でしたよね」

「……大したことではない。新しく物質を作り出すのではなく、市販医薬品やら、実験用試薬やら、手に入るものを片っ端から評価していっただけだ。本来なら、物性や体内動態も加味しなければならないが、今は緊急時だ。致命的な毒性がなければ、大量投与でなんとかできるかもしれない。洗練されたやり方とはほど遠いが、どうやら幸運の女神が微笑んでくれたようだ。アフリカ中部の森に自生する植物から取った抽出液に、かなり強い活性が見られた。私の手元にはごく微量しか保管していないが、富士中研にストックがあるそうだ。それを投与すれば、早晩、飯倉くんは回復するだろう」

半分目を閉じ、それでも懸命に説明する先生の姿は、眠気と闘いながらお喋りを続ける幼稚園児のようで、なんとも微笑ましい。

「……事件の調査の方は、進んでいるのかね」

「ウイルスの出どころからして、犯人は、衛生疫学研究室のメンバーの誰かなのは間違いありません。ただ、それが誰なのかは……」

「……そうか。あまり、深入りしてはいけない……」

ひとりごとのように呟いた次の瞬間、桐島先生の体がぐらりと傾いた。

駆け寄って、椅子から転げ落ちかけたところを慌てて支える。温かくて、柔らかくて、華奢な体。胸元から白いブラジャーが覗いていたので、「す、すみません！」と謝罪して、慌てて目を逸らした。

肩を摑んだまま先生のリアクションを待っていたが、一向に返事がない。角度に注意しながら表情をうかがうと、桐島先生は規則正しいリズムで穏やかに呼吸を繰り返していた。眠っている。精根尽き果てる、とはこういう状態を言うのだろう。研究者然とした気迫は完全に消失していて、触れただけで壊れそうな幼さをまとっている。母性本能ならぬ父性本能というのだろうか、見ているだけで胸がきゅんきゅん締め付けられてしまう。

——よっぽど、大変だったんだな……。

能力のすべてを振り絞った努力が、飯倉の命を救ったのだ。今日くらいはゆっくり眠っても、科学の神様は怒ったりしないはずだ。

僕は天井の監視カメラを一瞥してから、先生を起こさないように可能な限り慎重に背負って、彼女の寝室に向かった。

事務作業を終え、僕は普段より一時間ほど早く地下のラボをあとにした。

ついさっき、斎藤さんからメールが届いていた。話があるから電話をしてください、とのこと。何か新事実が出てきたのかと期待しつつ、さっそく連絡してみる。

「――もしもし。芝村くん？」

「あの、メール見ました。話があるってことでしたけど」

「うん。高本先生に連絡したら、家に来てもいいって言ってもらえたよ。これから、話を聞きにいかない？」

「本当ですか？　こんな時間から、大丈夫なんですか」

「嘘、ついたから。電話じゃできない実験の相談があるから、行ってもいいですか、って。だから、私も一緒に行く」

「え、いや、それは……」

「私がいないと、玄関のインターホンのところでおかしいと思われちゃうでしょ？　別に、話をするだけだし、邪魔にはならないよ」

斎藤さんの意見はもっともだった。黒須さんは東京を離れているし、頼まれた交渉ごともやらねばならない。斎藤さんが一緒なら心強い。

結局、僕は彼女の申し出を受け入れ、二人で高本先生の自宅に向かうことにした。

午後八時。待ち合わせ場所である大学の正門に向かうと、斎藤さんは飾り気のない透明なビニール傘を差して、一人で佇(たたず)んでいた。

「探偵さんは？」

「緊急の用事があって、山梨の方に行ってます。なので、僕一人です」

「……ごめんね、無理を言って」

「いえ、そんなことは。協力してもらってるんですし。じゃ、行きましょうか。ナビゲート、よろしくお願いします」

「うん、任せて」

斎藤さんと歩調を合わせて、正門からまっすぐ伸びる歩道を進んでいく。やがて、お寺を思わせる長い階段に突き当たる。銀色の手すりを摑みながら階段を降り、さほど広くはない幹線道路を横断して、駅へ向かう歩行者専用道路に入る。通りの左右には、ずらりと飲食店が軒を列ねている。間違いなく、ターゲットはウチの学生たちだ。

店の様子をガラス越しに覗きながらしばらく行くと、二階建ての駅舎が見えてきた。タイミングよく、白地にピンク色の線が入った電車が高架の上を走っていく。すごく偽物っぽく感じてしまうのは、僕がまだその車両を見慣れていないせいだろう。

線路沿いの道を進むうち、周囲の風景が静けさをまとい始める。住宅街に入ったようだ。定食屋や飲み屋は駅前に集中しているので、少し離れるだけで喧騒はほとんど聞こえなくなった。

斎藤さんはずっと黙ったままで、ただじっと自分の足元に視線を落としている。あれこれつまらない話をする気になれず、僕も同じように黙って隣を歩く。こういう時に黒須さんがいたら、もういいです、と止めたくなるくらい喋りまくってくれるに違いない。飄々とした彼のキャラクターが羨ましくなった。

悶々としながら歩いていると、ふいに「あそこだよ」と斎藤さんが立ち止まった。彼女が指差す先、路地の向こうに、三階建ての洋館が見えていた。

「あれですか?……噂には聞いてましたけど、本当に豪邸ですね」

大きいだけでなく、かなり古い建物だ。街灯が少なく、辺りが暗いためか、「ここに吸血鬼が潜んでいるんだ」と言われたら、うっかり受け入れてしまいそうな、おどろおどろしい雰囲気があった。

街灯の光しかないので判然としないが、外壁の色はおそらく薄い水色。建物の両側に三角の屋根があるので、シルエットは猫の頭のような形になっている。窓枠は白で、窓はどこもカーテンで覆われていて中の様子はうかがえない。洋館の周囲は生垣で囲われていて、正面に、チョコレート色の格子が嵌ったスライド式の門がある。建物と生垣の距離関係からして、相応に広い庭を備えていると見ていいだろう。

そうやってあれこれ観察しているうちに、家のすぐ目の前に到着していた。

僕の身長とほぼ同じ高さの門柱には、カメラ付きのインターホンが取り付けられている。斎藤さんと視線を交わしてから、僕は呼び出しボタンを押した。

しかし、しばらく待っても反応はなかった。古めかしい洋館が、どこか偽物めいた佇まいで、僕たちを見下ろしているだけだ。

さてどうしたもんかと迷っていると、隣で斎藤さんの携帯電話が震え出した。

「高本先生からだ。……出るね」

すかさず耳に当てたが、彼女は簡単な受け答えだけで通話を終わらせてしまう。

「……開いてるって」

ずいぶん無用心なことだ。出迎えるのが面倒臭いのか、それとも歩けないほど体調が悪いのか。とにかく家に上がってみるしかない。

スライド式の門をくぐり、石畳のアプローチを抜けて、玄関ドアにたどり着く。周囲が静かなので、雨が地面を叩く音がひどくうるさく感じられる。

と、そこで僕は黒須さんからの頼まれごとを思い出した。玄関の周囲を見回すと、立派なドアの右斜め上に、監視カメラが設置されていた。黒須さんが言っていた通りだ。僕の知らないうちに、一人で下見に来たのだろう。

カメラの確認を終え、僕は玄関ドアの取っ手を握った。本当に開いている。重いドアを引き、斎藤さんに入ってもらってから、慎重に邸内に足を踏み入れる。

大理石っぽい床材の沓脱ぎに、雑に靴が並べられている。革靴に、スニーカーに、くたびれたサンダル。高本先生は、整理整頓にこだわるタイプではないらしい。

玄関からは、その気になればボウリングができそうな長い廊下が伸びている。明かりは消えていたが、奥の部屋のドアが開いていて、そこからぼんやりと光が漏れていた。ここにいるぞ、という意思表示のつもりだろうか。

「あそこがリビング。いつも、飲み会をやってる場所。……行こっか」

来客用のスリッパに履き替え、冷たさを湛えたフローリングの廊下をゆっくり進む。

開けっ放しのドアから中を覗くと、高本先生は広々としたリビングの奥に陣取っていた。大型ソファーの中央に座って、タバコの煙をくゆらせながら、ノートパソコンを操作している。タバコを吸っているくらいだし、さほど体調は悪くなさそうだ。

高本先生は視線をこちらに向け、訝しげに目を細めた。

「……どうして芝村がここにいるんだ。実験の質問じゃないのか」

僕をかばうように、斎藤さんが一歩踏み出す。

「すみません、あれは口実なんです。みんなに、事情を訊いて回っているんです。あとは先生だけでしたので」

「こんな時間に自宅まで押しかけて、か。……ずいぶん熱心だな」苦笑して、高本先生は「まあ、座れよ」とソファーを指差した。

言われた通りに、斎藤さんと並んでソファーに腰を下ろす。体重を掛けると、ふわっと体が沈み込む。雲に座っているみたいに柔らかい。高級品なのだろうが、僕みたいな庶民としては、もっとがっしりした座り心地の方がしっくりくるのだが……などと言っている場合ではない。忘れないうちに、黒須さんからの依頼をこなさなければならない。

「高本先生にお願いしたいことがあります。玄関のところの監視カメラのことです。あれは、赤外線に反応して映像を残すタイプのものですよね」

「ああ、そうだな。それがどうした」

「四月十日と、十一日の分の記録をいただきたいんです。ここで飲み会が行われた日と、その翌朝のデータです」

「祐介が参加したやつだな。何に使うんだ、そんなもん」

「それは……」

僕に映像を入手するように依頼した黒須さんも、具体的な用途までは考えていないと電話で言っていた。桐島先生の推理の材料にするために、集められる情報はすべて集める。これも、その一環でしかない。「……すみません。ちょっとここでは申し上げられないんです」と答えるしかなかった。

「……まあいい。別に隠すようなもんでもないからな」

高本先生はテーブルの上のメモ帳を引きちぎり、鉛筆で何かを書きつけた。

「あれはネットワークカメラだ。データは管理会社で保存されている。このＩＤとパスワードでアクセスしてみればいい」

「ありがとうございます」

断られるかもしれませんよ、と黒須さんは言っていたが、素直に開示してくれた。これで用件の一つは片付いた。あとは……。

「今日ここにお邪魔させてもらった理由は他にもあります。真壁さんのことをお話しいただけないでしょうか」

高本先生は眉間にしわを寄せる。

「……どういうことだ」

「飯倉と真壁さんの症状がよく似ているからです」

「つまり、二人は同じ病気に罹っている……そういうことか」

「まだ分かりませんが、ありえない話ではないと思います」僕はわざとぼかした答えを返した。「何か、原因に心当たりはありませんか」

「……悪いが、特にはないな」と高本先生は首を横に振る。

僕はそこで、隣に座る斎藤さんに視線を向けた。

「斎藤さん。すみませんが、少し席を外してもらえませんか」

え、と彼女が意外そうな表情を浮かべる。

「……どうして？」

「僕はこれから、あまり気持ちの良くない話をしますので」

うまく説明できた気はしなかったが、何かを感じ取ったらしく、斎藤さんはおとなしく腰を上げてくれた。

「……廊下で、待ってるから」

はい、と頷いて、僕は彼女がリビングを出て行くまで、じっと背中を見つめ続けた。

ドアが閉まると同時に、「で、何が知りたい」と高本先生が身を乗り出した。

「二人を恨んでいる人間がいる——その可能性を疑っています。飯倉と真壁さんに接点はあったんでしょうか」

「……あったよ」

　意外な答えに、僕は「本当ですか！」と腰を浮かせた。

「ああ。祐介は、昔から頭は良かったんだ。でも、志が低いっつーか、生きることに手を抜いていたんだよな、明らかにさ。だから、オレの方から真壁に頼み込んで、夏休みの間だけ祐介の家庭教師を引き受けてもらったんだ。無理やりこの家に住まわせて、マンツーマンで勉強に取り組ませた。祐介がそういう努力を嫌ってたのは分かってたけど、真壁の言うことなら聞くと思った。あいつは、なんていうか、カリスマ性みたいなもんを持ってたからな」

「それは、いつぐらいのことですか」

「祐介は中二だったから……五年前、二〇〇七年の夏だな。よほど教え方がよかったんだろうな。あいつ、いつの間にか真壁に憧れるようになってたよ。あんな風になりたいって、真剣な顔で言ってた」

「そうなんですか」

　意外な過去だった。僕は高校に入ってから飯倉と出会った。勉強好きのような印象を飯倉に抱いていたが、それは生来のものではなかったらしい。

　はなをすすって、高本先生は目に掛かっていた前髪を掻き上げた。

「不思議だよな。入学前に会った時、一瞬、あいつが真壁に見えたんだ。雰囲気っつーか、空気感がそれっぽいんだよな。真面目でおとなしそう、だけど優秀さが伝わってくる。そういうオーラが出てたんだ。……なんかオレ、意味不明なことを喋ってねえか？」

「大丈夫ですよ。僕も、真壁さんの写真を見た時、そう思いました。意識的に、似せるような努力をしてたんじゃないですか」

「……かもしれねえな」

「ちなみに、研究室のメンバー間の人間関係はどうだったんでしょう」

「人数は少ない分、普通に仲はいいよ。つーか、ホントに嫌なこと聞くな。オレにそんなことを語らせるなよ。一応これでも、指導者やってんだからよ」

「いえ、実は斎藤さんが……」

ストーカー被害に遭っているらしくて——言いかけて、高本先生が容疑者の一人であることに気づく。吸血鬼＝ストーカーという図式が証明されたわけではないが、余計なことをべらべら喋るわけにはいかない。

「……もういいか」高本先生が疲れの混じった吐息を漏らした。「今朝から風邪気味でな。他に訊きたいことがなければ、斎藤を連れて帰ってくれ」

　僕は廊下で待ってくれていた斎藤さんに声を掛けて、高本先生の自宅をあとにした。

　雨はいよいよ強く降っている。僕たちはそれぞれに傘を広げて、ひと気のない路地を並んで歩く。

「……どうだった？」

「いえ、特にこれといった情報は……」

「……そう」

　僕は心持ちうつむいて、水の浮いたアスファルトを見つめながら歩を進める。

　調査はひと通り終わった。だが、やはり決定的な証拠は得られていない。考えてみれば、相手は真壁さんを葬（ほうむ）った張本人なのだ。殺人行為に手を染めた以上、そう簡単に正体を晒しはしないだろう。

　水たまりに映った街灯の光は、雨粒が弾けるたびに無数の白い輪を作る。ぶつかりあった波紋が作り出した複雑な図形は、何のためらいもなく、コンマ数秒で儚く散っていく。

　ふと、僕の脳裏に不吉な可能性が兆（きざ）した。

　正体を隠すために、相手がもっと過激な手段に訴えたとしたら……。

　背筋が、ぞくりと寒くなった。

　桐島先生からの忠告。深入りしてはいけない――。

　そうだ。僕たち自身が、危険に晒される可能性だってあるんじゃないのか……？

　その時、僕はアスファルトに広がる水の鏡に、暗い影が差すのを見た。

　誰かがいる――。

　気づくと同時に、左肩に強い衝撃を受けた。僕はバランスを崩し、前のめりに道路に倒れ込んだ。自分の傘が地面に落下する音が、耳のすぐそばで聞こえた。

「芝村くんっ！」

斎藤さんの悲痛な叫び声。状況が飲み込めないまま、僕は体を起こそうと、濡れた地面に手を突いた。だが、それをあざ笑うように、背中に鋭い痛みが走る。声にならない声が、喉の奥から漏れた。

ぎりぎりと、背骨が悲鳴を上げている。誰かに踏みつけられていることは分かったが、押さえ込まれているせいで体を動かすことができない。

もがいているうち、雨音に混じって微かに衝撃音が聞こえた。遅れて、斎藤さんがその場に横向きに倒れるのが見えた。彼女は右肩を押さえたまま顔をしかめている。

生命の危機を認識した僕の脳が、瞬時に交感神経を活性化させる。アドレナリンに突き動かされるように背中に手を回すと、何かに指先が触れた。相手の足だ。不格好なのを承知で、僕は強引に相手の足首を摑んだ。

引っ張り倒そうとしたが、それより先に、首の付け根に打撃が加えられる。反動で顔が地面にぶつかり、閉じたまぶたの裏で痛みが光となって爆ぜる。じぃんと、鼻の奥が痺れたようになる。もう一方の足で蹴られたらしい。

圧倒的に、相手側が有利な状況だ。しかし、それでも僕は必死で体をよじり続ける。と、雨で足が滑ったのか、のしかかっていた体重が軽くなった一瞬があった。僕はここぞとばかりに全力の匍匐前進でその場から離れ、一気に起き上がった。

そこに、やつが――吸血鬼がいた。

僕はあまりに場違いな姿に、自分の正気を疑いかけた。

真っ黒なタキシードに、肩まで伸びた銀色の髪、そして、明らかに作り物と分かる、雑な造形の中年男性のマスク。パーティーグッズ売り場で見たことがある。肌の色は真っ白、血色の悪い唇から二本の牙が覗いていて、一筋の血が顎まで流れ落ちている。それは紛れもなく、ドラキュラをイメージしたものだった。

吸血鬼が、ポケットから何かを取り出す。

折りたたみ式のナイフだ。街灯の青白い光を受けて、鋭い刃が鈍く輝く。顔は作り物でも凶器は本物らしい。

背中の痛みに顔をしかめながら武器になりそうなものを探すが、差していた傘は開いたままで、しかも、一歩でたどり着けないところに落ちている。とても使い物になりそうにない。

相手が、僕との距離をわずかに詰める。同じだけ後ろに下がるが、何の解決にもなっていないのは明白だった。僕に残された選択肢は、真正面から受け止めるか、背中を見せて逃げ出す以外にない。後者を選べば、斎藤さんを見殺しにすることになる。

せめて、彼女が先に逃げてくれたら……。

視界の隅で斎藤さんの姿を探していた僕は、吸血鬼の肩越しに影が動くのを見た。

斎藤さんが、吸血鬼の首筋に拳を振り下ろそうとしていた。

その手に握られた、黒い物体が目に飛び込んでくる。黒須さんが渡したスタンガンだ。

ばちん、と全力で平手打ちをしたような音が響くと同時に、吸血鬼が激しく仰け反った。

手からナイフが滑り落ち、水たまりの中に姿を消す。なんとか体を起こそうと、必死で地面に手を突こうとしている。タキシードから覗く白いワイシャツの袖が、泥水で汚れていく。

吸血鬼は、膝からアスファルトに崩れ落ちた。なんとか体を起こそうと、必死で地面に手を突こうとしている。

——そうだ、今なら。

正体を暴くチャンスが、文字通り目の前に転がっている。僕は荒い呼吸を繰り返しながら、ゆっくりと吸血鬼に近づいていく。

眼前の影に気づいたのか、吸血鬼がはっと顔を上げた。震える足で強引に立ち上がり、民家のブロック塀に手を掛け、踵を返して逃げ出そうとする。

ここで逃がすわけには……。

僕は背中の痛みに歯を食いしばり、次の一歩を踏み出そうとした。

「……待って」

か細い声が背後から聞こえた。足を止めて振り返ると、斎藤さんが、救いを求めるような視線をこちらに向けていた。

「お願い、置いて行かないで……」

「でも、犯人がすぐそこにいるんです」

「……危ないよ。ナイフ、もう一本持ってるかもしれない」

「それはそうですが……」

今は、追い掛けねばならない時だ。僕は斎藤さんの視線から逃れるようにもう一度振り向いた。

だが、今のやり取りのうちに体の自由を取り戻したのか、すでに吸血鬼は路地の向こうに姿を消していた。この辺りは曲がり角だらけだ。もう、今から追いかけても無駄だろう。

――逃げられたか。

僕はため息をついて、斎藤さんのところに引き返した。

6　四月二十日（金曜日）④

これからどうすべきか。具体的な方針は何もなかったが、再襲撃の可能性を考えて、斎藤さんを自宅まで送っていくことにした。

斎藤さんは、大学の最寄り駅から十分ほど歩いたところにある、白い外壁の十階建てのマンションに住んでいた。しかも、部屋は最上階なのだという。

「ここ、新しそうに見えるけど、築十五年なの。意外でしょ」

斎藤さんは上階へ向かうエレベーターの中で、いつになく早口でそう言った。僕はたっぷり雨水を吸い込んだシャツを持て余しながら、「へえ」と間の抜けた相槌を打った。ほいほい付いて来たが、女性の部屋に上がるのは初めての――桐島先生の部屋をどう捉えるかにもよるが――体験だ。

斎藤さんの部屋は、想像していた以上によく片付いていた。僕が女性の部屋のインテリアとして勝手にイメージしていた、ぬいぐるみやクッションなどは一切見当たらず、必要最小限の家具が置かれているだけだった。

あちこち見回していると、「殺風景でしょ？」と彼女が苦笑した。「実験が忙しいと、ここには寝に帰ってくるだけになっちゃうから。飾りつけようって気になれなくて」

「いえ、シンプルでいいと思います」

桐島先生はこれよりはるかに簡素な部屋で寝泊まりしている。斎藤さんが実験に人生を捧げることになったら、きっと最終的にはあんな感じの部屋に行き着くだろう。

「そう？　お世辞（せじ）でも嬉しいかな。ちょっと待ってて。口のところ怪我してるみたいだし、救急箱を取ってくるから。あと、タオルもね」

斎藤さんは笑顔を残して隣室に入っていった。しばらくして戻ってくると、彼女は長袖のTシャツとグレイのショートパンツという軽装に着替えていた。すらりと伸びた白い足が眩しい。

斎藤さんは「こんなのしかないけど」と僕の正面に座り、持ってきたオキシドールで顎の傷を消毒して、絆創膏（ばんそうこう）を貼ってくれた。

「ありがとうございます」

「芝村くんも着替えた方がいいんじゃない。そんなに体格は違わないから、Tシャツなら、私のでも大丈夫だと思うし、下はスウェットがあるから」

僕は自分の腿（もも）を撫でた。ぐっしょり濡れていて気持ち悪い。しかし、そこまで甘えてしまっていいのだろうか。さっさと辞去して、家に帰って風呂に入るべきではないのか。

僕の逡巡を肯定の印と捉えたのか、「ほら、風邪引いちゃうよ」と、彼女が僕の服を脱がしに掛かる。「じ、自分でやりますから」と反射的に身を引き、僕は着替えを持ってきてもらうように頼んだ。

「じゃあ、ついでにシャワーを浴びるといいよ。タオルは自由に使っていいから」

「え、いや、別にいいですよ」

「遠慮はしないで。……落ち着いてから、さっきのことを考えようよ」

その一言で、ようやく襲撃事件の記憶が蘇ってきた。混乱のあまり、何も考えずにここまで来てしまったが、あれは誰だったのか、なぜ僕たちを襲ったのか、どうしてドラキュラみたいな格好をしていたのか……それらの疑問は未解決のままだ。

「……分かりました。じゃあ、すみませんけど、お風呂を使わせてもらいます」

シャワーを浴びて、浴室を出ると、真新しいTシャツと、水色のスウェットのズボンと、見慣れた自分のトランクスが畳んで置いてあった。着ていた自分の服は、と辺りを見回すと、洗面所の隅にある洗濯機の中でぐるぐると泳いでいた。

触れてみると、トランクスはもう湿ってはいなかった。手洗いをしてからドライヤーで乾かしてくれたんだ、と思うと、湯上がりで火照っていた頬がさらに熱くなった。

着替えを済ませ、リビングに戻る。斎藤さんはテーブルでココアを飲んでいた。

「よかった。サイズは問題ないみたいだね。芝村くんの分もあるから、飲んでね」

「あの、僕の服、洗ってくれてるんですか」

「うん。すぐに終わるから」

「そういうことなら、すみません、しばらくご厄介になります」

僕は弱々しく笑って床に腰を下ろし、斎藤さんが作ってくれたココアをすすった。

「……あれは、どういうことだったのかな」

ぽつりと、斎藤さんが呟く。

「外見は、吸血鬼の目撃情報と一致していますね。髪と顔は情報がないので、判断のしようがないですが」

「私にメールを送ってきた人と、同じ……だよね、たぶん」

僕は頷いて、顎の絆創膏に触れる。

「警告を送ったのに、また僕と斎藤さんが一緒にいたから、暴力に訴えたんでしょう。もしかすると、大学からつけられていたのかもしれません」

もちろん、別の答えも考えられる。さっきの襲撃者が、飯倉や真壁さんにウイルスを植え付けた吸血鬼だった可能性だ。斎藤さんではなく、僕がターゲットだったと考えることもできるのだ。

襲撃者は誰だったのか……？

斎藤さんは今日も大学で実験をしていた。そして、長瀬さんも東條さんも研究室にいた。

何食わぬ顔で実験をしていれば、斎藤さんの動向は簡単に把握できる。もちろん、僕たちと直接会った、高本先生にも犯行は可能だっただろう。

さっきの襲撃者は間違いなく男性だ。だからといって、単純に東條さんと高本先生の二択にするわけにはいかない。長瀬さんが誰かに頼んで襲わせた可能性もあるからだ。

現時点では、犯人を特定するだけの決定的な証拠はない。せいぜい、二度と襲われないように気をつけるくらいだ。

「もう、僕たちの手に負えるレベルではないですね。具体的な被害が出た以上、警察に相談するべきだと思います」

斎藤さんが、悲しげに僕を見つめていた。

「……怖いよ、私。あんなことをする人が、自分のすぐそばにいるかもしれないなんて」

彼女は座ったまま僕の真横に並ぶと、僕の手にそっと自分の手を重ね合わせた。

「……泊まっていかない？」

「え、でも、お邪魔でしょうし」

「このままじゃ、怖くて眠れないから……お願い」

「いや、その、あの」

仰け反った僕を追うように、斎藤さんがにじり寄ってくる。明確な抵抗を示せないまま、僕は優しく押し倒された。覆いかぶさる重みと熱。天井の蛍光灯がひどく眩しい。頭の中は、吸血鬼に襲われた時以上にぐちゃぐちゃで、体をどう動かしていいのかすら分からなかった。

斎藤さんは僕の胸に頬を押し当てて、静かに呼吸を繰り返している。そのわずかな上下運動が、少しずつ僕の呼吸とシンクロしていく。

「……こうしてると、すごく落ち着く」

とてもではないが、僕は同意できなかった。鼓動は人生で最高速のビートを刻んでいて、今にもオーバーヒートでぶっ壊れてしまいそうだ。

「……これ、掛けて」

斎藤さんがポケットから銀色のフレームのメガネを取り出した。意味不明な小道具の登場に戸惑っているうちに、僕はメガネを掛けさせられていた。度が入っていないので、視界はクリアなままだった。

「……ね、愛してるって、言ってみて」

「いや、それは」

シャンプーの香りだろうか、香水だろうか。具体的な名前は挙げられないのに、花の香りだとはっきり分かる、優しい匂いがする。

鼻腔をくすぐる甘い香りに身を委ねそうになった瞬間、桃とミルクを混ぜ合わせたような匂いが強烈に蘇ってきた。

閉じかけたまぶたの裏に、実験室で一人作業に勤しむ、桐島先生の横顔が浮かんでくる。脳のどこかにあるダムが決壊したみたいに、先生と再会して以降の記憶が激流のように脳神経を駆け巡る——。

気づいた時には、僕は斎藤さんの肩を押し返していた。斎藤さんは床に手を突いて、信じられないものを見たかのように目を細めている。

「す、すみません。でも、こういうのは、なんというか、違うんじゃないかと……」

「私のこと、嫌いなの？」

「そ、そんなことは、ないです。でも、こういうことをするのは……やっぱり好きな人とじゃないと……その、別に斎藤さんが魅力的じゃないとか、そういうんじゃ……」

「……いいの、ごめんなさい。たぶん、私、どうかしてるんだと思う」

「あの……」僕は慎重にメガネを外した。「これ……」

「似るかと思ったけど、そうでもなかったね。声はすごく似てるのに」

「似るとか似てるって……誰にですか」

「真壁さんに、だよ」

斎藤さんが泣き笑いのような表情を浮かべた。……そういうことだったのか。以前、斎藤さんに声を褒められたことがあったのを思い出した。あの時も、彼女は「愛してる」という言葉を求めていた。彼女は僕の声と、真壁さんの声を重ね合わせていたのか。

「真壁さんのことが……好きだったんですか」

「……そうだよ。研究室に配属になった時から、ずっと憧れ続けてた。でも、ただの片思いじゃなかったよ。私、短い期間だったけど、真壁さんと付き合ってた。この部屋に泊まっていったこともあったんだよ」

「……いつの話ですか、それ」

「今でも覚えてるよ。付き合い始めたのは、去年の八月一日。真壁さんの方から告白してくれたの。すごく嬉しかった。人生で一番って、自信を持って言えるくらい。……でも、一カ月もしないうちにフラれちゃった。私はよりを戻したいって言ったけど、全然相手にしてもらえなかった。そうこうしてるうちに、真壁さんはあんなことになって……」

彼女は熱に浮かされたように喋り続ける。

「ダメなの、私。真壁さんのことが、今でも忘れられないの。ううん、忘れようとはしてた。でも、飯倉くんが私の前に現れてから、歯止めが効かなくなっちゃった」

「飯倉が……真壁さんに似てたからですか」

「……うん。雰囲気がね。……でも、飯倉くんは真壁さんじゃない。芝村くんは、声が真壁さんに似てる。でもやっぱり、真壁さんじゃない。……私、そんな当たり前のことさえ分からないくらい、おかしくなってる」

「斎藤さん……」

わずかな間、気詰まりな沈黙が部屋を支配する。

だが、彼女は何ごともなかったかのようにすっと立ち上がった。すでにその表情に、涙の気配はない。切り替えの早さに、僕はただ戸惑うしかなかった。

「ご飯、食べる？」

「え、ああ、お気遣いなく」

「遠慮しないで。服が乾くまで、まだしばらく掛かるし」

「……すみません。じゃあ、ごちそうになります」

「気に入ってもらえるかな」彼女はふふっと笑って、こちらに背中を向けた。「無理して泊まらなくていいからね」

斎藤さんはそう言ったが、僕は結局、彼女の部屋に宿泊した。真壁さんの代わりにはなれないが、少しでも彼女の不安を和らげることに繋がればいいと、そう思っていた。

斎藤さんとは別の部屋で毛布にくるまって、早朝、夜が白々と明けるまで、僕はただ雨の音を聞いて過ごした。

第四章

But I will establish my covenant with thee; and thou shalt come into the ark, thou, and thy sons, and thy wife, and thy sons' wives with thee.

【我は汝（なんじ）と契約を結ぼう。汝は、汝の子らと、妻と、子らの妻と共に方舟に乗り込むがよい】

——創世記第六章十八節

1　四月二十一日（土曜日）①

早朝、僕は斎藤さんのマンションを出て、家に帰らずに直接大学に向かった。

外はひどい土砂(どしゃ)降りだった。滝の下を歩いているのかと勘違いしてしまうほどの勢いで、次から次へと大粒の雨が落ちてくる。

正門を抜け、生協の前を通り過ぎ、講堂前の十字路を西へ。足を踏み出すと、昨日の夜、吸血鬼に蹴られた背中がじんじんと痛む。

徹夜明けの頭は、脳みその代わりに鉛(なまり)が詰まっているのかと思うほど重かったが、それでも足は自然に地下のラボへと向かっていた。アルバイトのため、というより、桐島先生に会いたい気持ちが強かった。

無人の事務室に入り、あらかじめ降ろしておいた荷物を回収する。先生はどうしているだろう。パスボックスに弁当を入れ、電話で彼女に連絡をしてみた。

「私だ」

愛想の欠片(かけら)もない、短い返事。普段と何も変わらない声に、僕は旅先から自宅に戻ってきたような安らぎを覚えた。

「あの、芝村です。体調は回復されたんですか」

「回復もなにも、ただ疲労が溜まっていただけだ。八時間ほど睡眠を取ったから、もう問題ない。これから、中断していた希少疾患研究を再開するところだ。……ああ、だが、一つだけ問題がある」

「どんな問題ですか」と訊いた次の瞬間、電話口から狼の遠吠えのような音が聞こえてきた。「な、なんですか、今の音」

「……私は腹が減っている。悪いが、十人前ほど弁当を追加注文しておいてくれ」

ぶっきらぼうな物言いに、僕は謎の音の正体に思い当たった。腹の虫があれほど激しく鳴くのを、僕は生まれて初めて聞いた。

「治療薬の方はどうなったんですか」

「征十郎から連絡があった。無事、富士中研からサンプルを運んできてくれたよ。さっそく飯倉くんに点滴投与しているそうだ。次はヘリコプターを準備しておいてくださいなどと、相変わらずの減らず口を叩いていたな」

「それは朗報ですね。……あとは吸血鬼の正体だけですね。まだ、犯人の影すら踏めてない状態ですけど」

「ああ、そのことだが。さっき、征十郎が推理大会をやりたいと電話口で言っていた。どうやら、集めた情報から犯人をあぶり出すつもりのようだ」

「そうなんですか。……あの、先生もご協力いただけるんでしょうか」

「うむ。治療薬探しもようやく一段落した。これで、万が一相手が暴走した場合にも対処できるだろう。せっかく君たちが集めてくれた情報だ。無駄に眠らせておくのはもったいない。

参加させてもらおうか」

その一言で十分だった。これ以上心強い味方はどこにもいない。僕は「ありがとうございます！」と実験室に向かって深々と頭を下げた。

幕間（まくあい）

目を覚ました時、まだ微熱が残っていることに気づき、高本伊佐雄は舌打ちをした。昨日一日休んでいたというのに――。体力が衰えていることを痛感しながら、それでも高本はいつもの習慣でタバコに火を点（つ）けた。たとえ死の淵（ふち）にあったとしても、目覚めの一服だけは止められそうになかった。

寝室のカーテンを開け、中庭を見下ろす。今日も雨。体調が回復しきっていないこともあって、大学に行くのが億劫になる。しかし、一日休めばそれだけ仕事は遅れる。それはすなわち、研究が一日分停滞することを意味する。そうそう簡単に休むわけにはいかない。

雨に煙る景色を見ているうち、高本は昨日の夜のことを思い出していた。

――二人は、あのあとどうしただろうか。

去年、真壁が逝（い）ってから、斎藤が落ち込んでいることには気づいていた。おそらく真壁のことを引きずっているのだろうと思い、元気づけるつもりで甥である飯倉祐介を紹介したりもした。

——それが、まさかあんなことになるとはな……。

高本は頭を掻いた。もしかしたら、自分は疫病神なんじゃないかと不安になるくらい、身近で良くないことが続いている。

次は自分の番だったりしてな……。高本は苦笑して、ベッドサイドの灰皿にタバコを押し付けた。


午前九時半。いつも通りの時間に実験室に顔を出すと、すでに斎藤莉乃の姿があった。

「おう、おはよう」と軽く声を掛ける。

「……おはようございます」

試験管を手に悄然と挨拶を返す姿に、高本は違和感を覚えた。

「なんだ、元気ないな。昨日の夜、芝村と何かあったのか」

「いえ」と斎藤は小さく首を振る。嘘つけ——思わずそう言いそうになったが、高本は自重した。突っ込んで訊いても、余計に強く拒絶されるだけだ。

学生同士だったら、もう少しうまく話を引き出せるだろうか。あとで長瀬くんにでも頼んでみるか、と思い直し、高本は事務室に向かおうとした。

高本がノブに手を伸ばしかけたところでドアが開き、東條が姿を見せた。

「おはようございます」

落ち着いた声音で軽く会釈をして、東條は自分の実験台へと向かう。何気なくその背中を見送っていた高本は、東條の首の後ろに絆創膏が貼ってあることに気づいた。首筋の怪我。いつか芝村が言っていた、吸血鬼の噂が自然と思い出される。

　高本は東條に歩み寄り、「おい」と呼び掛けた。白衣のポケットに手を突っ込みながら、東條が振り返る。

「何でしょうか」

「どうしたんだ、そこ」高本は自分の首に指先を当てた。「もしかして、あれか。吸血鬼にやられたのか」

　高本が冗談めかして言った言葉に、東條の顔が醜く歪む。

「……見てたんですか」

「あん？　何のことだ？」意味が分からず、高本は手を広げてみせた。「何を見てたっていうんだ」

　入り口近くの実験台で、ガラスの割れる音がした。何ごとかと、高本は反射的にそちらに視線を向ける。斎藤は割れたガラスを片付けようともせずに、驚愕に満ちた瞳で東條を見つめていた。

「……それ、まさか、スタンガンで……」

「なんだ、スタンガンって？」

　高本は困惑しながら、真意をただすために、斎藤に近づいた。

「……もう、全部バレてるんだろっ！」

唐突な絶叫。

再び振り返った高本は、東條の手にナイフが握られていることに気づく。

獲物に喰らいつく肉食獣の顔で、東條が駆け出す。ナイフを突き出した姿勢で、一直線に、斎藤に向かっている。

「逃げろ、斎藤っ！」

短く叫んで、高本は東條の前に立ちふさがった。

それは、ほとんど本能的な動きだった。

次の瞬間、高本は目の前で銀色の光がきらめくのを見た。

焼け付くような痛みと共に、実験室のリノリウムの床に、高本の鮮血がほとばしった。

2　四月二十一日（土曜日）②

僕は、白い霧の中に一人で立っていた。四方をぐるりと見回すが、どこにも人影は見当たらない。

どうして自分がこんなところにいるのか。疑問と共に当てもなくさまよっていると、遠くに女性が一人、ぽつんと佇んでいるのが見えた。……斎藤さんだ。

声を掛けようとして、僕は思いとどまった。いつの間にか、彼女の隣に男性が寄り添っていたからだ。そこにいたのは、亡くなったはずの真壁さんだった。真壁さんは彼女の背中に手を回し、懸命に何か話し掛けている。

と、その時。奥の方から、また別の人影が姿を見せた。

そちらに目を向け、僕はぎょっと身をすくませた。そこに、吸血鬼がいた。昨日の夜、僕が目撃したあのマスクをかぶっている。

吸血鬼は斎藤さんたちから少し離れたところで立ち止まり、ただ二人をじっと見つめている。危害を加えるつもりはないようだ。

どうしていいのか分からず、その場に立ち尽くしていると、突然どこからか警報のような電子音が聞こえてきた。

耳障りな音は止むどころか、徐々にその音量を増していく。

僕はそこで、それが警報音ではないことに気づく。

そうだ、これは……。


はっと体を起こす。ここは……地下の事務室だ。

机の上に残ったよだれの跡で、自分が居眠りしていたことに思い当たる。

ぼんやり佇む僕を急かすように、電話のベルが鳴り続けている。僕は軽く頬を張ってから受話器を取り上げた。

「──私だ」

桐島先生の声を聞いた途端に、針金を突っ込まれたみたいに背筋がぴんと伸びた。

「征十郎がそちらに行っているはずなのだが」

「えっ」と室内を見回すと、トイレに続くドアが開き、黒須さんが姿を見せた。

「あ、はい。来られていますが」

「なら、君はこっちに来てくれ。通信の準備を頼む」

はい、と答えて受話器を戻し、「いつからここにいたんですか」と黒須さんに尋ねた。

「小一時間前ですかね。よく眠ってらっしゃったんで、起こすのも悪いなと思いまして」

腕時計に目を落とすと、すでに正午になろうとしていた。

「では、いよいよ推理の時間ですな」

うきうきした様子の黒須さんに促されるように、僕は事務室を出て実験室に向かった。

通信環境が整ったところで、満を持して桐島先生がパソコンの前に腰を下ろした。

「さて、どこから手をつけましょうかね」と黒須さんは相変わらず軽い。

「悪いが、私はほとんど事情を知らん。おおざっぱで構わないから、全容を説明してくれ。質問があれば適当に挟む」

「そうですね、では不肖（ふしょう）ながら私めが」

などと謙遜しているが、喋りに関して黒須さんの右に出る人はそうそういないだろう。案の定、黒須さんは吸血鬼事件の概要をてきぱきと説明してくれた。

黒須さんの話が終わるのを待って、「ちょっといいですか」と僕は手を挙げた。

「実は昨日の夜、吸血鬼に襲われたんですが」

「なんだと？」桐島先生が鋭い視線をこちらに向ける。「そういえば、顎に絆創膏を貼っているな。どういうことだね」

　これはヤバイ。先生の怒りの気配を察知しつつ、僕は昨夜の一件を説明した。

「……だから気をつけろと言ったんだ」桐島先生は呆れたように嘆息した。「免疫は最強でも、肉体はごく普通の人間なんだ。無茶をしてもらっては困る」

「す、すみません。今後は、はい、より一層身辺に気を配ることにします」

「警察に連絡はしたのかね」

「いえ、まだです」

「さっさと通報した方がいい。次がないとは限らないだろう」

　不機嫌そうな桐島先生。僕たちの周囲の重い空気を吹き飛ばすように、「腕力から考えると、吸血鬼は男性で間違いないようですなあ」と黒須さんが明るい声を上げた。「これで容疑者はずいぶん絞り込まれますよ」

　ところが桐島先生は「そうでもない」と首を横に振る。

「どうしてでしょう？」

　画面の中の黒須さんが、不思議そうに首をかしげた。

「容疑者は四人でいいんだな」

「ええ、さっき説明した通りです。高本氏、長瀬氏、斎藤氏、東條氏の四名ですね」

「J型肝炎ウイルスの申請以降に所属していたのは、それで全員なのか」

「はい。前年度および今年度の新人はゼロ。卒業者もいません。ただし、鬼籍に入っている真壁氏は除いてあります」

「ふむ。では、四人という前提で進めようか。芝村くんに質問だ。犯人を特定しようとした場合、答えは最大で何通りあると思うかね」

「え、えっとですね」

いきなり訊かれたので、とっさに答えが出てこない。最大で、ということは……。

僕が考えを巡らせていると、「そりゃ四通りでしょう」と黒須さんが先んじて答えた。「それくらい、ボクでも分かりますよ」

「それは単独犯の場合だ。共犯も含めた場合はどうなる」

「そこまで考えるんですか？」と黒須さんが仰け反る。

「当たり前だ。いやしくも人様を犯人だと糾弾するんだ。すべての可能性を考慮にいれねばなるまい。ただし、議論を複雑にしすぎないために、外部に共犯者がいる可能性は排除しておく」

「あの、先生。それで、答えは何通りなんですか」

おずおずと僕が尋ねると、先生は「十五通りだ」ときっぱり答えた。

「十五⁉」と黒須さんが驚きの声を上げる。

「そうだ。いいかね。容疑者は四名。それぞれについて犯人であるか否かの二通りがある。

よって、二の四乗、すなわち十六通りの組み合わせがある。ここから、『全員が犯人でない』という可能性を除けば、答えは十五となる」

「それを全部考えなきゃいけないんですかねえ」

うんざりした様子の黒須さん。桐島先生は当然とばかりに強く頷く。

「やるからには厳密を期したいからな。これまでに調べた情報を使って絞り込んでいく。ただし、動機も考慮には入れない。純粋に、蓋然性を積み上げていく」

「ええと。蓋然性って、どういう意味でしたっけ」

「その事象が真実である見込みがどの程度あるか、ということだ。確からしさ、あるいは公算と言い換えてもいい。我々はこれから、蓋然性の高い答え、つまり、最も妥当だと思われる推理を組み合わせて、事件の全体像を明らかにしていく。よって、確実に証明できることを除けば、別の解が存在しうることを明言しておく。では、まずは最初の事件——飯倉くんがウイルスに感染した件について考える」

話が長くなりそうだ。立ったままだと辛いので、近くの椅子を引き寄せて腰を下ろす。

「前提として、飯倉くんは吸血鬼の手によってJ型肝炎ウイルスに感染させられたものとする。その場合、首筋の痣から、感染経路は血中への直接注入だと推定される。また、複数の証言から、痣ができたのは高本くんの自宅で行われた飲み会の場だと思われる。以上の条件で推理を進めることにする」

「飲み会に参加していたのは、長瀬氏を除く三名ですね」と黒須さんがコメントを挟む。

「ということは、彼女は吸血鬼ではないことになりますね」

「長瀬くんが飲み会の終了後に高本くんの家を訪れた——という可能性はどうかね」

「それはないですねえ。というのは、高本氏の自宅の玄関には監視カメラが設置されてました。その画像を確認した結果、飲み会があった四月十日と、翌日の十一日については、長瀬氏の姿は記録されていませんでした。ついでに補足すると、容疑者の三人と飯倉氏以外の人物も映っていません。また、高本氏は警備会社とも契約しており、警報システムが作動していないことから、窓や裏口から侵入した可能性もありません」

「そうか。では、長瀬くんの単独犯という解は否定してもいいだろう」

これで選択肢が一つ消えた。しかし、残りは十四通りもある。まだまだ先は長い。

「映像があるなら、どの順番で出入りがあったのかも分かるんだな」

「はい。高本氏は十日の夕方、午後五時に帰宅しています。その一時間後に、斎藤、東條、両氏が揃って高本邸を訪れていますね。あとで呼び出されたという飯倉氏が、一人で午後七時過ぎに姿を見せてます」

「翌朝はどうかね」

「ええと、出て行ったのは、斎藤、東條、かなり遅れて飯倉、の順番ですね。あ、敬称略でお願いします」

「……ふむ。飯倉くんは、高本くんに呼び出されたんだな?」

「そうです。もともと参加する予定はなかったみたいです」と、僕が黒須さんに代わって答える。「飯倉は、七時前に僕のところに電話をかけてきてます。その時に、いきなり誘われて困っている、と言ってました」

「そうか。となると、少なくとも、高本くんが犯人の一人だということになるな」

「えっ」

僕と黒須さんは同時に声を上げていた。「どうしてそうなるんですかね」と、黒須さんが先を争うように疑問をぶつける。

「ウイルスに感染させるために注射器を用いたなら、事前にそれを準備しておかねばならない。しかし、飯倉くんが現れたのは飲み会が始まったあとだ。彼の参加が予測できなかった以上、外から来た二人が注射器を高本くんの家に持ち込んだはずはない。まさか、普段からそんなものを持ち歩いているわけではあるまい。使えた可能性があるのは、高本くんだけだ。もちろん、彼が自宅に凶器を保管していた、という仮定付きだが」

「はあ、なるほど。おっしゃる意味は分かりました」

黒須さんが眉間にしわを寄せながら指を折る。

「となると、可能性はどう絞られたことになるんですかね」

「高本くんが命じて誰かに凶器を持って来させた可能性もある。共犯者の有無を考察せねばならん。残りは八通りだな」

一気に半分になったが、まだまだ油断はできない。

「次は、J型肝炎ウイルスの入手だ。これに関しては、高本くんの名前で書類が作成されていたそうだな」

「ええ、ただ、本人でなくても作成は可能ですね。きちんと必要事項を記入しさえすれば、輸入手続きは進められるはずです」

「うむ。その時点で四人ともが研究室に在籍していた。つまり、誰にでもやれた、ということでよさそうだな」

「ま、理屈ではそうでしょうがね。でも、いちいちそこまで考慮しなくてもいいんじゃないですか。もう高本氏が犯人だと分かってるわけですから、彼がやったことにしちゃいませんか」

「条件の確認を怠ることはできんよ。場合によっては先に出した結論が覆ることもありうる。では、次は芝村くんがマウスを投げつけられた件だ」

「ああ、そうそう。それがあるんでした。実はですね、よくよく調べてみたら、この日の夜、高本氏にはアリバイがあるんです。講演会で渋谷にいたそうで、他の大学の先生たちと、かなり遅い時間まで飲んでいたようです。証言者も大量にいますし、途中で抜け出して東科大に戻り、芝村さんの前に現れるのは不可能でしょう」

「となると、共犯者がいたことになりますね」

僕のコメントに、「そうだな」と桐島先生が応じる。

「他の三人はどうしていたんだ」

「東條氏は、直前まで芝村さんと会っていました。長瀬、斎藤の両氏は研究室にいたそうです。しかし、三人はそれぞれ別行動をしていたため、アリバイは成立していません」

「なら、この時点での絞り込みは無理だな。ただし、高本くんの単独犯は否定された。協力者は間違いなく存在している。これで残りは七通りだ。最後に、昨日の襲撃事件を考えてみよう。犯人は男性だった。そうだね、芝村くん」

桐島先生の視線を受け、僕は大きく頷いた。

「はい。相手はかなり力が強かったです。いくら僕が運動不足でも、必死で抵抗すれば女性に圧倒されることはないはずですから」

「これで、絞り込めますかね？」と黒須さん。

先生は「無理だな」と首を振る。「襲撃者が高本くんである場合は、残りのすべての組み合わせが成立する」

「はあ、となると……どうなります？」

「どうもこうも。これで終わりだ」

「……はあ、これで推理タイムは終了ですか。なんというか、すっきりしませんねえ。犯人が複数だってことは分かりましたけど、真相が明らかになったわけでもないですし。ボクとしてはここでもう、ばーっと全部がすっきりしてほしかったんですが」

「でも、少なくとも、高本先生が関与しているのは確かなんですよね。もう一度話を聞きに行ってみませんか。今度は黒須さんも一緒に」

僕の提案に、「待ちたまえ」と桐島先生がストップを掛けた。

「今の推理は、あくまで客観性を重視したものだ。私の個人的な意見を挟ませてもらうなら――」

先生が何かを言いかけた時、画面の向こうから場違いなメロディが聞こえてきた。槇原敬之の『SPY』である。これも僕が生まれた年の曲で、父がカラオケで歌っていたのを聴いた記憶がある。

黒須さんは「情報屋からの連絡ですので、失礼して」と断ってから電話に出る。

「ああどうも、いつもお世話になっております」

画面の向こうで楽しそうに話していた黒須さんの表情が、ある一瞬を境に変貌した。軽口は消え、眉間にしわを寄せながら無言で頷くばかりだ。

「――そうですか。ご連絡ありがとうございました。またよろしくお願いします」

電話を切っても、黒須さんは口を開こうとしない。異変が起こったのだという直感に導かれるように、「何か、あったんですか」と僕は訊いた。

「……高本氏が刺されて病院に運ばれたそうです」

「えっ」

全く想像もしていなかった報告に、思考回路が完全に停止する。桐島先生は何も言わず、ただじっとノートパソコンのモニターを見つめている。

画面の中の黒須さんは、ゆっくりと、嚙み締めるように言葉を続ける。

「事件の現場は、理学部二号棟……衛生疫学研究室の実験室だったそうです。ボクもいま聞いたばかりなので詳細は分かりません。これから調べに行きます」

そう言うと、黒須さんは疾風のごとき速度でカメラの前から姿を消した。

「ど、どうしましょうか、先生」

「もう、推理どころではないだろう。気になるようなら、様子を見てきなさい。夕方までは戻ってこなくて大丈夫だ」


桐島先生に送り出してもらったものの、状況が飲み込めないだけに、駆け出すほど真剣にもなれず、僕は中途半端な速度で、理学部二号棟を目指して理工通りを東進していた。

朝ほどの勢いはないが、相変わらずの雨。しっとりと濡れそぼったサクラの葉は鮮やかな緑色で、じっとりと重い空気にささやかな清涼感を与えている。

理学部二号棟の玄関前に、腕組みをして立ち尽くす人影があった。長瀬さんだった。僕に気づき、彼女がこちらを向く。僕はどんな表情をしていいか分からず、軽く頭を下げた。

「……何があったんですか」

「何があったか知ってる、って顔してるよ。さっきまで探偵さんがうろついてたし、あの人に聞いてここに来たんじゃないの」

玄関の自動ドアの前に立っている警官が、僕たちの方をそれとなく見ていた。僕はわずかに頷いて、音量を限りなく絞って言った。

「高本先生が刺されたって……」

「そう。東條くんに刺されちゃったの」

「どういう状況だったんですか」

どこか投げやりな様子で、長瀬さんは両手を広げた。

「今から三時間くらい前かな。実験室には高本先生と莉乃ちゃんがいた。そこに、東條くんが来た。どんなやり取りがあったのか知らないけど、東條くんがいきなりナイフを取り出して、莉乃ちゃんに襲いかかったんだって。で、かばおうとした高本先生が刺された。莉乃ちゃんはなんとか部屋から逃げ出して、近くの研究室に駆け込んだ。で、警察が来て、東條くんは逮捕されちゃった。……全部、警察の人から教えてもらった話だけどね。連絡を受けてあたしが駆けつけた時には、もう誰もいなかったし」

「どうして、東條さんはそんなことを……？」

「あたしが知りたいよ！」

彼女の声に、玄関前の警官がびくりと反応する。

「なんで、こんな……いきなり」

「……斎藤さんは、どうされてるんですか」

「莉乃ちゃんは警察で事情聴取中。動揺が激しいらしくて、休憩を挟みながらやってるみたいだから、まだ時間が掛かると思う」

「そう、ですか……高本先生の容態はどうなんでしょうか」

「意識ははっきりしてるみたい。脇腹を刺されたらしいんだけど、対処が早かったし、出血もそれほどでもなかったんだって。でも、しばらくは入院しなきゃダメだろうね」

長瀬さんが理学部二号棟の玄関に視線を向ける。

「今、警察が現場検証をやっててね。実験室に入れないの。……学生の頃から実験漬けだったから、こうして待ってるのって、すごく変な感じ」

いくつか慰めの言葉が思い浮かんだが、何を言っても嘘臭くなりそうだった。僕はただの一年生で、実験の苦労なんて、まだ何も知らない存在なのだ。

僕は口を噤んだまま、ただ、雨が地面を叩く音を聞いていた。


疲れと睡眠不足のせいだろう。眠気がひどく、とても実験の手伝いに戻れる状態ではなかったので、夕方まで自宅で仮眠を取ってから、再び地下のラボに向かった。

事務室には黒須さんがいた。

「ああどうも。一通り調べましたので、報告をと思いまして」黒須さんはいつもの軽妙さを取り戻していた。「速報は先生にお伝えしているんですが、まだ事件の全貌の推理が途中でしたのでね。申し訳ないですが、また向こうとテレビ会議と行きましょうか」

「分かりました」と答えて、実験室に向かう。

桐島先生は実験台に肘をついて、ぼんやりと物思いに耽っていた。そんな姿を見るのは初めてだったので、「どうされましたか」と思わず声を掛けていた。

「……事件のことを考えていた」

先生は乱暴に髪の毛を掻きむしって、疲れの滲んだ吐息をこぼした。

「もう少し、早めに手を打つべきだったな。昨日の襲撃事件への対処が遅れてしまった」

「でも、いきなり刺されたという話でしたが……」

「結果論で言えば、防ぐことは困難だったかもしれん。だが、問題はそこではない。介入すべきところで介入できなかったことが問題なんだ。……高本くんが命を落とさなかったことが、唯一の救いだな」

「……はい」

僕は悄然と頷き、通信のセッティングを整えた。

「あ、映った映った。それでは報告を始めます」

黒須さんは軽くサングラスに触れて、いつものようにメモも見ずに話し始める。

「えー、まずは犯人のことですが。ご存じの通り、東條が容疑者として確保されておりまして、すでに高本氏を刺したことを認めています」

「認めてるって……それ、誰から聞いたんですか?」

「警察関係者、とだけ言っておきましょうか。仕事柄、あまり公にはできない付き合いもありましてね。ま、持ちつ持たれつというやつです」

「動機はなんだったんですか」

「きっかけは、自らの行為を見破られたことだったそうですよ。昨日の夜、芝村さんを襲った暴行犯は東條だったんです。朝、実験室で高本氏に首筋の絆創膏を指摘され、絶望的な気分になったそうです。虫さされと言ってごまかせばよさそうなものですが、動転してたんでしょうなあ」

「じゃあ、斎藤さんに脅迫メールを送ったのも……」

「ええ。その辺のことも、徐々に自供を始めているようです。斎藤氏に対する愛情が、すべての根幹にあったんです。彼女が芝村さんとイチャイチャしている。警告をしたのに改善される様子はない。嫉妬が募りに募って、芝村さんへの襲撃に繫がったわけです。男のヤキモチは醜いですね、本当に」

「ということは……東條さんが、飯倉と真壁さんにウイルスを感染させた犯人だったということですか？　先生の推理だと、高本先生が犯人の一人だ、という結論になったと思うんですが」

先生は「いや」と首を振った。

「ひとまず、今朝方の傷害事件はおいておく。あの一件も、事件全体を考察する要素にはなるが、飯倉くんがウイルスに感染した件とは無関係だからな」

「なるほど、擬似的に時間を巻き戻すわけですな」

黒須さんが顔の横で指をぐるぐる回す。

「確か、注射器を持ち込めたか否かという議論から、高本氏が感染事件に関与しているという推理を導き出したんですよね。で、マウスを投げつけた一件から、共犯者がいるのは確定していて、今のところ誰か分からない。とまあ、このように非常に中途半端な状態だったわけですが……」

「そのことだが……」

桐島先生は少し溜めを作って、「私は高本くんは犯人ではない、と考えている」と言い放った。

「えっ！」黒須さんより先に、僕は声を上げていた。「な、なんでそうなるんですか」

「不自然な点があるからだ。第一に、彼があっさりと監視カメラの映像をこちらに提供した点。あれを出してしまうと、外部犯の可能性が完全に否定されてしまう上に、飲み会の最中に人の出入りがなかったことが証明される。犯行が可能だったのが自分に限定されてしまうんだ。それならば、適当な理由を付けて開示を拒むべきだ」

「……でも、それは僕たちを怪しんでいなかったというか、侮っていたんじゃないでしょうか。J型肝炎ウイルスの話は伏せていましたし、映像を出しても特に問題ないと判断してもおかしくないと思いますが」

「それでも、犯人なら警戒して当然だとは思うがね。引っかかった点はまだある。飯倉くんの首筋にあった痣のことだ。あれがもし注射痕だったとしたら、どうして犯人は、わざわざ目立つ場所に針を突き立てたのかね。腕の内側でも足首でもいい。針を刺す場所はいくらでもある。首筋である必然性がない」

「……それは、確かに」

「さらにもう一点。どうして高本くんは、飲み会の日に犯行に及んだのか。飯倉くんとの交流はあったようだし、彼一人だけを自宅に呼んで無理やり眠らせることも可能だったはずだ」

「なるほど一理ありますが……。うーむ、となると、困ったことになりますなあ」

黒須さんはしきりに首を捻る。

「一番妥当な答えを出そうとすると、飯倉氏にウイルスを感染させた犯人がいないって結論になってしまいますが」

「そうだな。明らかな矛盾が生じている」先生はわが意を得たりと自信たっぷりに頷く。

「それはすなわち、前提条件のいずれかが間違っていたということだ」

「前提条件と言うと……」

僕はこめかみに指先を当てて、議論の出発点がどこだったのかを思い出す。

「高本先生の自宅で感染させられた、っていう条件ですか」

「いや、発病の時期からして、それは合っているはずだ。私が問題視しているのは、『吸血鬼の手によって血中に直接J型肝炎ウイルスを射ち込まれた』という条件の方だ」

「それを否定してしまうと、推理が成り立たなくなりますが」と黒須さんは口を尖らせる。

「そうでもないな。もう一度、肝炎ウイルスの感染経路を思い出してみなさい。別の仮定を持ち出せば、矛盾は解決する」

「そうおっしゃられましても……」

黒須さんは困惑顔を隠そうともしない。考えるのは苦手だと言っていただけのことはあって、本気で困っているようだ。

「すみませんが、ギブアップです。答えを教えてください」

「なんだ、だらしないな。芝村くんはどうかね」

「えっと……」

桐島先生は僕の顔をまじまじと見つめている。気のせいかもしれないが、期待感を漂わせているようにも見える。僕はぎゅっと目を閉じ、一時的に桐島先生の尊顔を視界から追い払った。熱い視線をぶつけられてしまうと、緊張するばかりでまともな思考は望むべくもないからだ。

感染経路――。

注射器を使わずに、飯倉にウイルスを感染させるということか。ナイフ、あるいは先端の尖ったものを使えば……。いや、飯倉は首筋の痣以外に怪我をしていた様子はない。別の凶器が云々、という話ではない。血液を介せずに、ウイルスを体内に送り込まねばならないのだ。

そんなことが、果たして可能だったのか……。

諦めかけた瞬間、僕の脳裏に、いつか写真で見た真壁さんの姿が浮かんだ。ぼんやりと現れたその顔が、飯倉の顔と重なり合う。

――まさか。

閃(ひらめ)いた、ある可能性。そんなことはなかったはずだと否定する自分がいる一方で、十分にありうることだと主張する自分がいる。

「その顔は、何かに気づいたようだね」

桐島先生に促され、僕は頷いた。

「……まさかとは思いますが」と前置きして、僕は自分の考えを先生だけにこっそり打ち明けた。

「うむ」と先生は力強く頷いた。

「君の意見は私の推理と一致している。あとは実験だ。証明できることは証明しておきたい。そうでなければ、真犯人と対峙することはできないだろう」

3　四月二十二日（日曜日）

午前三時。僕は病院の裏口で、大型の傘を片手に待機していた。丑三つ時のキャンパスはひっそりと静まり返っているが、東に見える理学部や工学部の建物には、明かりがついている部屋もある。もし実験をしているとしたら、桐島先生ほどではないにせよ、相当なワーカホリックだ。

街灯の光を受けて、時折空中で雨粒がきらめく。綺麗だと素直に思うが、さすがにこう雨が続くとうんざりしてくる。この調子で雨が降れば、そのうち水があふれ出して、大洪水が起こるかもしれない。

洪水……。その単語が、いつか東條さんと話した旧約聖書の物語に繋がる。見渡す限り、一面が水に覆われた世界。圧倒的な破壊が起こっているはずなのに、イメージの中のそれは、やけに尊く、美しいものに感じられた。一気に押し寄せるのではなく、徐々に水が満ちてくる——その過程に静的な印象が備わっているからだろうか。神話的すぎるがゆえに、必要以上に美化されているのかもしれない。

そんなことを考えながら待っていると、かちりとロックが外れる音がした。

ゆっくりドアが開き、車椅子が出てくる。車椅子を押していた黒須さんが「おはようございます」と囁く。

「……お元気そうでなによりです」と、僕はすかさず傘を差しかけた。

車椅子に深々と腰掛けていた高本先生が、「元気じゃねえよ」と苦笑する。「腹を刺されたんだぞ。あれからまだ一日も経ってねえ」

「手術されたんですか？」

「ああ。ついさっき麻酔が切れたとこだ」

どこか誇らしげに、高本先生は入院着の上から脇腹をさする。

「それにしても、よく外出許可が出ましたね」

「出てませんよ」黒須さんは当たり前とばかりにさらりと言う。「セキュリティを解除して、看護師さんの巡回の合間を縫って、こっそり脱出してきたんです」

「マジで驚いたぜ。目が覚めたら、枕元に黒いスーツを着たヤツが立ってたんだからな。一瞬、死神がお迎えに来てんのかと思ったくらいだ」

「吸血鬼から死神にランクアップですね。光栄です」

黒須さんは嬉しそうに言って、「さ、急ぎましょう」と車椅子を押し始めた。傘をかざしたまま、僕も横に並んで歩く。

病院を離れ、理工通りを東へ。珍しいカエルの鳴き声みたいに、車椅子のゴムタイヤがきゅるきゅると音を立てる。

「で、どこに連れて行かれるんだ」

「聞いてないんですか」

「ああ」と高本先生は鼻の頭をこする。「強引に車椅子に乗せられたんだよ。芝村の名前を出されたから、拉致のたぐいじゃないとは思ったけどな」

「芝村さんが信用のある方で助かりました」と黒須さんは笑顔を浮かべる。

僕は体を屈めて、「理学部二号棟です。衛生疫学研究室に用があって」と正直に行き先を告げた。

「なんだって？」高本先生は声を荒らげ、すぐに顔をしかめた。傷に響いたらしい。「何をするのか知らねえけど、そんなのは、長瀬くんか斎藤くんに頼んでくれや」

「ちょっと、事情がありまして。高本先生にしか頼めないんです」

「なんだそりゃ」と高本先生は呆れたようにはなをすする。

「まあまあ、ここまで来たんですし。ぜひご協力お願いしますよ。大事な甥御さんのためでもあるんですから」と、黒須さんが素早くフォローに回ってくれた。

「祐介と関係あるのか？……じゃあしょうがねえな。ただ、まだ風邪が治ってないから、さっさと終わらせてくれよ。くしゃみが出たら傷口が開いちまうかもしれないしな」

「それはそれは。万が一腸がポロリされたらえらいことですので、手短に済ませましょう。……ああそうだ。これは、報酬というわけではないですが。いかがですか？」

そう言って、黒須さんはポケットからタバコの箱を取り出した。

高本先生は軽く眉を上げて、にやりと笑った。

「そういうものは、もっと早く見せてもらわないとな」


朝を迎え、昼を過ぎても、高本先生が刺された一件はどこでも報じられていなかった。今日が日曜だというのもあるだろうが、それにしても静かすぎる。大学側が何か手を打ったのかもしれない。とにかく、マスコミがキャンパスをうろつくような事態にならずに済んでよかった。安心して、吸血鬼事件に注力できる。

高本先生の協力もあって、必要な証拠はすでにゲットしている。あとは、分析の結果を待つだけだ。もう、調査のために人に話を訊いて回る必要はない。ということで、地下での事務作業と試薬補充と食料供給というい つも通りの作業をこなし、僕は夕方、午後六時半に桐島先生のラボをあとにした。

病院の敷地を横断し、西門に向かっている途中で、携帯電話に着信があった。久馬だ。

「よう、調子はどうだ」

「うん、まあ別に普通だけど。……何か用？」

「今日もバイトだったのか」

「そうだよ。もう終わったから、これから帰るところだけど」

「それならちょうどいいや。今、サークルの先輩と飲んでるんだよ。なかなか面白い人だから、お前にも紹介したくてさ」

「飲み会、かあ……」

　多少疲れてはいたが、重い出来事が続いていたので、ぱーっと気晴らしをしたい気分だった。僕は「行く」と答えて、西門から外に出た。

　篠突く雨に辟易しながら坂道を下っていくと、大学の周囲を巡る幹線道路に出た。横断歩道の向こうに、派手な看板を掲げた、安さがウリの居酒屋「喜八」がある。

　店に入ると、「お、来た来た」と、カウンターに陣取っていた久馬がぱっと手を上げた。その隣には、作務衣を着た坊主頭の男性が座っている。フェルトを貼り付けたみたいに眉毛が濃い。

「紹介するな」久馬が隣の男性に手のひらを向けた。「この人が、座禅サークルの部長。サークルを立ち上げた張本人なんだ。学年は三年で、俺たちは敬意を払って『師匠』って呼んでる」

　――おいおい、師匠って。久馬流の冗談かと思ったが、当の「師匠」氏は真面目な顔で頷いている。師匠という名称を平然と受け入れているらしい。

　僕はサークル内の特殊な人間関係に困惑しながら簡単に自己紹介して、ウーロン茶を注文した。気晴らしとはいえ、さすがにアルコールを口にする気にはなれなかった。

「どうだね、新人くん。東科大の印象は」

　師匠の問い掛けに、僕は少し迷って、「そうですね、まだひと月も経ってないですけど、いいところだと思います」と答えた。もちろん、自分がとんでもない事件に関わっていることは伏せておく。

「そうか。それは結構だ。君は現役か」

「ええ、なんとか受かりました」

「そうか。……ワシはずーっと東科大を目指していた」

　師匠は遠い目をしながらいきなり語り始めた。

「だが、その道は非常に険しいものだった。一浪、二浪……三浪してもダメだった。学力は合格水準に達していたのに、なぜ不合格になるのか。その原因は精神的な弱さにあるのだ――ワシはそう結論づけた。そこで、精神修養のために、奈良県の山中にある、由緒ある禅寺に向かった。ワシは和尚に頼み込み、寺での生活を始めた。それは二カ月にもわたる、苦しい日々だった。滝修行、護摩行、そして座禅。それらを通じてワシは、いかなる状況でも冷静さを保つ鋼の心を身につけた。その甲斐あって、見事に東科大に合格した。倍率の高い後期試験で受かったのは、ワシの精神が他の受験者を凌駕していたからだ」

演説調で語って、師匠はビールをぐいっと一気に呷った。

前期は落ちたんですね、とか、その二カ月を勉強に当てていたらもっと楽に受かってたんじゃないですか、とかのツッコミをぐっとこらえて、「なるほど。それだけ座禅に思い入れがあるわけですね」と僕は頷いた。

「無論だ。しかし！」師匠はいきなり立ち上がり、天井に向かって拳を突き上げた。「どうして男性部員しか集まらないのだ！　俺は、女子学生と同じ空間を共有することを夢見ているというのに！　なぜなんだ！」

唖然とする僕に、「師匠は、モテると思ってサークルを作ったんだ」と久馬が小声で教えてくれた。座禅をフィーチャーするというその方法自体が間違っているんですよ、と思ったが、ウーロン茶と一緒にその言葉を呑み込んだ。

「女性との接点をお求めでしたら、同じクラスの子に声を掛けてみましょうか？　座禅に興味がある人がいるかもしれないですよ」

僕がそう提案すると、師匠がぐいっとこちらに身を乗り出してきた。師匠の鼻息は非常に荒い。男臭いオーラをビンビン感じる。

「君、詳しく聞かせてもらおうか」

ところが久馬は鼻で笑って、「無駄ですよ」と断言する。

「なんだと！」師匠が太い眉毛を吊り上げる。「オイやーまだ。どういう意味だそれは。事と次第によっちゃあ、破門も辞さない構えだぞ」

「本気でお忘れですか？　俺が入部した時、二人で一年の女子全員に声を掛けに行ったじゃないですか。結果は……ま、蒸し返す必要もないでしょう」

「あ、あれはそもそもだな、お前の誘い方が悪いんだろうが。クールな雰囲気でさらっと誘うから断られるんだ。もっとこう、熱く激しく勧誘しないでどうする！」

「それは失礼しました」

　二人のやり取りを聞きながら、僕は久馬の横顔を見ていた。久馬の容姿はかなりのレベルにある。サークルに誘えば、興味を持つ人もいたはずだ。にもかかわらず、誰も入部しなかったということは……。たぶん、問題は同行者にあったと思われる。

　残酷な指摘をすべきかどうか逡巡している僕の隣で、久馬は笑顔を浮かべた。

「じゃあ、本気で勧誘に行きますか？　自治会の部長さんとか、どうですかね。深見さんでしたっけ？　師匠、あの人に惚れてますよね」

「おおお」師匠は、関西の某落語家のごとく、木製の椅子ごと床に倒れ込んだ。見事なまでの動揺っぷりである。「……お、おま、お前っ！　なんでそれを知ってるんだ！」

「武道館の利用申請の件で一緒に自治会に寄った時、アホみたいに彼女の顔ばっかり見てたからですよ。目がハートになってましたよ」

　え、マジで、と師匠は両目をこする。なるほど、この人は確かに貴重な人材かもしれない。久馬が気に入った理由が分かった気がした。

　自分の目がハートになりえないことに気づいたらしく、師匠は「この野郎」と久馬を睨んで立ち上がった。騒いだことを店員さんに謝罪し、お詫びとばかりに日本酒を頼んでから椅子に座り直す。

　僕は自分の頬が緩むのを感じていた。久しぶりにリラックスできている。来てよかった、と純粋に思えた。

「――あ、自治会で思い出した」ふいに、久馬が僕の肘をつついた。「なあ、例の吸血鬼の件。何か分かったのかよ。色々調べてただろ」

「いや、まだ途中なんだけど」と僕は嘆息した。

　僕を襲った吸血鬼は東條さんで間違いないが、マウスを投げつけた犯人が同じだと決まったわけではない。それだけじゃない。去年の五月、理学部二号棟の近くで目撃されたタキシード姿の人物。彼の正体も依然として不明なままだ。

「む？　吸血鬼だと？」升に入った日本酒をちびちび舐めていた師匠が会話に割り込んできた。「なんだそりゃ、初耳だぞ」

「なんでですか。掲示板のポスター見てないんですか」

「あんなものは、よちよち歩きの新入生が見るもんと相場が決まっている。ワシくらいになると、一切見なくてもやっていける」

　師匠は根拠のない自信を全身からみなぎらせて、「で、どういう話なんだ？」と興味丸出しの顔で訊いてきた。

「えっとですね……」

僕は師匠に、江崎さんとヒロくんが目撃した不審者について説明した。

「……五月、夜、理学部二号棟、カップル、タキシード、吸血鬼」師匠はぶつぶつと呟いて、思いっきり首をかしげた。「それ、たぶんワシのことだぞ」

「え？」

タブンワシノコト？……意味が分からない。

理解が及ばず絶句する僕の隣で、「はあっ？」と久馬がビールジョッキをテーブルに叩きつける。「師匠、そんな不審者みたいな真似をしてたんですか」

「い、いや、それは大いなる誤解だぞ。ワシはただ、カップルというものを観察していただけだ。危害を加えるつもりなど毛頭ない」

「じゃあ、それは百歩譲ってギリギリ一般的な行為だとみなしますよ。でも、なんでタキシードなんですか。ありえないでしょ」

「甘いなやーまだ。実はその日に人生初の合コンがあったのだよ。女性とお酒を飲むのだから、当然正装するだろうが。飲み会は大学のすぐそばだったんでな。終わったあと、酔い覚ましに構内を散歩していたら、たまたまカップルを見かけたんだ。これも何かの縁と、自分の将来のためのイメージトレーニングに励んでいたのだ」

久馬はブラジルまで届きそうな、長いため息をついた。

「……突っ込む気力も失せましたよ。ちなみに、その合コンはよほどうまくいったんでしょうね。ちゃんと彼女ができましたか」

「それがな。隣に座った女性は、二時間一言も口を利いてくれなかったんだ。よほど照れ屋だったんだろうな。飲み会のあと、幹事がメール交換を提案しても、かたくなに断っていた。まさに大和撫子（やまとなでしこ）だ。うむ」

「……師匠がそう信じているんなら、俺から言うことはありません。まったく。うらやましくなるくらいのポジティブっぷりですよ。……どうした拓也。急に黙り込んで」

いや、と首を振って、僕はカウンターの木目をじっと見つめた。

最初に目撃された吸血鬼の正体は師匠だった。おそらく、それが呼び水になって、吸血鬼の噂が生まれたに違いない。そして、黒須さんが複数の学生に目撃されたことによって、真実味を増しながら噂が広まっていったのだろう。

大学では、くだらない噂が流行（はや）ることがある。桐島先生が渋い顔をしていたことが思い出される。本当に、先生の言った通りだった。

――師匠の行動がなかったら、黒須さんが黒いスーツを着ていなかったら、吸血鬼の噂が存在していなかったら、自治会がポスターを制作しなかったら、事件はどんな結末を迎えただろう。

考えても、答えが出ない問いだと分かってはいる。

それでも、考えずにはいられなかった。僕はグラスに汗をかいたウーロン茶を放置したまま、ありえたかもしれない、今よりマシな未来について思いを巡らせた。

4　四月二十五日（水曜日）

高本先生が東條さんに刺されてから、早くも四日が過ぎ去った。

昼休み。キャンパスには、あと少しでゴールデンウイークだ！　という、若干浮ついた空気が漂っていたが、僕は憂鬱な気分で大学病院を訪れていた。

飯倉との面会が可能になった――二時限目の途中に、そのことを告げるメールを黒須さんから受け取った時、僕は「とうとう来たか」と嘆息した。意識を取り戻したという話は、すでに昨日の段階で聞いていた。まもなく面会も可能になるということだったが、思ったより早くに実現した。

桐島先生から、飯倉に直接訊いてほしいことがあると頼まれている。飯倉にウイルスを感染させた犯人はすでにほぼ確定している。これはあくまで裏付けのための確認だ。犯人の動機を痛いほどよく理解しているだけに、自分の口からその質問をするのは辛かった。だが、やるしかないのだ。

黒須さんは事件の幕引きの準備で忙しいということで、今日は僕一人だ。玄関ロビーを斜めに横断し、病棟へと続く長い廊下を進んでいく。

エレベーターで五階に上がる。案内板には特別病棟とあった。重症化した患者を重点的に治療するためのフロアだそうだ。

つるつるに磨かれた黄土色の廊下を歩いていくと、曲がり角の向こうに見覚えのある男性が姿を見せた。高本先生だ。まだ車椅子を使ってはいるが、付き添いの人は見当たらない。回復はかなり順調そうだ。

彼はこちらに気づき、「ずいぶん早いな」と目を丸くした。

「ええ、医学部の方から連絡をいただいて。高本先生も飯倉のお見舞いですか」

「ああ、そうだ。祐介が意識を取り戻したって、姉貴から電話があったからな。どんな様子か見に来たんだよ」

「飯倉は、元気そうでしたか」

「ああ、ずっと寝てた割にはな。つっても、祐介はまだ本調子じゃない。あんまり長居はしないでやれよ」

「分かりました。手短に済ませます」

「ならいいんだけどな。……なあ、この間、ウチの実験室から血液サンプルを持ち出しただろ。あれ、何に使うつもりなんだよ」

僕は首を横に振った。

「分かりません。病院の方で分析したいと言っていたので、代理で受け取っただけです」

真相解明はまだ道半ばだ。今は嘘をつくしかない。

「……そうか」高本先生が、疲れの滲んだため息をついた。「……なあ、いつか、二号棟のところでお前と斎藤くんに会ったことがあっただろ。夜、九時ぐらいに」

「ええ、ありましたね」

「あん時、オレは確かに、妙な人影を見かけてたんだ。たぶん、あれは東條だったんだろうな。斎藤くんの様子をこっそり覗いてたんだ。あそこで捕まえてれば、オレは刺されてなかったし、斎藤くんは余計なショックを受けなかっただろうし、東條だって、人生を棒に振らずに済んだかもしれねえ。そう思うと……どうにもやりきれなくてな」

斎藤さんが未だに大学に来ていない、という話は僕も聞いていた。実家で静養しているらしい。指導する立場にあった高本先生が後悔するのも当然だ。

「それは……僕だって似たようなものです。もっと、他にやりようはあったと思います。もし時間を戻せたら、もっとうまく立ち回れたはずです。でも、できませんでした。高本先生だけじゃありません。この事件に関与したすべての人が、それぞれに後悔を抱いていると思います」

高本先生は無精髭(ぶしょうひげ)が生えた頬を撫でて、「……そうだな」と呟いた。「お前、なかなかいいこと言うじゃないか。少しだけ気分が楽になったぜ」

高本先生は「ありがとうよ」と僕と握手を交わすと、器用に車椅子を駆って廊下を去っていった。

その背中を見送ってから、廊下の奥へと歩を進める。

――あった。504号室。ドア脇のネームプレートは無記名のままだが、ここであっているはずだ。

軽い手応えの引き戸を開けると、大きなベッドが最初に目に飛び込んできた。思ったより狭い。ベッドが部屋の半分近くを占領していて、その脇に椅子が置いてあるので、自由に動けるスペースはほとんどない。奥に窓があったが、灰色の雲ばかりが目立つ景色が広がっているだけで、到底気分転換はできそうになかった。

飯倉は体を起こして新聞を読んでいた。

「あれ、芝村。どうしてここに」

「お見舞いだよ。同級生を代表して、ってところかな。もう、すっかり目が覚めたみたいだね」

僕はベッドサイドの丸椅子に腰掛けて、飯倉の様子を観察した。最後に会った時よりずいぶん痩せてはいるが、血色は悪くない。

「まだ微熱があるけど、それほど辛くはないよ」

「そっか。その調子なら、すぐに大学に戻れそうだね」

「でも、びっくりしたよ。起きたら四月が終わりかけてるしさ。浦島太郎の気分がよく分かったよ。試験を休んだわけじゃないから、なんとか単位は確保できると思うけどね。できるよね？」

「たぶんね」

僕は無理やり笑って、自分の手のひらを見つめた。真っ昼間から病室でするような話題じゃない。それは分かっている。だが、ようやく真実にたどり着けるところまで来ているのだ。

怖気（おじけ）づいている場合ではない。

僕は咳払いをして、肩を揺すって姿勢を正した。

「ちょっと、教えてほしいんだけど。高本先生のところで開催された飲み会の、次の次の日……四月十二日に、書籍部の近くで僕と会話をしたよね。覚えてるかな」

「ああ、そんなこともあったね」

「その時、飯倉の首に痣があったと思うんだ。僕が指摘した時、飯倉は『吸血鬼にやられた』って言ってたよね」

「そうだったかな」と飯倉は訝しげな視線をこちらに向ける。どうしてこんな話をしているのか、見当もつかないのだろう。

僕は呼吸を整えてから、桐島先生に頼まれていた質問を口にした。

「正直に答えてほしいんだ。あの痣って、もしかして——」

意を決して発した問い掛けに、飯倉は驚いた表情を浮かべた。

「……どうしてそのことを？」

飯倉から事情を聞いたその足で、僕は桐島先生の元へと向かった。

「話は聞けたかね」

「……ええ」

頷いて、僕は飯倉の証言をありのままに伝えた。

「そうか」と呟き、先生は小さく息をついた。

「そういえば、あれはどうだったんですか。僕が持ち込んだ血液の分析結果」

僕は桐島先生の依頼に基づき、高本先生を強引に連れ出して、七本の血液サンプルを入手していた。四月十日、斎藤さんの手によって採血された、僕と飯倉と久馬の血液。そして、今年の二月に実験用として採血された、衛生疫学研究室のメンバー四人の血液だ。

「ああ、ついさっき結果が出たところだ。君たちの分からはJ型肝炎ウイルスは検出されなかった。飲み会の前までは、飯倉くんはウイルスに感染していなかった。君の友人の山田くんもだ」

「それは良かった……んですかね？」

まだ事件の全体像を把握していないので、僕には一つ一つの結果の善悪を判断できない。

「うむ。良かったと言っていいだろう」

「あっちの方はどうでしたか」

「やはり、読み通りだった。衛生疫学研究室に所属する四人のうち、一人だけから、J型肝炎ウイルスが検出されている」

「……一人だけ、ですか。じゃあ、やっぱり……」

衛生疫学研究室のメンバー四人については、昨年の健康診断で採血したサンプルの分析も併せて実施していた。結果はすべてシロ。つまりその人物は、去年の七月から今年の二月までのどこかの段階でJ型肝炎ウイルスに感染したことになる。

「これで必要な情報はすべて揃った。あとは幕引きだけだな」

「それは、吸血鬼の正体を暴く時が来た、ということですか」

「いや、吸血鬼が誰だったのかはすでに明らかだ。それより、その背後に潜んでいる計画の処遇を考えねばならん」

裏に隠れている計画……？　それは初耳だった。

「どういう計画なんでしょうか」

「かなり荒唐無稽なものだ。旧約聖書になぞらえて名前を付けるなら、『方舟計画』とでも呼ぶのがふさわしいだろうな」

最低でも二十年は掛かる——桐島先生は真剣な口調でそう言ってから、方舟計画の全貌を明かしてくれた。それは、遠大で、無謀で、残酷な計画だった。世界そのものをひっくり返そうとする、非現実的な変革だ。

僕は「……信じられません」と呟いた。

「だが、方舟計画の存在を規定することで、毒性が低いとされているJ型肝炎ウイルスが使われた理由が説明できる。……できれば私の妄想であってほしいとは思うがな。あまりに悲しすぎる計画だ」

「そう、ですね……でも、その計画が存在している可能性はあるんですよね。それなら、早急に対処すべきなんじゃないですか」

「放置はできないが、焦る必要はない。おそらくその計画は頓挫(とんざ)している。血液の分析結果がそれを如実に語っている」

「そうなんですか？」

「当然だろう。もし計画が続いていれば、おそらく全員から同じウイルスが検出されていたはずだ」

　と言われても、とっさに状況を把握できないので、何が「当然」なのかさっぱり分からない。僕は質問をあと回しにして、ひとまず話を進めることにした。

「とにかく、幕を引く方法はあるんですよね」

「うむ。本来なら容疑者を全員集めて説明するべきだが、内容が内容だけに、関係のない人間に計画の存在を知られたくはない。吸血鬼の協力者である蓋然性が最も高い人物だけを呼び出すことにしよう」

「協力者、というのは……」

「端的に言えば、君にマウスを投げつけた人物だ。その人物は方舟計画に関わっており、しかもその発覚を恐れていた。だからこそ、首筋に穴が開いたマウスを使って、吸血鬼の存在を印象付けようとしたのだろう」

　僕は唾を飲み込んだ。先生の頭の中には、その人物の名前がすでに浮かんでいる。

「それで、具体的にはどう対処すればいいんでしょう。警察に通報するんですか」

「いや、不要な刺激を与えたくはないから、まずは第三者を交えずに話し合いを行いたいと思う。とはいえ、君や征十郎が問い詰めても、相手が罪を認めることはないだろうな。科学を盾に、素人をけむに巻こうとするに違いない。ここは、私が直接出向くしかない」

「出向くって……」僕はラボを見回した。「ここから出ても大丈夫なんですか」

「いや、直接向き合うことはできない。間接的に話をすることになる。これを利用すれば、なんとかなるだろう」

そう言って、先生はノートパソコンを指差す。ネットを介したテレビ会議システムのことを言っているのだろう。

「いえ、そういう意味じゃなくて……。もっと根本的な問題があると思うのですが」

「それは――」先生は自分の顔を指差した。「この風貌のことかね」

「そ、そうですそうです。だって、先生は今、ただの可愛い女の子なんですよ。説得しようにも、話を聞いてもらえないことには……」

「可愛い……?」桐島先生がぎろりと僕を睨みつける。「大事な話の途中だ。妙な世辞で茶々を入れるのは止めてもらいたい」

「客観的な評価だと思いますけど……」

「くどいな君も」桐島先生はハエを払うように顔の前で手を振った。「顔の話はどうでもいい。年齢の問題については、無論、考えがある。いざという時のために準備してあった『アレ』が役に立つ」

先生は髪をいじりながら自分の私室に引き上げると、薄っぺらい箱を片手に戻ってきた。

僕は手渡された箱を開け、「えっ」と目を見張った。

「なかなかよくできているだろう？　これをうまく使えば、『桐島統子』を甦らせることができる」

5　四月二十六日（木曜日）①

協力者との会談は、昼休みの時間帯を使って行われることになった。

会うのはなるべくひと気がない場所で、ということで、大学病院の一階にある小会議室を選んだ。普段ほとんど使われていない部屋だそうだ。患者のサンプル解析を行っている縁で病院関係者に顔が利くので、すんなり使わせてもらえることになった。

部屋に入り、持参したノートパソコンと、病院の事務室で借りてきたプロジェクターをテーブルに並べる。スクリーンはないが、おあつらえ向きに壁の色は真っ白。凹凸も少ないし、これなら十分使える。

スイッチを入れると、ぶうんとファンが回り、プロジェクターのレンズから光が放たれた。壁に、三十インチほどの大きさの、青い四角形が浮き上がる。まるで異世界への窓だ。

マウスを操作して、パソコンの画面を即席のスクリーンに表示させてみる。精密すぎず、荒すぎず。これくらいがちょうどいいだろう。

専用のソフトを起動し、通信機能を使って地下のラボとコンタクトを取る。問題なく接続が完了し、殺風景な部屋の様子が画面に映る。隅の方に見えている金属の棒は、ベッドのフレームだろう。もう少し、カメラを右に向けた方がよかったかもしれない。

とにかく、準備はこれでOKだ。あとは、あの人の到着を待つだけだ。

と、そこでドアがノックされる。きゅっと軽い音を立ててドアが開き、黒須さんがにょきっと顔を覗かせた。

「わお、準備はバッチリですな。我ながら素晴らしいタイミングでした。……連れて来ましたよ」

黒須さんが身を引き、協力者に先に部屋に入るように促す。

「わざわざありがとうございます」

僕が立ち上がってお礼を述べると、協力者は小さく頷いて、すんなり椅子に腰を下ろした。警戒している様子はない。

「さ、役者が揃ったところで、ボクは席を外しますよ」

「え、同席しないんですか」

「ボクは茶々を入れずにはおれない人間です。ふざけていたら、あの方に大目玉を喰らってしまいます。他の人間が入れないように、廊下で番をしてますので、用があれば声を掛けてくださいませ。では」

黒須さんはいつもの軽妙な語り口で言って、丁寧すぎるほど丁寧にドアを閉めた。言葉にはしなかったが、外から邪魔が入るのを防ぐのと同時に、協力者が逃げ出そうとした時の対処を念頭に置いているのだろう。

閉まったドアを見つめていた協力者が、不思議そうに首をかしげた。

「芝村くん。どうしてこんなところにプロジェクターがあるの？　それに、あの方っていうのは……。これから、何が始まるのかな」

「今回の吸血鬼事件について、僕たちの考えをお伝えしようと思いまして。実は、事件に関して、ある方に協力をお願いしていました。その関係で、今日は特別にお話ししていただくことになりました。たぶん、よくご存じの方だと思いますよ」

僕はＰＣに接続したマイクのスイッチを入れた。

「――先生。よろしくお願いします」

「……分かった」

低い声が返ってくる。あの頃の声だ。こんな場面だというのに、僕は懐かしさを覚えてしまう。

数秒の間を置いて、壁に作られたスクリーンに人影がフレーム・インした。隣で協力者が息を呑む気配が伝わってくる。表情をうかがう必要もなかった。間違いなく、自分が見ている光景を信じられずにいるはずだ。

スクリーンの中では、桐島先生が以前と――若返りの病を発症する前と――同じ顔で、こちらを見つめていた。寝癖がついた銀色の蓬髪も復活している。

「僕の方からわざわざ紹介するまでもないでしょう。日本人女性初のノーベル賞受賞者、桐島統子先生です」

会議室に静けさが訪れた。唖然としている、という表現が正しいだろうか。意外すぎる人物の登場に、彼女は戸惑いをあらわにしながら、画面を食い入るように見つめている。

まるで室内が水銀で満たされたような、重量感のある静寂。それを破ったのは桐島先生だった。

「初めまして。桐島です」

「……どういう、ことなの」

協力者が、絞り出すように掠れた声で呻いた。

「声はこちらにも聞こえている」

スクリーンの中で桐島先生が頷いた。テレビにしょっちゅう出ていた当時と同じように、よく響く、老人にしては張りのある声で喋っている。

「私は病気療養中の身だ。命に別状はないが、公の場に出られるほどは回復していない。だが、どうしても君と直接話をしてみたくてね。そちらには行けないが、私はきちんと事件のことを把握している」

「ごめんなさい、全然状況が飲み込めなくて……」

協力者は額に指先を当てて、小刻みに首を横に振った。壁に映った彼女の丸っこいシルエットが左右に揺れる。

「芝村くん。君はどうやって、桐島先生と知り合ったの」

「先生との面識はないんです。僕は医学部の清掃のアルバイトをしていまして、その縁で飯倉の主治医の方と知り合いになったんです。今日はその人の代理で、セッティングの手伝いに来ました」

　僕は準備しておいた嘘の説明をした。怪訝な顔をしていたが、彼女はそれ以上質問を重ねようとはしなかった。

「――色々と大変だっただろう」

　桐島先生に呼び掛けられ、協力者は慌てて視線をスクリーンに戻した。

「研究室の今後はどうなるのかね」

「高本先生の復帰を待つのか、後任の方を呼ぶのか……現在、理学部の方で検討しているようです。ただ、ウチは小さな研究室ですし、トラブルの内容が内容ですから、潰されてしまうかもしれません」

「無難な対応ではあるが、もったいない話だな」

「お気遣いありがとうございます」スクリーンに向かって頭を下げてから、彼女はちらりと僕を見た。「……あの、そのことを訊くためだけに、わざわざ連絡してくださったんでしょうか」

「いや、そうではない。……そろそろ本題に入ろうか」

　戸惑いと穏やかさが混じり合った空気が一掃され、ぴんと張り詰めた気配が会議室に舞い降りる。

「私は現在、希少疾患の治療法を研究している。その関連で、東京科学大学の医学部から、患者の生体試料を供給してもらっている」

桐島先生は自分の研究を端緒に話を始めた。

「また、研究の一環として、病因が分からない患者の試料解析も行っている。先日、原因不明の高熱を発した患者の血液が私のところに持ち込まれた。飯倉くんのものだ。解析の結果、彼がJ型肝炎ウイルスに感染していることが明らかになった。非常に珍しいウイルスだ。しかも、ウイルスの遺伝子には、人工的に改変が加えられていた。そこで、ウイルスの出所を調べてみたところ、二〇一〇年に、衛生疫学研究室がJ型肝炎ウイルスを輸入していることが明らかになった。現時点における、国内唯一の申請だ。実験に使っていた記憶はあるかね？」

「いえ、私は知りません」

「一応、研究室の他の皆さんにも伺っています。そのようなウイルスは見たことも聞いたこともない、ということでした」と僕は補足した。

「もう一点、明らかになっていることがある。昨年まで衛生疫学研究室に在籍していた真壁くんの血液からも、同じウイルスが検出されている。すなわち、二人を亡き者にすべく、何者かが彼らにJ型肝炎ウイルスを感染させた、と考えることができる状況だ」

「……信じられません、そんなお話」と彼女は眉根を寄せる。

「だが、感染は厳然たる事実だ。我々は飯倉くんがどこでウイルスに感染したのかを調べることにした。覚えていると思うが、四月十日の昼間、彼は君のところで採血を行っている。

その血液を調べてみたが、ＰＣＲで増幅を掛けてもウイルスは検出されなかった。だが、翌々日に彼は体調を崩している。その間のどこかで感染したことは間違いない。そこで、当日の夜に行われた飲み会に問題がありそうだ、と我々は当たりをつけた。ところが飯倉くんは、自分がいつ感染したのか把握していなかった。記憶の外での感染——すなわち、『飲み会で泥酔し、意識が朦朧としている状態でウイルスを注射された』と推測されるわけだ。彼の首筋に、注射痕と思しき痣があったことも傍証になる。では、犯人は誰なのか」

「……飲み会の参加者の中に、犯人がいると？」

「そう考えている。あの日、被害者である飯倉くんは高本くんの気まぐれで呼び出され、遅れて顔を出した」

　言葉を切り、桐島先生は口元のしわを指先で撫でた。

「玄関の監視カメラの映像を調べてみたところ、飲み会が始まってから翌朝まで、出入りをした者はいなかった。よって、参加者は注射器を屋内に持ち込むことができなかった。唯一、事前に準備が可能だった高本くんを除いては」

「……つまり、高本先生が犯人だったということですか」

「果たしてそうだろうか。彼が犯人なら、我々の要求に応じて監視カメラの映像を提供するだろうか。自分が明らかに怪しまれる状況で犯行に及ぶだろうか。首筋という、目立つ場所に針を刺すだろうか」

「あるかもしれない、としか答えようがないと思いますが」

「ふむ。確かに、ミスは起こりうる。何かを企む者は、可能な限り慎重に行動するだろうが、常に完璧な振舞いをするとは限らないからな。だが、私は蓋然性の議論をしたいと考えている。よって、私は犯人を推理する過程において、次のルールを採用したい。すなわち、『誰もが理性的であり、自らに最も有利になるように行動した』のだと」

協力者はふくよかな頬に指を当てて思案顔を作る。

「つまり、高本先生の行動は自らを不利にしている。ゆえに彼は犯人ではない、そういうことですか」

「ああ。私はそう考えたい」

「構いませんよ。桐島先生のお話がどこに向かうのか、とても興味があります」

僕はその瞬間、協力者――長瀬香穂里さんの放つ気配が一変したことを感じ取った。

スイッチが入った――。

表情こそ柔和なままだが、穏やかだった雰囲気が、重要な試合に臨むスポーツ選手のそれに似たものになっている。……いや、そんな生ぬるいものではない。あるいはそれは、殺気と呼ぶべきものなのかもしれない。桐島先生と長瀬さんの間で、一瞬、火花が散ったような気さえした。

「では、改めて考えてみよう。飯倉くんは、どのようにしてJ型肝炎ウイルスに感染したのか。高本くんの自宅で感染した――その推理自体が誤っているのか。だが、飲み会以降は意識は清明だった。他にそのような機会があったとは思えない。ならば、最初の仮定が間違っている、すなわち、感染に用いられたのは注射器などではなかったのだ――私はそう考えた。その推理を証明するために、衛生疫学研究室に所属する四名の血液を分析した結果、斎藤くんからJ型肝炎ウイルスが検出された。これが何を意味しているのか。君なら分かるんじゃないかね」

「……いえ、私には思いつきませんが」

「実は、この推理を証明する、決定的な証言がある。目を覚ました飯倉くんから、ようやく事情を聞くことができた。そこで、彼は例の『痣は吸血鬼の仕業である』という発言の真意を明かしてくれた。……あれは、斎藤くんに付けられたものだったそうだ」

先生が僕に視線を送ってくる。君から説明しなさい、というサインである。僕は頷いて、長瀬さんの注意を引くように立ち上がった。

「病室に行って、飯倉から話を聞きました。首筋の痣は、注射器でやられたものではありませんでした。口で吸われた内出血の痕……いわゆるキスマークだったんですよ」

事実を明かしても、長瀬さんは表情を変えなかった。おそらく、最初からそうだと当たりをつけていたのだろう。

「あの飲み会の日、それぞれが与えられた部屋に引き上げたあと、斎藤くんが飯倉くんのところにやってきたそうだ。……そして、飯倉くんは肝炎ウイルスに感染した。斎藤くんから移されたんだよ。性行為によって」

肝炎ウイルスの感染経路は三通り。血液を介した感染、性交渉に伴う感染、そして母子感染――血液に直接ウイルスを射ち込んだのでなければ、残された答えは明らかだ。斎藤さんの肉体そのものが、感染源になっていたのだ。

「ということは、莉乃ちゃんが犯人だったんですね」

「さて、本当にそれでいいのか。私はその答えに強い違和感を覚える。元来、J型肝炎ウイルスは低毒性とされているが、体に入れるのには抵抗があるだろう。それに、わざわざ性交渉に及ぶまでもなく、もっと簡単に感染させられたはずだ。なぜなら、彼女が採血を担当していたのだからな」

「……なるほど。先ほどのルール、つまり、莉乃ちゃんが優秀なプレイヤーだという前提に基づけば、『当日の昼間に採血した際にウイルスを投与した』はずですね。しかし、飯倉くんが研究室にふらりとやってきたことは、彼女にとって想定外の出来事だったんじゃないでしょうか」

「偶然ではあっただろうが、理由を付けてウイルス付きの注射器を用意できないほどではないはずだ」

「はい、そうでした」と僕は同意する。「斎藤さんは自分で注射器を準備していました。その気になれば細工をする余地はあったと思います。ウイルス入りの液体を針に塗るか、あるいは自分の指をこっそり刺すだけでいいわけですから」

「だが、斎藤くんは何もしなかった。しかも、彼女は飯倉くんの入学以前にウイルスに感染している。自分の体を使うにしても、彼が東科大に合格する前から自らに感染させる理由はない」

「では、どういうことになるのでしょうか」

答えを知っているはずなのに、長瀬さんは平然とした顔で質問を繰り出した。

先生は臆することなく、毅然と答える。

「私はこう推理する。斎藤くんは、自分がウイルスに感染していることを知らなかったのだ、と。つまり、そうとは意図せずに、飯倉くんにウイルスを移してしまったんだ。そうなると、今度は別の疑問が出てくる。斎藤くんはいつ、どこでウイルスに感染したのか。ここで、先に言ったことを思い出してもらいたい。真壁くんもまた、J型肝炎ウイルスに感染していた。しかも、採血の時期から彼が三人の中で最も早期に感染していることも分かっている。そして、彼が感染したあとで、斎藤くんは真壁くんと交際していた。つまり、彼女は真壁くんから性行為によってウイルスを移されたものと推測される。これが、ウイルスの感染経路だ」

そこで、長瀬さんはわずかにテーブルに身を乗り出した。

「経路とおっしゃいましたが、では真壁さんは、どのようにして感染したのですか？　スタート時点が曖昧なままだと思いますが」

桐島先生は長瀬さんを諌めるように、鷹揚に頷いた。

「――私は、今回のウイルスの正体が判明した時点から不思議に思っていた。確かに、ウイルスの知名度が低ければ、病院で原因を特定される恐れは低くなる。自然死に見せかけることも可能かもしれない。だが、人の命を絶つために使う手段として、J型肝炎ウイルスはあまりに毒性が低すぎる。遺伝子を改変する手間を掛けねばならないんだ。しかも、わざわざ海外から入手しなければならず、もしウイルスが特定されてしまえば、たちまち容疑者が絞り込まれてしまう。利益と不利益の釣り合いが取れているとは言いがたい。そこで、真壁くんの感染について、私は別の解答を採用することにした」

「……どのような解答でしょうか」

「最初から、犯人はいなかったと考えればいい。すなわち、真壁くんは、自らJ型肝炎ウイルスに感染したのだ」

桐島先生は短い沈黙を挟んで、厳格な老女王のような威厳を持って宣言した。

「吸血鬼の正体は、真壁くんだ」

6 四月二十六日（木曜日）②

真壁さんが吸血鬼である――その可能性について聞かされた時、僕は激しい衝撃を受けた。全く予想もしていなかったところから飛んできた矢に射貫かれたような、唐突で強烈な一撃だった。

だが、僕の目の前にいる長瀬さんからは、動揺した気配は一切伝わってこない。話の流れから想像が付いていたのだろうが、その精神力には尊敬の念を禁じ得ない。

長瀬さんはふっと息をついて、「その結論は、先ほどの先生のお話と矛盾しているような気がするのですが」と反対意見を持ち出した。

「ほう、どのくだりかね」

「莉乃ちゃんが犯人かどうかという推理のところです。低毒性のウイルスであっても、体内に入れるには抵抗がある、とおっしゃいましたよね。真壁さんが何を考えていたにしても、わざわざ自分で感染する理由はないと思いますが」

「……私も最初はそう考えた。どうして彼はそんな愚行に及んだのか。ここからは圧倒的な推理の飛躍が必要になる。足場を固めるために、いったん真壁くんの行為の真意についての考察は中断したいと思う」

「……ご自由に」

「次に、真壁くんに協力していた人物について考えてみよう。芝村くん、状況説明を」

はい、と再び立ち上がり、僕は謎の人物にマウスを投げつけられたエピソードを披露した。長瀬さんは黙って僕の話を聞いている。

「さて、協力者は誰だったのか。この夜については、高本くんにはアリバイがある。よって、容疑者は三人。このうち、斎藤くんが最初に除外される」

「それは、莉乃ちゃんが自分の感染に気づいていなかったからですか」

「そうだ。彼女が協力者なら、当然感染の事実を知っていただろう」

そこで先生は、テーブルの上のミネラルウォーターに口を付けた。喉を潤し、再び説明に戻る。

「東條くんもまた、候補から除外すべきだ。彼は斎藤くんに強い好意を抱いていた。彼が協力者で、真壁くんに意見できる立場にあったなら、斎藤くんとの交際には強く反対したはずだ。だが、事実はそうなっていない。よって、東條くんが協力者であったとは考えにくい状況と言える」

長瀬さんはふっとため息をついた。

「残ったのは私だけ、ということですか。……ですが、消去法で犯人を決めるのは、乱暴すぎると思いますが。部外者だったという可能性だってあります」

長瀬さんの反論に、桐島先生は「裁判をしているわけではない」と冷静に応じる。

「私が設定したルールに則った結論を出しただけだ。推理の真偽はともかく、私の話を最後まで聞いてもらおうか」

「ええ、喜んで」

長瀬さんはこの局面でも、笑顔を浮かべる余裕を保っている。真壁さんの名誉を守ろうと行動し続けていた彼女。誰かを想う人間は、ここまで強くなれるものなのか。

「では、『真壁くんはなぜ自らウイルスに感染したのか』という問題について、改めて考察してみたい。そのヒントとなるのはこの事件だろう」

桐島先生が手元にあった紙を画面にかざす。真壁さんの家族を襲った、心中事件の発生を告げる新聞記事のコピーだ。

「真壁くんは、介護による心労が原因で母親と祖父母を失っている。老人が彼の人生に取り返しのつかない傷を付けた。……彼はかつて飲み会の席で、『日本の将来のために人口比を改善するなら、老人を減らす方が効率がいい』と主張したそうだ。無論、その時点では理屈を述べていただけなのだろうが、家族の死をきっかけに、その考えがいびつな形で表に出てきたとしたらどうだろうか。彼は、復讐のための変革を決意したのではないか。私はそう仮定した」

続いて、桐島先生は数枚の紙を画面に映し出した。

「これは真壁くんが出した論文だ。一通り目を通してみたが、彼が優秀な研究者だったことがよく分かった。ただし、やや理屈に走りすぎていて、ひとりよがりになってしまっている面も見受けられる。独善的な傾向が彼の行動の根底にあった——私はそう感じた」

桐島先生の眉間には、さっきからずっと深いしわが刻まれたままだった。

「真壁くんは殺人鬼ではなく、あくまで革命家になろうとしていた。例えば、空気感染をする強毒性のウイルスを世に解き放てば、免疫力の低い老人に多くの犠牲が出る。だが、それは諸刃の剣だ。同じように免疫力の低い、子供たちにも甚大な被害が出てしまう。それでは、人口比率を改善したことにならない。だから、真壁くんは老人だけを狙うウイルスを作ろうとしたのだ。Ｊ型肝炎ウイルスを使うことを決め、高本くんの名前を使ってそれを入手した」

長瀬さんは沈黙を貫いたまま、ただまっすぐにスクリーンに目を向けている。

「いかにして、老人を選別するか。彼が考えたのは、免疫を利用することだった。若者にはていたわけだ」

抗体があり、老人には抗体がない、という状態になれば、ウイルス感染に選択性が生まれることになる。ちょうど、二〇〇九年の新型インフルエンザの流行と逆のことを起こそうとしていたわけだ」

抗体——。僕は先生に聞いた説明を思い出す。

免疫には、一度感染したウイルスを「記憶」する機能がある。侵入してきた異物を認識する細胞を保持することで、何年後かに同じウイルスがやってきた時に、すぐに抗体を産生することができる。

子供に受けさせる予防接種も、この原理を利用している——先生はそう教えてくれた。不活性化したウイルスをワクチンとして接種することで、はしかやおたふくかぜに対する抗体を作ることができる。そうしておけば病気に罹らずに済むからだ。

抗体は、ヒトを災厄から救う守護神のような存在だ。真壁さんはそれを逆手に取って、守られていない人間を駆逐しようとしていた。

先生は、貫禄を感じさせる落ち着いた口調で、さらに真相に切り込んでいく。

「では、いかにして若者に抗体を持たせるか。まさか、一人ひとりにワクチンを投与していくわけにはいかない。そこでJ型肝炎ウイルスが出てくるわけだ。このウイルスの特性は二つ。感染者数が極めて少ないため、抗体を持つ人間がいないこと。そして、毒性が低いことだ。密かに感染を広げるためには、明確な症状が出ないことが望ましい。それらに加えて、さらに重要な条件がある。——それは、性感染症であることだ。性行為で感染していくことで、等比級数的に感染者数を増やすことができる。老人より、若者の方が性交渉をする頻度が高いため、必然的に感染する世代が絞られる。しかも、肝炎ウイルスは、母親が感染者である場合、出産の過程で、ほぼ一〇〇%子供に感染する。持続感染状態のキャリアになる可能性もあるが、無事に抗体が産生されれば、子供たちも災厄を免れることになる」

そこで、先生は手書きのメモをカメラにかざした。

「大雑把で非現実的な計算だが、最初に五十人の感染者がいて、一人が年に一度、別の誰かに感染させるとすれば、一年で感染者は倍の百人になる。これが二十年続くと、感染者数は五千万人になる。日本の人口のおよそ半分だ。あとは、頃合を見計らって、空気感染する強毒性のウイルスをばらまくだけだ。そのウイルスにJ型肝炎ウイルスと同じ抗原を持たせておけば、抗体を持っている人間は感染を免れる。一年か二年、地獄のごとき光景が日本に広がるだろうが、そのあとには、選ばれし者のみが生き残った、新たな世界が待っている。まるで、ノアの方舟伝説だ」

真壁さんは、世界の様相を一変させる大洪水を引き起こそうとしていた。

その仮説を聞いた時、あまりのスケールの大きさに、僕は唖然としてしまった。とても、現実味があるとは思えなかった。だが、それは僕がまだ科学の本質を理解していないせいなのだろう。きっと、真壁さんには二十年後、三十年後の世界が見えていたのだ。

科学者こそが世界を創る責務を負うべきだ――学長が、入学式の訓示で語っていた言葉が思い浮かぶ。手段と内容の是非はともかく、真壁さんはまさに、その責務を果たそうとしていた。

「この計画を現実のものにするためには、実際にウイルスが他者に感染していくかどうかを調べる必要がある。……君は気づいていたかね？　斎藤くんが真壁くんに想いを寄せていたことを」

「……ええ、知っていました。彼女の普段の態度を見れば分かります」

「恋敵だから、かね」

ぽつりと呟いて、桐島先生は話の続きに戻る。

「真壁くんも気づいていたのだろうな。ゆえに、その好意を利用することを考えた。つまり、自らにウイルスを感染させた上で、斎藤くんと性交渉に及んだ。本当に性行為で感染するかを調べようとしたんだ。衛生疫学研究室では、実験に学生の血液を使うことがあったそうだね。すなわち、定期的に斎藤くんの血液を採取することで、感染の有無を確認することができる」

斎藤さんは、自分が実験台に使われたことを知ったら、どんな態度を見せるだろう。僕には想像するしかないが、彼女がひどく悲しむということくらいは分かる。飯倉や僕に真壁さんの幻影を重ねるほど、彼のことを想っていたのだから。

「感染を確認した彼は、あっさりと斎藤くんと別れ、再び研究に邁進し始める。この段階までは、真壁くんの計画は順調に進んでいた。ところが、状況は唐突に転回する。彼自身が高熱を発し、入院を余儀なくされるという、想定外の事態が発生したためだ。おそらく、遺伝子改変によって、本来は無毒なウイルスが毒性を獲得してしまったのだろう。……結果、彼は命を落とすことになってしまう。こうして、真壁くんが夢想した方舟計画は頓挫した」

　桐島先生は言葉を切って、長瀬さんの様子をうかがう。特にコメントを入れる様子がないことを確認し、説明を再開する。

「斎藤くん自身は、幸いなことに発症せずに済んだ。だが、彼女は感染力を保っていた。そして、性行為により飯倉くんが感染し、真壁くんと同じように、体調を崩して入院した。しかし、それでも君は慌てはしなかった。真壁くんの時は、原因を突き止められずに済んでいたから、放置しても問題ないと判断したのだろう。だが、あろうことか、ここにいる芝村くんが飯倉くんの病気の原因を調べ始めてしまった。しかも、彼は病院側と繋がりがあるらしい。君にとっては憂慮すべき事態だ。このまま調査が進めば、ウイルスの出所が明らかになるどころか、真壁くんの行為が表に出てしまう恐れすらある。なんとか、疑いの目をよそに向けなければならない。そこで君は、吸血鬼の噂を利用することを思いついた。芝村くんの前に奇妙(きみょう)な姿を晒し、謎の人物が事件に関わっているように見せかけた。スーツやタキシードではなくマントを羽織ることを選んだのは、準備の都合だろう。カーテンか何かを使ったのではないかと思うが、まあそんなことは些事(さじ)だな。ああ、それと体型の問題もあるな。辺りが暗いとはいえ、体の線を見れば、君だということがバレてしまう」

　あの日、僕が目撃した吸血鬼は長瀬さんだった。たぶん、自転車をパンクさせたのも彼女の仕業だろう。

「ところが、事態は君の想像とは全く違う方向に舵を切ることになる。斎藤くんに対する、東條くんの執着だ。嫉妬が募った結果、彼は吸血鬼に扮装して芝村くんに襲いかかるという愚を犯す。彼もまた、吸血鬼を隠れ蓑にして、芝村くんに警告を与えようとした。しかし、それは結果的には失敗に終わる。追い詰められた彼は、逆上した挙句、高本くんを刺してしまう。想定外の展開だが、君はこの機会を利用することを考えていたかもしれないな。すべての罪を東條くんに押し付けて、真相が曖昧なまま逃げ切ってしまおう、というようにな」

淀みなく喋りきって、桐島先生は息をついた。

「……以上が私の推理だ。何か、言いたいことはあるかね」

「ずいぶんと、想像力が豊かでいらっしゃいますね」

「科学者としては長所だと思っている」

空中で二人の視線が交錯する。どちらにも、怯んだ様子は一切ない。

長瀬さんは息をついて腰を浮かせた。

「私からは、特に申し上げることはありません。これで失礼します」

「帰る前に、もう少しだけ私の妄想に付き合ってもらおうか。いくつか質問をするから、自由に答えてみてくれないか」

「……ええ、構いませんが」

「君は方舟計画が公になるのを回避しようとしていた。だが、当初から関わっていたわけではないはずだ。君が協力していれば、真壁くんがわざわざ斎藤くんと交際する必要はない。

となると、君が加わったのは昨年の八月以降ということになる。真壁くんは、どの段階で計画への協力を要請したのかね」

「……真壁さんと私の関係は、先輩と後輩という枠を越えるものではありませんでした。どんな内容であれ、真壁さんが個人的な秘密を私に明かすことはなかったでしょう」

長瀬さんの目はスクリーンに向けられていたが、その眼差しはどこか遠くを——記憶の中にある風景を——見ているようだった。

「……ただ、私は彼を愛していました。心の底から力になりたいと思っていました」

「だから、真壁くんがJ型肝炎ウイルスを扱っていることを察知し、自分から計画に参加することを申し出た。そういうことかね」

「解釈はご自由になさっていただいて結構です。あくまで、仮の話ですから」

「そうさせてもらおう。では、次の質問だ」

桐島先生は言葉を切り、長瀬さんの瞳を睨むようにじっと見つめた。

「君は今後、方舟計画をどうするつもりなのかね」

「……そうですね。もし私がそのような計画に携わっていたとしても、継続を選択することはなかったでしょう。続けるためにはウイルスの改良が必須ですが、私の技術は真壁さんよりかなり劣っています。やりたくてもできなかったと思います。……逆にお伺いしますが、方舟計画が未だに続いていたら、先生はどう対応されますか」

「答えは簡単だ。いち科学者として、全力で阻止する」

桐島先生の双眸に鋭い光が宿る。

「原爆、毒ガス、化学兵器——科学の使い道を誤った世紀はすでに終わった。我々は、もっと賢くならねばならない。だからこそ、私は今回の事件に関わることを選んだ。啓蒙は老人の仕事だ」

長瀬さんは頷いて、自分の胸に手を当てた。

「……安心しました。そんな計画があるかどうか私には分かりませんが、J型肝炎ウイルス感染者への対応はお任せします」

「いいだろう。斎藤くんや飯倉くんにはうまく説明しておこう。では、これが最後の質問だ」

「なんでしょうか」

「斎藤くんにウイルス感染の事実を告げるつもりはなかったのかね。症状が出ていなかったとはいえ、発症する可能性はあったはずだが」

「……仮に私が知っていたとしても、告げなかったでしょうね」

長瀬さんはうつむきがちにそう答えた。

「J型肝炎ウイルスの存在を隠すことを優先するということか」

「……それは、優先順位で言えば二番目ですね」長瀬さんは口元を歪めて、中途半端な笑顔を作った。「莉乃ちゃんが、非常に危険なウイルスに感染していた。私はその事実を理解している、優秀なプレイヤーである——そういう仮定でのお話ですよね」

「ああ、そうだ」

「それなら、答えは明白です。死ねばいいと思っている相手を救うはずはありません」

桐島先生の瞳の奥で、青い炎に似た感情が揺れ動いた気配があった。だが、長瀬さんはそれに気づくことなく、一人で喋り続けている。

「人口比の改善なんて、私にはどうでもいいことでした。真壁さんの近くにいたい。それだけが私の願いだったんです。……でも、結局、彼が私を女性として見てくれたことは一度もありませんでした。私がウイルスに感染していないのが、何よりの証拠です」

桐島先生はゆっくりと、頭痛をこらえているような表情で首を横に振った。

「だが、こうも解釈できる。――君を感染の実験台にしなかったのは、君のことを大切に思っていたからだ、と」

長瀬さんは虚を衝かれたように目を見開いた。

口を閉ざして、ぎゅっと目をつむり、そして彼女は小さくため息をついた。

「私はいつでも実験台になる覚悟でいました。……彼が望めば、どんなことでもやったと思います。大切にされるより、むしろ汚されたかったんです。……失礼します」

桐島先生はそれ以上言葉を発することなく、会議室を出て行く長瀬さんをじっと見送っていた。

そして、会議室に静寂が戻ってきた。二人のやり取りに圧倒されていた僕は、思い出したように深呼吸をした。

「終わったな」

「い、いいんですか？　長瀬さんを行かせてしまっても」

「いいも悪いも、他にやりようはない」

「警察に連絡して逮捕してもらうとか……」

「それは無理だ。現時点ですべてを明確にできるほどの物証はないのだから、向こうは絶対に罪を認めない。彼女との会談がこういう形になると分かっていたから、私は最初にルールを設定したんだ。蓋然性を持ち出して強引に推理を正当化し、計画の全容を披露することで、こちらの立場を明確にしたわけだ。推理を伝え終わった時点で決着している。彼女も科学者の一人だ。これ以上事態を掻き回すような真似はしないはずだ。ただし、今後は監視の目を付けさせてもらう」

「はあ……先生がそうおっしゃるなら」

「久しぶりに議論をしたせいで、いささか疲れてしまったな。実験の再開は夕方からだ。それまでは君も休むといい」

休み時間、短くないですか——僕がそう言う前に、先生は通信を終わらせてしまった。

僕は疲れの混じったため息をこぼして、プロジェクターのスイッチを切った。

部屋が薄暗くなった瞬間、会議室に一条の光が差し込んでいることに気づいた。

僕は窓に近寄り、ブラインドを持ち上げた。

いつの間にか、長く降り続いた雨は止んでいて、窓枠に切り取られた空間のはるか遠く、眩しい青空の彼方に、大きな虹が出ていた。

エピローグ

それからのことを、僕はちゃんと把握していない。いくつかの事実を、黒須さんを経由して聞いただけだ。

方舟計画が本当に存在していたのか。今のところ、結論は出ていないようだ。否定もされていないし、公にもなっていない。もちろん、ウイルス感染のことで警察が何かを調べに来ることもなかった。

結局、衛生疫学研究室は理学部から消失することになった。それもしようのないことだろう。スタッフも学生もいなくなってしまったのだ。

高本先生は傷害事件の責任を取り、准教授の職を辞した。再就職せず、親の財産を食い潰す覚悟だったようだが、桐島先生の口利きで富士中研で臨時職員として勤務することになったそうだ。高本先生は「せっかく遊んで暮らせると思ったのにな」と笑っていたが、たぶん、研究の現場に戻れるのが嬉しいのだろう。退院と同時に洋館を他人に売り渡し、さっさと引っ越していってしまった。

長瀬さんは博士課程を中退し、大学を去ることになった。研究そのものを止めるわけではなく、かつて高本先生が助教をしていた関西の私大の研究室に移り、そこで助手として働きながら、博士の資格を取る予定らしい。

東條さんは、傷害事件を起こしたため退学処分となった。こればっかりはどうしようもない。これから公判が行われるだろうが、被害者である高本先生は、なるべく軽い罪で済むことを望んでいるそうだ。

それから、斎藤さんもまた、大学を辞めてしまった。やはり目の前で人が刺されるシーンを目撃したショックは大きかったようだ。幸い、地元の科学系企業に親類がいるらしく、そこで働くことになるでしょうね、と黒須さんは言っていた。

それともう一つ、僕の周囲で大きな変化があった。

飯倉がいなくなってしまったのだ。

彼は五月上旬に無事に退院したあと、正式に大学を休学した挙句、斎藤さんを追い掛けるように北海道に行ってしまった。飯倉からのメールには、来年向こうの大学を受け直すつもりだと書いてあった。

要するに、これは純愛なのだ。僕が病室を訪れたあの日、飯倉は恥ずかしそうに、露骨にならない程度に、そしてどこか誇らしげに、斎藤さんとの熱い一夜を語ってくれた。斎藤さんにとっては真壁さんの代わりだったのかもしれないが、飯倉にとっては唯一無二の存在になっていたのだろう。

飯倉の思いが斎藤さんに届くかどうかは分からない。それでも、二人の未来が明るいものであることを祈りたいと思う。

こうして、入学早々、僕が関わることになった吸血鬼事件は終結した。

五月下旬のとある月曜日。教授が食中毒になったとかいう理由で、唐突に五時限目が休講になった。

ぽっかりと時間が空いたので、ふと思いついて、僕はスポーツエリアに足を向けた。

腰の後ろで手を組んで、理工通りをのんびりと歩く。

金魚のような形の雲が、広い空を悠然と泳いでいるのが見える。今日もよく晴れている。ここのところ、ずっと晴天続きだ。もう、上半期の雨は降り尽くしてしまったのかもしれない。今年の梅雨(つゆ)は空梅雨になるのではないだろうか。

野球場のフェンスに沿って歩いていくと、蔵を大きくしたような、和風の建物が姿を見せる。正面の出入り口の上に、毛筆で「武道館」と書かれた看板が出ている。

出入り口に続く階段を上がって、そっと中を覗くと、ちょうど剣道の試合をしているところだった。奇声を上げて竹刀(しない)を振りかぶり、床を激しく踏みつけて、相手に体ごとぶつかっていく。かなりの迫力だ。とても気軽に入って行ける雰囲気ではない。

引き返すか、とその場を離れかけた時、「あれ、拓也」と声を掛けられた。振り返ると、そこに久馬の姿があった。今日は長袖のTシャツにジーンズという、普段通りの格好をしていた。手にしたスポーツバッグに、例の座禅着が入っているのだろう。

「どうしたんだよ、こんなところで」

「ちょっと冷やかしに来たんだ」

「そっか。ウチは見学ならいつでもウエルカムだ。といっても、座ってるところを見るだけじゃ退屈だろうけど」

「それもそうだね」

僕はコンクリート製の階段に腰を下ろした。久馬は黙って僕の左隣に腰掛ける。視線を右手に向けると、サークル棟の建屋の隙間から、眩しい西日が差していた。

「今日は、師匠は一緒じゃないの」

「合コンに呼ばれたから、家に帰って身だしなみを整えるんだとさ」

「またタキシード?」

「いや、さすがに止めた。でも、『ちゃらちゃらした格好はいかん』って主張してたから、今度はスーツか礼服だろうな。今頃、鏡の前でポーズを取ったりしてるんじゃないかな」

その姿を想像して、僕は思わず吹き出してしまった。

「あー、なんとなく、ダメな未来が見えた」

「坊主頭のくせに、何を整えてるんだろうな」久馬はやれやれと首を振って、「太い眉をなんとかするのが先だ」と、自分の眉をなぞってみせた。

「でも、スーツで出れば飲み会では目立つだろうし、好意を持ってくれる人がいるかもしれないよ」

「はは、そりゃ、ずいぶんと分の悪い賭けだ」

僕は階段に落ちていた小石を拾って、思いっきり遠くに投げた。

「……なんていうかさ、最近思うんだ。両想いって、奇跡だよね、実際のところ」

「なんだそりゃ。いつからそんな乙女(おとめ)チックな考え方になったんだ」

「なんか、世の中には片思いが多いなあ、と思ってさ」

「人間関係をあれこれ調べてたもんな、お前」

「まあね」

僕は吸血鬼事件の真相を、久馬に伝えていない。それでも、何かを察しているのか、久馬があれこれ質問をぶつけてくるようなことはなかった。

「医学部でのバイトは、ずっと続けるつもりなのか」

「さあ……どうかな。でも、必要とされるうちは、辞めたりしないと思うよ」

自分で言って、それがあまりに消極的な考え方であることにハッとする。そうじゃない。流されるだけの日々が、悲劇的な結末しかもたらさないことを、今の僕は知っている。あの事件を経験した僕だからこそ、できることがあるはずだ。

唐突に形成された、いささか無鉄砲(むてっぽう)な決意。僕はそれを、早く彼女に——桐島先生に伝えたいと思った。

「ごめん、前言撤回。まだまだバイトは続けるよ。だから、座禅サークルには入れないと思う」

はっきり自分の意志を伝えて、僕は立ち上がった。

「もう帰るのか。どうせなら、試しにやってけよ。新しい発見があるかもしれない」

「いや、今日はいいよ。早めにバイトに行くよ」

「……そうか」久馬も立ち上がって、ジーンズに付いた砂を払う。「冷やかしでいいから、暇な時があったら寄って行けよ」

「ああ。師匠によろしく。また会ってみたいよ。あの人、すごく面白い」

「言っておくよ。どうせなら、知り合いの女子を連れて来いよ。きっと師匠は、アホみたいに舞い上がる」

「そりゃ見ものだね。じゃ、深見さんを誘ってみようかな」

「いいなそれ。今世紀最大の狼狽に出会えること請け合いだ」

「緊張しすぎて大変なことになりそうだけど。——じゃ、またね」

僕は久馬に手を振って武道館を離れ、大学病院に向かって歩き出した。

地下の事務室には黒須さんがいた。彼は額に汗しながら、オリーブの鉢植えを丁寧に梱包（こんぽう）していた。

「あれ、何やってるんですか」

「ああどうも。いや、なんだかコイツが急に気になりましてね。こう、訴えかけてるような気がするんですよ。『日光を浴びさせてくれーっ！』ってね。なので、自宅に持って帰って、ちゃんと日の光に当てながら育てようと思いまして。ほら、最近天気がいいじゃないですか」

「そうですね。その方がいいと思います。たぶん、ここに置いておくよりは長生きするでしょうし」

「では、これは撤去させてもらいますね。どうですか、最近は。何か奇妙な事件に巻き込まれていませんか」

「いやあ、さすがに大丈夫です。……あ、そうだ。お借りしていたスタンガン、お返ししますよ。先日、斎藤さんが送ってきてくれました」

「お、これはどうも。またいつでも言ってください。大抵のものは揃える自信がありますよ。仕事柄、あちこちに知り合いがいますのでね」

「ええ、そうですよね。桐島先生のアレだって、黒須さんが準備したわけですし」

　黒須さんは口の端を上げた。

「うまくいってほっとしています。ほとんど予行演習をする時間がありませんでしたからね。騙されてくれてよかったですよ。ま、多少違和感があっても、それを指摘するようなことはしないと踏んでいましたがね。何といっても、相手はノーベル賞受賞者ですから」

「そうですね。登場の時点で驚きすぎて、それどころじゃなかったでしょうね」

「そりゃ、面食らいますよねえ。雲の上の存在だった人が、自分たちのやろうとしていたことをことごとく看破していくわけですから。それにしても、今回の事件での芝村さんの活躍ぶりは極めて素晴らしかったですね」

「いや、全然ですよ」

僕は謙遜ではなく、本気で黒須さんの言葉を否定した。

「勝手に事件に首を突っ込んで、話を聞いて回っただけですよ。しかも、大した情報は得られなかったですし」

「とんでもありません！　芝村さんが関与したからこそ、事件の関係者はあれこれと動き回ってくれたわけです。みんながじっとしていたら、長瀬氏が協力者であると推理できなかったでしょう」

「それは……結果論じゃないですか」

「結果論でいいじゃないですか。一歩間違えば、死人が出たかもしれないんです。今は、最悪の事態を避けられたことを喜びましょう。そして、自分の功績を誇りましょう。考えてみてください。何かのきっかけで、長瀬氏が方舟計画を再開させた可能性だってあるんですよ。もしかしたら、二十年後に致死率の高いウイルスが世の中にばらまかれたかもしれない。言ってみれば、芝村さんは世界を救ったヒーローというわけです」

舞台俳優顔負けの大げさな語り口に、僕は苦笑してしまった。

「それはさすがに言いすぎですよ」

「そうですかね。ま、自分の評価は自分にしかできませんからね。芝村さんが納得されているのなら、ボクがあれこれ口出しするようなことではありませんよね」

黒須さんは軽々と鉢植えを抱えて、「さて、ではボクはそろそろ帰ります」と立ち上がった。「芝村さん。これからも桐島先生のことをよろしく頼みますよ」

「ええ、できる限りのサポートはします」

「……これは、ここだけの話ですが」黒須さんが顔を近づけてきた。「大伯母殿は、中身はアレですが、外見はキュートな美少女です。そして、芝村さんは、健康すぎるくらい健康な若い男子なわけです。もし……もしですよ。万が一、芝村さんがどうしようもなくムラムラした場合は、ボクにご連絡ください。天井の監視カメラをなんとかしますので。あとは、ええ、お好きにどうぞ、ということで」

「いやいやいや、絶対にありえないですよ。恐れ多くて」

「別に唆（そその）かしているわけではありません。どうしても、という場合の対処法をお話ししただけです。ですがね、先生は好奇心の強いお方です。逆に、若い男子の肉体に非常な興味を覚えるかもしれません。『芝村くん。ちょっと、子作りを試してみないか』と言われるかもしれないでしょう」

「言わないですよ、そんなことは」

「またまた。搬入を担当してるんですし、芝村さんだって、先生がアレを使っていることをご存じでしょう？　妊娠能力までもが復活してるんですよ。ということはつまり……」

「や、止めましょう！」僕は強引にストップを掛けた。「変に先生のことを意識しちゃうじゃないですか」

「もう、意識してるんじゃないですか？　ほら、先生が結婚されていたと知って、狼狽してたじゃないですか」

「あ、あれは……」

言われて思い出した。吸血鬼事件の対応で忙しかったせいで忘れかけていたのに、またあの焦燥感(しょうそうかん)が胃の奥からせり上がってきてしまう。

「嫉妬は醜い。今回のことで、よく分かったでしょう。大らかな気持ちで、先生を受け入れてあげてください。では、ボクはここで。ご用があれば、いつでもご依頼ください」

黒須さんは無駄に爽やかな笑顔と共に、軽快な足取りで事務室を出て行った。

余計な話をしたせいで気が散ってしかたなかったが、それでも僕は実験室に向かった。生まれた決意を電話で伝えるのはさすがに味気ないし、覚悟の度合いを疑われかねない。直接会って、しっかり言わないと。

シャワーを浴び、白衣に着替えてラボに入ったところで、僕は足を止めた。

桐島先生の姿が見当たらない。時刻は午後五時半。いつもなら、バリバリ働いている時間だ。

トイレにでも行っているのだろうかと、手近な椅子に腰掛けて待っていると、ふいに先生の私室のドアが開いた。

あっ、と無意識のうちに声を出していた。

重力を無視して四方八方に広がった銀色の髪。生きてきた時間の長さを声高に象徴する、深いしわ。老婆とは思えない、野心にあふれた二つの瞳。

若返りの病を発症する前の、八十八歳の桐島先生が、そこにいた。

「やあ、芝村くん」

「……先生」僕は顔をしかめてみせた。「何をやってるんですか」

「……やっぱり、分かるか」

そう言って、彼女は銀色のカツラを外した。抑圧されていた黒髪が勢いよく飛び出してくる。

「そりゃ分かりますよ。ものすごく不自然ですから」

「近くで見られると、違和感は拭えない、か」

ぼそりと呟いて、先生がシリコン製のマスクを剝がした。その下から、つるりとした瑞々しい肌が現れる。

「一流造形師の手によるものらしいんだが」

「というかですね、声ですよ。声が若いままなんで、ものすごく変です」

「そうか。失念していたな。機械を通さなければ、あの声は出せない。生の声を低くするには、クリプトンガスを吸い込まねばならないな」

先生はマスクを無造作に丸めて、白衣のポケットに突っ込んだ。

あの日、長瀬さんとの対面の際も、先生はこの変装をしていた。カツラにマスク。それらのグッズは、どうしても本物の「桐島統子」として顔を晒さなければならない時のために準備していたものだそうだ。間近で見れば変装と見破れるが、映像をある程度不鮮明にしておけば、モニター越しならまず気づかれないだろう。音声変換ソフトは黒須さんが用意してくれた。スピーカーを経由して、先生の声を老婆っぽく変えていたわけだ。

「どうして、また変装をされていたんですか。誰かと会ってたんですか」

「ああ。甥や姪と話をしていた。このマスクが使えることが分かったから、顔を見せておこうと思ってな。死んでいないことくらいは伝えておかねばならん。ついでに、君にも通用するか試してみたんだが、失敗に終わってしまったな」

僕は頰が緩むのを我慢しながら、拗ねたように自分の肩を揉む先生の横顔を見つめていた。先生の他愛ないイタズラのおかげで、さっきまで心に巣食っていたもやもやが一気に晴れてくれた。

過去は過去、現在は現在だ。僕は今の桐島先生と同じ時間を共有している。それ以上、何を望むことがあるだろう。

桐島先生は「さて、雑事は終わった」と言って、ジーンズのポケットから髪をくくるゴムを取り出した。「さっさと実験に戻らねばならん。ようやく本来の研究に全精力を注ぐことができる」

「あの、その前に、お渡ししたいものがあるんですが」

「うん？」

桐島先生の目元に好奇心の光が浮かぶ。少々お待ちくださいと伝えて、僕は前もって入れておいた紙袋をパスボックスから取り出した。

「これ……事件解決のお祝いみたいなものです。お気に召すか分からないんですが」

先生は紙袋を受け取り、中を覗き込んで、「これは……」と表情をこわばらせながら、中に入っている服を慎重に取り出した。

それは、先生が密かに閲覧していた通販サイトのトップページに載っていたワンピースだった。生地の色は白で、水色とピンク色のバラの模様がちりばめられている。丈は長めで膝下まであって、袖口と裾がレースになっていて、胸元にはフリルがあしらわれている。ふわふわしていてお姫様みたいに可愛いので、「姫系ワンピ」というらしい。

「ど、どうしてこんなものを……」

「たまにはこういう服装もいいかなと思いまして」と僕は答えた。言えば気分を害するだろうと思い、閲覧履歴を見たことは伏せておいた。

こんなものが世界に存在していることが信じられないというように、先生はワンピースをためつすがめつしている。

「よかったら、着てみてもらえませんか」

「……いや、止めておこう」先生は嘆息した。「私には過ぎたものだ」

「そんなことはないです！」僕は自分でも驚くほど大きな声を出していた。「絶対似合います！　似合わないわけがないじゃないですか！」

「……それは君の主観だろう。似合うという保証はない」

「蓋然性です」僕は先生のお株を奪うようにその単語を持ち出した。「服が似合うという事象が起こる公算が高いんです」

桐島先生はしばらく逡巡していたが、おもむろに白衣を脱ぐと、広げたワンピースを胸の前に当ててみせた。

「……どうかね」

「似合ってます、間違いなく」僕は大きく頷いてみせた。「こんなに似合う人は、日本中を探してもそうはいないと思います」

「大げさなことを。……どこまでいっても主観の問題が伴うが、まあ、君がそこまで言うなら、信じるとしようか」

先生はふっと息をついて、肩に掛かっていた髪を払った。

「ありがとう。大切にするよ」

桐島先生が浮かべた屈託のない笑顔に、僕の心臓が激しくレスポンスを返す。わずか数秒の間に、息苦しいほど心拍数が跳ね上がっていた。

僕は一歩だけ先生に近づいた。ほんの少し、本当にちょっとだけ、あの桃ミルクの匂いがした。

「あの、それをお渡しする見返りというわけではないんですが」

「なんだね」

「僕にも、実験のお手伝いをさせてもらえませんか。ただの雑用ではなく、もっと本格的に、です」

「ほう」先生がつぶらな瞳をきらめかせた。「その心は」

「それは……僕も、先生と同じ気持ちだからです。病に苦しんでいる人を助けたいと思うんです。今回の事件のきっかけは、真壁さんのご家族を襲った悲劇でした。あんなことがなければ、多くの人が不幸にならずに済んだんです。僕はまだ全然力不足で、自分で何かを成し遂げることはできません。でも、先生の実験をサポートすることはできます。最初のうちは、本当に簡単な作業だけだと思いますけど……」

「それで構わない」

先生がふいに僕の手をぎゅっと握った。

「助手がいてくれれば、間違いなく効率は上がる。大歓迎だ」

「……はい」

恥ずかしくて、僕はつい目を伏せてしまった。それでも、こうして触れ合っていると、世界で一番温かい場所にいるみたいに、すごく幸せな気持ちになれる。柔らかい手から伝わってくる温もりに、束の間、僕はそっと心を委ねた。

「……あの、先生」

さりげなく手を離し、僕は桐島先生を正面から見つめた。

「――僕は、先生みたいな研究者になれるでしょうか」

先生は「さて、どうかな」と首をかしげた。

「君くらいの年齢から技術習得に努めれば、実験助手(テクニシャン)になるのは簡単だろう。だが、その先を目指すには、別の能力を磨く必要がある。世界の形を推理し、それを証明する能力。創造する力を身につけなければならない」

滑稽で、大げさで、身のほど知らずな質問が思い浮かぶ。

僕は恥を掻くことを承知で、その問いを先生にぶつけた。

「僕が努力を重ねれば、今の日本の問題も、解決できますか」

「真壁くんがやろうとしたように、かね」

「いえ、できればもっと、穏便な……賛同を得られるような方法でやりたいです」

「志を高く持つのはいいことだ」先生は大きく頷いた。「それを実現する手段を考えることで、創造力も身につくだろう」

「ありがとうございます。自信はないですけど、精一杯やってみます」

いくら指導者が優秀でも、研究者になれるかどうかは分からない。免疫力が超人クラスであっても、頭脳は天才ではないからだ。

それでも、何かに一心に取り組むことが、今の僕に出せるただ一つの答えであることは間違いない。

科学に目覚めた八年前の僕が抱いた夢。

桐島先生のような研究者になりたい——。

夢を追い掛けて、行けるところまで行ってみよう。

桐島先生は笑顔で手を打ち鳴らした。

「では、さっそく実験機器の使い方を教えよう。メモの準備をしなさい」

僕は気合を入れるように白衣の袖をまくって、大きく頷いた。

「はい。お願いします！」

解説

佐藤健太郎

ベストセラーといわれるような本がなかなか出なくなった昨今でも、ミステリ小説は安定した人気を保っている。中でも、科学を何らかの形で題材にした「理系ミステリ」は、今や最も売れるジャンルだろう。テレビドラマや映画などとして映像化された作品も多いから、ふだんミステリを読まない層にも、このジャンルは広く受け入れられているといえそうだ。

といってもこの傾向は今に始まったことではなく、何らかの形で科学を扱う小説は、ミステリの黎明期から数多く発表されてきた。犯罪捜査において、各種分析技術や遺伝子技術は欠かせぬ武器であるから、今や科学知識抜きにミステリを書くほうが難しいともいえる。

特に、科学者を主役として据えたミステリは、今や花盛りだ。明晰な頭脳をフルに回転させ、犯人を追い詰めていく探偵役として、科学者は誰より適任に違いない。もちろんその逆に、奸智を巡らせてトリックを仕掛け、主人公を陥れる悪の天才科学者という設定も、大いに魅力的だ。少々変わり者であったり、特殊な研究機器を自在に利用できたりと、キャラクターの造形もしやすいから、科学者という存在は書き手として大変重宝する。

というわけで、今やあらゆるジャンルのサイエンスが、ミステリの題材となっている。物理学なら東野圭吾の「ガリレオ」シリーズ、工学なら森博嗣の「すべてがFになる」、医学なら海堂尊の「チーム・バチスタ」シリーズ、生物学なら鈴木光司の「リング」シリーズなど、誰もが知る作品が書店の棚を賑々しく飾っている。

が、科学の愛好者の一人たる筆者には、この状況にちょっとした不満があった。筆者の専門分野である、化学や薬学の分野を得意とする書き手が、ほとんど見当たらないことだ。本来この分野は、ミステリと最も相性がよいはずだ。たとえばイギリスの王立化学会は、名探偵シャーロック・ホームズを、架空の人物としては初めて特別名誉会員に選んでいる。かのアガサ・クリスティは薬剤師の資格を持ち、その知識を生かして小説に青酸カリ、ジギトキシン、ストリキニーネなどの毒物を登場させた。しかし、彼女の時代から40年近くを経て、医薬や毒薬に関する知識ははるかに進歩している。

現代の医薬化学は、何万とあるタンパク質の中から標的のみを選んで結合し、生体に様々な作用を与える化合物の創造を可能にしている。一服の医薬で難病を治療することもできれば、未知の奇怪な症状を引き起こすことも可能だ。まるで時限爆弾のように、服用してから数時間後に作用し始める化合物も創れるし、それ自身には何の作用もないのに、一緒に飲んだ他の薬を致命的な毒に変えてしまう物質もある。これらの薬剤は大がかりな装置など必要とせず、こっそりと持ち運びができ、被害者に気付かれぬよう飲ませることも容易だ。これほどミステリ作家にとって便利なアイテムは、他にないではないか。

にもかかわらず、化学や薬学を全面に押し立てた作品にはなかなか出会えない。実のところ筆者には、その理由も何となく想像はつく。ミステリを書く際のルールとして有名な「ノックスの十戒」には、「未発見の毒薬、難解な科学的説明を要する機械を犯行に用いてはならない」という項目がある。読者にとってなじみが薄い、化学や薬学の知識を生かしたミステリは、この禁に触れてしまいやすい。よほどうまく話を運ばない限り、説明的で持って回ったものになり、面白みは薄れてしまうだろう。この壁を乗り越え、医薬化学をモチーフとして成功した小説は、筆者の知る限り『ジェノサイド』（高野和明）という、超弩級の一作があるのみだ。

また、化学という分野は、とにかく地味でもある。その扱う対象は、目に見えないほど小さな原子や分子であり、感情移入の余地に乏しい。核物理学をテーマとした『天使と悪魔』（ダン・ブラウン）のような壮大なサスペンスの舞台装置にも、残念ながら化学・薬学は不向きだ。

実は、化学・薬学に関する作品が少ないのは、何もフィクションの世界だけではない。筆者が専門とする、科学書の世界でもこの傾向は同じだ。物理ならファインマンやホーキングといった超一流の研究者が、多くの優れたエッセイを書いている。分子生物学なら福岡伸一氏の作品が爆発的に売れたし、数学なら「フェルマーの最終定理」や「統計学が最強の学問である」などがベストセラーとなった。しかし化学については、ベストセラーといえる書籍はついぞ見たことがない。小説のみならず、科学書の世界においても、化学・薬学は大いなる不毛地帯なのである。

「破天荒」という言葉は、科挙（古代中国の官僚選抜試験）の合格者がそれまで一人も出ず、「天荒」（未開の地）と呼ばれていた荊州に、初めて合格者が現れて「天荒が破られた」ことに由来する。ミステリの世界にも、不毛の地であった化学ジャンルを開拓する書き手が、最近ついに現れた。その「破天荒な」作家こそ、本書の著者である喜多喜久氏だ。

　喜多氏は１９７９年生まれ、東京大学大学院薬学研究科で有機合成化学を専攻した後、大手製薬企業で研究に携わっている。まさに現役バリバリの医薬化学研究者だ。２０１１年、東大の大学院生を主人公とした『ラブ・ケミストリー』で、第９回「このミステリーがすごい！」大賞の優秀賞を獲得、華麗なデビューを果たした。化学雑誌や大手の化学系ウェブサイトがこぞって書評に取り上げるなど、この業界が喜多氏の登場に沸き返ったのは言うまでもない。

大変嬉しいことに、喜多氏の才能を歓迎したのは化学の世界だけではなかった。本職の有機化学を材料にしたラブコメディの『ラブ・ケミストリー』『猫色ケミストリー』『ラブ・リプレイ』（『リプレイ2・14』文庫時改題）の三部作、化学科の准教授を探偵役とした短編ミステリ「化学探偵Mr.キュリー」シリーズ、サイエンスの部分を抑えめにした本格ミステリ『二重螺旋の誘拐』など多彩なタイプの作品を次々に発表、売り上げの累計は早くも40万部に達しようとしている。最新作『捏造のロジック　文部科学省研究公正局・二神冴希』では、万能細胞の捏造というあの大事件を正面から題材として取り上げ、現役研究者ならではの切り込みぶりで読者を唸らせた。

筆者自身にとっても、喜多氏は注目すべき、あるいは注目せざるを得ない存在であった。何しろ、大学院の修士課程まで有機合成化学を修め、製薬企業の研究者として働きつつ、化学を題材とした本を書いたという経歴は、筆者と全く同じである。筆者は小説でなく科学書を書き、またその後退職して専業のライターになったという違いこそあれ、会社に籍を置きながら本を書くことの難しさと苦労は、誰よりよくわかる。というわけで、筆者は勝手に喜多氏に親近感のようなものを抱き、その作品をチェックしてきたのであった。

いずれの作品も、専門知識の下地に立脚された筋書きながら、あまりそれを振りかざしすぎず、一般読者に受け入れられやすいテイストに仕上がっている。実はこうしたさじ加減は、研究者の最も苦手とするところなのだが、これを精確に、的確に行っているからこその喜多作品人気なのであろう。

本作『桐島教授の研究報告書　テロメアと吸血鬼の謎』は、デビュー作の「ラブケミ三部作」に続いて書かれた作品だ。題材は有機化学でなく生物学になっているが、こちらも喜多氏の第二の本職というべき分野であり、描写も正確で一般読者にも専門家にも安心して読み進められる。たとえば作中で、桐島教授が抗ウイルス薬を発見する研究過程は、エボラ出血熱治療薬「アビガン」の発見を予見するかのような内容だ。

その本作の主役・桐島統子教授は、ＤＮＡの末端構造である「テロメア」の研究で、日本初の女性ノーベル賞科学者となった人物だ。御年88歳ながら若返りの奇病を発し、17歳の美少女にしか見えないという設定だ。ちなみに作中で彼女がノーベル賞を獲得した２００９年は、実際にもテロメア研究によって、エリザベス・ブラックバーンとキャロル・グライダーという二人の女性科学者がノーベル生理学・医学賞を獲得している。いずれも意志的な目元が非常に印象的な人物であり、あるいは桐島教授のキャラクター造形に何らかの影響を与えているのかもしれない。

もうひとりの主役は、東京科学大学に入学したばかりの一年生・芝村拓也。若返りウイルスに感染する心配のない、「完全免疫」の持ち主ゆえに桐島教授の助手に選ばれたという、こちらもなかなか大胆な設定となっている。謎の熱病に倒れた友人を救うため、桐島教授の助けを借りつつ、学園に出没する謎の「吸血鬼」を追っていくというストーリーだ。

コメディ色が強かった以前の三部作に比べて、本作は本格ミステリの要素が強く、ラストでは爽快などんでん返しが待っている。途中に作者が仕掛けた目くらましも巧妙で、筆者も読み返して「そういうことだったか」と天を仰がされた。優れたミステリは、二度目に読む時が一番面白いという説は、本作にもぴったり当てはまりそうだ。

科学研究は、さまざまな紛らわしい要素や、障害となる要因を工夫と努力によって取り除け、真実を覆い隠すベールを一枚一枚引き剝がしていく過程だ。ミステリ作家の作業はこれと逆に、真実に何枚ものベールをそれとわからぬようにかぶせ、さあこれを解きほぐしてみなさいと読者に迫る。研究の現場で、前者のプロセスを熟知した喜多氏なればこそ、こうした巧緻なストーリーを組み上げうるのだろう。

さて、桐島教授の若返り病と芝村の完全免疫という、いずれも生物学者ならよだれを垂らして研究対象としそうな謎は、本作では明かされない。おそらくは次回作以降で、この謎が明かされてゆくのだろう。大いに魅力的なこの設定、作者がどういう「真実」を用意しており、どのような目くらましで読者を翻弄するのか。一読者として、また元研究者として、それが明かされる日を楽しみに待ちたいと思う。

（さとう・けんたろう　サイエンスライター）

本書は『美少女教授・桐島統子の事件研究録』（二〇一二年一二月中央公論新社刊）を改題したものです。

登場する人物、団体、場所等は実在のものとは一切関係ありません。


各章冒頭の英文は、アメリカ標準訳聖書（American Standard Version）一九〇一年版からの引用です。

なお、日本語訳は著者によるものです。

中公文庫

桐島教授の研究報告書
——テロメアと吸血鬼の謎

2015年3月25日　初版発行
2016年1月25日　再版発行

著　者　喜多喜久

発行者　大橋善光

発行所　中央公論新社
〒100-8152　東京都千代田区大手町1-7-1
電話　販売　03-5299-1730　編集　03-5299-1890
URL http://www.chuko.co.jp/

DTP　嵐下英治
印　刷　三晃印刷
製　本　小泉製本

Published by CHUOKORON-SHINSHA, INC.
Printed in Japan　ISBN978-4-12-206091-3 C1193

化学探偵
Mr.キュリー
ミスター
Chemistry detective Mr.Curie Yoshihisa Kita
重版続々
大人気シリーズ
第一弾！
喜多喜久
イラスト／ミキワカコ
もし俺が警察なら、
クロロホルムを
嗅がされたという被害者を
最初に疑うだろう。
STORY
構内に掘られた穴から見つかった化学式の暗号、教授の髪の毛が突然燃える人体発火、ホメオパシーでの画期的な癌治療、更にはクロロホルムを使った暴行など、大学で日々起こる不可思議な事件。この解決に一役かったのは、大学随一の秀才にして、化学オタク（？）沖野春彦准教授——通称 Mr. キュリー。彼が解き明かす事件の真相とは……!?
中公文庫

絶好調
大人気シリーズ
第二弾！
喜多喜久
Chemistry detective
Mr.Curie Yoshihisa Kita
化学探偵
Mr.キュリー 2
ミスター
イラスト／ミキワカコ
アーモンドの臭いがしたから
青酸カリで殺された!?
その推理は、大間違いだ。
STORY
鉄をも溶かす《炎の魔法》、密室に現れる人魂、過酸化水素水を用いた爆破予告、青酸カリによる毒殺、そしてコンプライアンス違反を訴える大学での内部告発など、今日もMr.キュリーこと沖野春彦准教授を頼る事件が盛りだくさん。庶務課の七瀬舞衣に引っ張られ、嫌々解決に乗り出す沖野が化学的に導き出した結論とは……!?
中公文庫

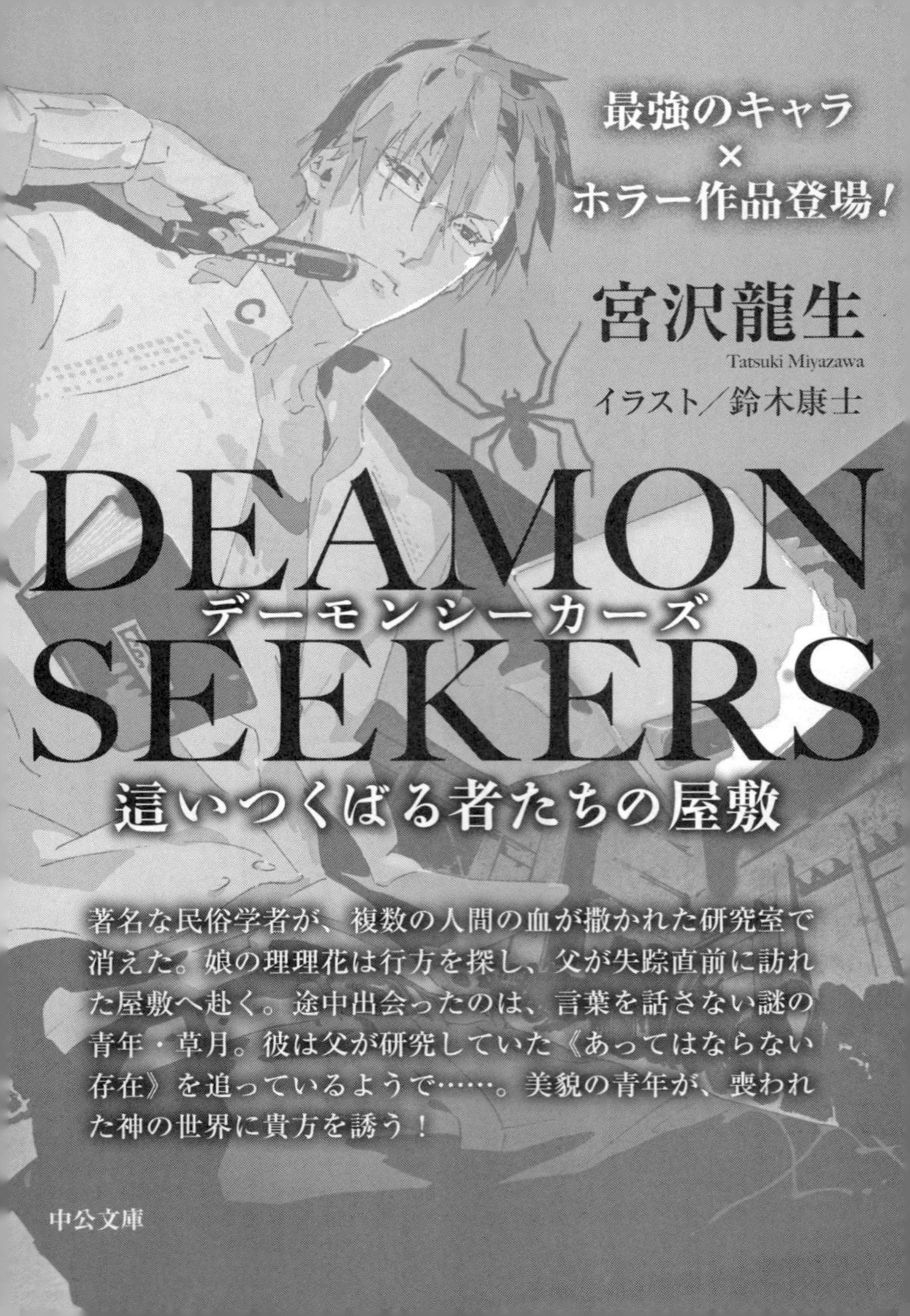
最強のキャラ
×
ホラー作品登場！
宮沢龍生
Tatsuki Miyazawa
イラスト／鈴木康士
DEAMON SEEKERS
デーモンシーカーズ
這いつくばる者たちの屋敷
著名な民俗学者が、複数の人間の血が撒かれた研究室で消えた。娘の理理花は行方を探し、父が失踪直前に訪れた屋敷へ赴く。途中出会ったのは、言葉を話さない謎の青年・草月。彼は父が研究していた《あってはならない存在》を追っているようで……。美貌の青年が、喪われた神の世界に貴方を誘う！
中公文庫